KB234275

외씨버선길

외씨버선길

© 성우제 2013

초판 1쇄 인쇄 2013년 3월 18일
초판 1쇄 발행 2013년 3월 25일

지은이 성우제
펴낸이 이기섭
편집인 김수영
책임편집 김윤희
마케팅 조재성 성기준 정윤성 한성진 정영은
관리 김미란 장혜정

펴낸곳 한겨레출판(주) www.hanibook.co.kr
등록 2006년 1월 4일 제313-2006-00003호
주소 121-750 서울시 마포구 공덕동 116-25 한겨레신문 4층
전화 02) 6383-1602~1603 **팩스** 02) 6383-1610
대표메일 book@hanibook.co.kr

ISBN 978-89-8431-681-2 03810

외씨버선길

성우제 글·사진

일러두기

＊다음 사진은 (사)경북북부연구원에서 제공했습니다.

　33쪽, 123쪽

＊＊외씨버선길의 세부 구간명은 고유명사로 보고 띄어쓰기를 하지 않았습니다.

　예) 주왕산길, 조지훈문학길, 치유의길, 보부상길, 춘양목솔향기길, 관풍헌가는길 유명 방송 사회자 임성훈 씨가 젊은 시절 가수로 활동하면서 히트시킨 곡 중에 〈시골길〉이라는 노래가 있다. 그 노래의 가사는 이렇다.

'내가 놀던 정든 시골길 / 소달구지 덜컹대던 길 / 시냇물이 흘러내리던 / 시골길은 마음의 고향.'

1976년 중학교 1학년 때 들었던 이 노래를 지금도 나는 정확하게 기억하고 있다. 시골에서 서울에 올라온 지 3년밖에 안 된 어린 나에게도 "이건 바로 내 노래"라는 느낌으로 귀에 쏙 들어왔기 때문이다. 나뿐 아니라 우리나라 사람이라면 누구나 소달구지 덜컹대고 시냇물이 흘러내리던 시골길을 '마음의 고향'으로 간직하고 있을 터이다.

지난 가을 나는 큰 복을 누렸다. 한국을 떠나 캐나다에 산 지 10년 만에 마음의 고향인 바로 그 시골길을 걸었다.

외씨버선길.

내가 나고 자란 경북 상주의 이웃 도시 청송에서 시작해, 영양과 봉화를 거쳐 강원도 영월에 이르는 240킬로미터의 길이다. 나는 이 길 위에서 열하루를 보냈다.

경북과 강원의 내륙에 푹 파묻혀 '육지 속의 섬'이라 불리는 그 지역의 길은 수려한 산과 강, 계곡, 논과 밭, 약수와 온천, 고택과 양반문화, 전통 마을과 문화재 등 바다를 제외한 모든 것을 골고루 갖추고 있다. 우리나라에서 교통이 가장 불편하고 산업화의 때를 가장 덜 타서, 순한 볼거리와 먹거리가 지천인 이 길을 걸으면서 내가 가장 감동한 것은 바로 사람이었다. 마을길, 들길, 산길, 강변길을 걸으며 나는 맑고 깨끗한 자연을 만끽하는 한편, 길 위에서 만난 사람들에게 빠져들었다.

그들은 불쑥 찾아든 이방인을 경계하지 않았다. 누구나 살갑게 맞아주었고, 살아온 이야기를 푸근하게 들려주었다. 그들의 마음은 곧 고향의 마음이었으며, 어머니 마음이었다. 그 마음은 맑디맑은 그곳의 자연을 꼭 빼닮았다. 누구를 만나도 어색하지 않았고, 친절하지 않은 이 없었다.

이 책은 바로 그 길 위에서 만난 자연과 자연을 닮은 사람들에 관한 이야기다. 자연 속에서 '힐링'을 찾으려 했던 나는, 길 위에서 만난 사람들 속에서 위로와 안식을 얻었다. 그곳에는 자연과 더불어 시골의 인심이라는 것이 질기게 살아남아 있었다.

제주올레가 걷기 문화를 만들어낸 이후, 우리나라에 수많은 길이 생겨났다는 소식을 듣는다. '빠름'은 선이고 '느림'은 여전히 악으로 취급되는 속도의 시대에, 늘보처럼 느리게 걷는 길이 각광을 받고 있다니 놀랍고 반갑다.

외씨버선길도 그렇게 생겨난 길 가운데 하나로, 따지고 보면 특별하게 내세울 자랑거리가 없는 평범한 고향길일 따름이다. 달리 보자면, 바로 그 평범한 고향길이라는 것이 외씨버선길이 내세울 수 있는 가장 큰 자랑거리다. 나는 고향길을 걷고 즐기고 기록해서 이 책을 썼다. 휴식과 마음의 평화를 얻으려는 이들에게 '내가 놀던 정든 시골길이 이렇게 살아 있소' 하고 전하고 싶었다.

길을 걸으며, 외씨버선길을 낸 경북북부연구원과 한국생산성본부의 도움을 많이 받았다. 관계자들에게 감사한다. 더불어 한겨레출판 편집부에도 감사의 마음을 전한다.

2013년 2월
성우제

차례

변하지 않는 풍경을 걷다

첫째길 주왕산·달기약수탕길 18.5km

둘째길 슬로시티길 11.5km

셋째길 김주영객주길 15.6km

<h1>이 시대의 '원시림',
외씨버선길에 들어서다</h1>

"기사 아저씨, 안 가니껴?"

버스 앞쪽에 앉은 중년의 여자 승객이 밖에 있는 버스 기사를 소리쳐 부른다.

"가니더! 지금 출발하니더!"

기사가 뛰어올라 버스 시동을 건다. 버스 앞쪽에 걸린 시계는 6시 15분을 가리키고 있다.

2012년 9월 17일 월요일 아침. 대구북부터미널에서 경북 영양으로 가는 첫차를 탔다. 9월 13일 오후 캐나다에서 한국으로 들어왔다. 주말을 경남 합천에서 보낸 뒤 창원을 거쳐 일요일 늦게 대구에 도착해 하룻밤을 잤다. 그 다음날 일찍 영양행 버스에 오른 터였다. 합천에서는 친구 김훤주가 주관한 합천 팸투어Familiarization Tour, 사전답사 여행에 참가했고, 대구에서는 안명규를 만났다.

㈜커피명가 대표이자 커피점 주인으로서 문화예술에 조예가 깊은 안명규는 경북 북부 지역에 생긴 외씨버선길을 걸으러 간다는 나에게 이렇게 말했다.

"요즘 유행처럼 이야기하는 힐링이라는 측면에서 보면 그곳이 최적지지. 숲으로 치자면 청송, 영양, 봉화 그쪽이 우리나라의 원시림쯤 될 거야. 요새는 그런 지역이 거의 없지."

안명규의 말 중에서 원시림이라는 단어가 귀에 쏙 들어왔다.

'원시림.' 사람의 손을 타지 않은 자연 그대로의 삼림. 지리적으로 보면 태백산맥과 소백산맥, 양백지간에 있으니 남한에서는 강원도를 빼고는 산세가 가장 험한 지역이다. 외씨버선길이 지나는 그 지역은 우리나라에서도 사람들의 발길이 가장 적게 닿는 곳이라 할 수 있겠다.

얼마 전까지만 해도 사람들은 그런 곳에 '낙후'라는 말을 갖다 붙였다. 대신 요즘에는 '청정'이라는 말을 갑작스레 떠올리기 시작했다. '힐링'이 유행어가 된 이즈음 산업화가 더디게 진행되었다는 것은 더 이상 낙후가 아니다. 시대가 변하자, 낙후 지역이 오히려 주목과 대접을 받는 대상이 되고 있다. 이제는 먹고살 만해졌고, 그동안 쉼 없이 뛰느라 지치고 상처받은 몸과 마음을 치유하고 위로받고픈 욕구가 생겨났기 때문이다. 하여 힐링의 측면에서 보면 산업화가 가장 더딘 곳이 가장 앞서 있는 곳이다.

대구, 부산, 울산 같은 영남의 큰 도시와 가까이 있는 것도 아니요, 그렇다고 내 고향 상주처럼 너른 들판이 있는 곳도 아니다. 경포대 같은 유

청송군 진보면 버스터미널.
대구에서 출발한 영양행 고속버스가 안동을 거쳐 청송군 진보면에서 잠시 쉬고 있다.

명 해수욕장이 주변에 있어서 여름 휴가철이면 자동차 물결이 이어지는 곳도 아닐 뿐더러 공주나 부여 같은 고도古都도 물론 아니어서 관광지로서 유명세도 별로 타지 않는다. 주왕산, 일월산 등 명산이 있다 한들, 유명하기로는 설악산이나 지리산에 미치지 못한다.

하다못해, 한국전쟁 직후 태백산맥을 오르내리던 빨치산들의 활동 거점도 지리산 자락의 작은 마을들이지 이곳은 아니다. 일월산 주변 역시 빨치산의 주요 근거지였는데도 말이다.

주변의 큰 도시라고는 기껏해야 인구 17만도 안 되는 안동이다. 지역 환경이나 이미지가 그렇다 보니 경북 북부 지역의 동쪽으로 약간 치우친 외씨버선길은 '낙후', '청정'과 더불어 나에게는 '험하다'는 이미지로 다가왔다.

그곳에 처음 발을 들여놓는 9월 17일 아침, 날씨마저 험했다. 험해도 엄청 험했다. 방송과 인터넷에서는 초강력 태풍 산바가 한반도에 상륙하고 있다는 뉴스를 계속 쏟아냈다. 뉴스는 마치 경보음 같았다.

'안동', '진보', '영양'이라는 팻말을 단 버스가 고속도로에 오를 때까지만 해도 태풍의 기색은 보이지 않았다. 청송군 진보면에 이르자 태풍은 비로소 본색을 드러내기 시작했다. 영양으로 가는 31번 국도 위에 뿌리째 뽑혀 쓰러진 나무가 여럿 보였다. '공무 집행' 팻말을 달고 비상등을 켠 자동차들이 번쩍번쩍 바삐 돌아다녔다.

몇 안 되던 승객마저도 안동과 진보에서 다 내리고, 영양 가는 버스 안에 승객이라고는 달랑 두 사람 남았다. 다른 승객 한 분은 진보면에서 지나가던 버스를 잡아탄 팔순 어른이었다.

"야, 버스가 흔들흔들 넘어질라카네. 버스 운전 20년 만에 이런 태풍도 참 첨이네."

버스를 운전하던 김수웅 씨는 말은 그렇게 하면서도 유유자적이었다. 버스가 강풍에 휘청거리는 게 느껴졌다. 도로 곁을 따라가는 넘실대는 강물을 보면서 내가 물었다.

"저건 낙동강 줄기겠지요? 저 물이 낙동강을 타고 부산까지 가겠네요."

"맞아요. 예전에는 저어서 마이 놀기도 놀았는데……."

맨 앞자리에 앉은 어른은, 아들에게 전화를 걸어 지금 태풍이 가로수도 뽑을 만큼 강하니 조심하라고 거듭 당부하고 있었다. 미국 동부에 폭설이 내렸다는 뉴스만 나와도, 캐나다 동부에 사는 우리 식구를 걱정하며 노심초사하는 어머니의 모습이 떠올랐다.

영양시외버스터미널에 도착한 것은 9시가 조금 넘어서였다. 비 오는 날 아침에 보는 영양 읍내는 조용하고 소박하고 깨끗했다. 외씨버선길을 낸 경북북부연구원에 먼저 들러 안내지도 등을 받기로 했다. 목적지가 군청 옆에 있다고 잘못 생각하는 바람에 뜻하지 않게 '뻥뻥이'를 돌았는데, 그 덕에 영양 읍내를 더 잘 보고 느낄 수 있었다.

읍내에서 고추를 씻어서 말리는 풍경도 보였고 생선을 내놓고 파는 좌판도 눈에 띄었다. 옛날식 이발관이 있는가 하면, 다방 간판이 유난히 눈에 많이 띄었다. 다방에 들어가면 한복을 입은 마담이 '도라지 위스키' 한 잔을 권할지도 모르겠다는 객쩍은 생각이 문득 들었다.

영양 읍내를 헤매 다니는 20여 분 동안, 배낭이 조금 무겁게 느껴졌다. 옷가지와 랩탑, 취재수첩 몇 권, 책 두어 권, 카메라, 약간의 자료, 물병 정도밖에 안 들었는데, 배낭 무게가 10킬로그램 이상은 나가는 것 같았다. 대학 시절, 텐트와 침낭, 석유버너, 쌀, 반찬에 소주병까지 짊어지고 지리산·설악산을 종주한 것에 비하면 아무것도 아니라고 생각하기로 했다. 10킬로그램이든 100킬로그램이든 메고 가는 수밖에 도리가 없었다.

태풍은 영양 읍내에 들어서자 이상하게도 많이 수그러든 느낌이었다. 바람은 잦아들고 비만 부슬부슬 내렸다.

경북북부연구원의 권오상 원장(경북대 행정학과 교수)을 만나 외씨버선 길을 낸 이유와 배경, 이 지역의 특성, 길을 낸 방법, 길의 특징 등에 대한 기본적인 이야기를 들었다. 더불어 김순주 탐사팀장, 신승호 홍보팀장을 소개받아 이야기를 나누었다.

태풍 때문에 첫날부터 계획을 바꾸어야 했다. 웬만한 비라면 감수하고 걷겠으나, 태풍이었다. 태풍 중에서도 역사에 기록될 만한 것이라 했다. 권오상 교수는 비가 오면 길이 수로로 변해 걸을 수 없다며 말렸다. 한나절을 그냥 보내게 생겼으니 일정에 차질이 생길 터이지만 어쩔 수 없는 노릇이었다.

권오상 교수는 승용차를 내줄 테니 사용하라고 했다. 자동차가 있으면 무거운 배낭 문제가 해결된다. 길을 걷고 글을 쓰러 간 사람에 대한 아주 적절하고 고마운 배려였다.

외씨버선길 로고가 새겨진 경차 '모닝'을 타고 오늘 숙소로 예약한 청송의 송소고택으로 방향을 잡았다. GPS는 버스가 들어온 31번 국도가 아니라, 자동차 두 대가 겨우 지나다닐 만한 좁은 도로로 이끈다. 꼬불꼬불한 산길을 따라 오르다 보니 산세가 보통이 아니다. 차도 양쪽으로 도랑을 방불케 할 만큼 물이 콸콸 쏟아져 내린다.

가는 길에 청송 읍내가 보이기에 잠깐 멈추었다. 읍내를 끼고 도는 용전천의 물이 엄청나게 불어나 있다. 물 구경을 나온 사람들이 많다. 날이 험하니 어스름도 빨리 깔린다.

송소고택이 자리 잡은 마을 앞으로 용전천은 계속 이어진다. 용전천

송소고택·송정고택 등 여러 고택이 몰려 있는 청송군 파천면 덕천리 마을 풍경. 마을 뒤에는 야트막한 산이 있고, 앞으로는 용전천이 흐른다.

을 앞에 두고, 뒤에는 야트막한 산을 둔 전형적인 배산임수의 마을이다. 마을 앞에 서자마자 많이 놀란다. 이 외진 지역에 이렇게 큰 집들이 세워졌다는 것이 놀랍고, 보존을 잘 하여 민박 손님까지 맞는다는 것 또한 놀라운 점이다.

과거 문화부 기자로 일하면서 지방 출장을 숱하게 다녔으나 고택 촌이라고는 안동 하회마을밖에 보지 못했다. 1990년대 중반에 본 하회마을은 이미 관광지가 되어 별 감흥을 못 느꼈더랬다.

나는 '서울 촌놈'이자 '캐나다 촌놈'이었다. 차에서 내려 대문 앞에 서니 '야아~' 하는 감탄사가 절로 나왔다. 외씨버선길을 걸으며 주로 내뱉은 '와아~', '야아~' 하는 감탄사를 처음으로 입 밖에 내는 순간이었다.

99칸 송소고택의 위엄

덕천리에서 가장 큰 집이자 청송의 '간판스타'인 송소고택으로 들어갔다. 마당에 들어서자 장작을 때는 매캐한 냄새가 났다. 좋은 냄새다. 얼마 만에 맡는 냄새인지 모른다. 마당에 서서 "계십니까?"라고 서너 번을 외쳐도 인기척이 없다. 주인은 방에 불을 지펴놓고 잠시 외출중인 모양이다. 주인 대신 사람을 맞는 검정색 삽살개와 놀고 있는데, 송소고택 주인이 들어선다. 그가 명함을 내민다.

松韶古莊(송소고장) 장주 심재오.

명함에는 고택이 아니라 고장이라 적혀 있다. 70칸 이상 되는 집이면 '장원'이라 불린다고 했다. 택宅은 일반 집을 뜻하지만 장莊은 큰 장원을 의미한다. 강릉 선교장이 우리에게 가장 익숙한 이름이다.

명함에 적힌 '松韶古莊'은 위창 오세창(1864~1953) 선생이 써준 현판 글씨라고 했다. 3·1운동 당시 민족대표 33인의 한 사람이자 당대 최고의 감식안을 가진 미술사학자·서예가인 위창 선생이 쓴 현판. 현판은 도둑맞고, 현재는 글씨만 전해지고 있다.

송소고택의 이름은 여러 개다. 정리하자면 이렇다.

청송 '간판스타' 송소고택.
1880년에 지은 99칸짜리 대저택으로 우리나라를 대표하는 고택 가운데 하나이다.

공식 명칭은 청송 심부자 댁. 문화재 등록(중요민속자료 제250호) 명칭은 송소고택. 심씨 댁에서 부르기는 송소고장.

나는 99칸 기와집을 처음 보았다. 궁궐이 상징적으로 100칸짜리 이상 크기의 집이어서 민가는 99칸으로 제한을 두었다. 제한하지 않으면 부자들이 경쟁하며 궁궐보다 크게 지을 수도 있기 때문이다. 1칸은 기둥과 기둥 사이를 의미한다.

만석꾼의 상징인 99칸 집을 처음 구경하지만 위압적이라는 느낌은 들지 않는다. 성城 같은 큰 건물 하나가 사람 위에 군림하고 압도하는 듯한 서양의 대저택과는 반대로, 우리의 옛 저택은 친근한 느낌을 준다.

상주의 옛날 우리 집을 이곳과 비교할 수는 없겠지만, 그래도 사랑채·안채 한 채씩만 견주어보면 건물의 규모는 크게 차이 나지 않는 것 같다. 차이라면, 송소고택은 각각의 건물이 일반 기와집보다 조금 더 크고 아주 잘 지어졌으며, 전체적인 건물 숫자가 훨씬 많고 배치가 잘 되어 있다는 것이다.

심재오 장주는 내게 누각마루가 딸린 사랑채 방을 사용하라고 했다.

온돌방에서 잠을 자는 것이 얼마 만인지 모른다. 그것도 군불을 때서 덥힌 고택의 온돌방이다. 가로, 세로 4미터쯤 되는 정사각형의 방으로, 앞쪽으로 누각마루, 옆쪽으로는 바깥으로 통하는 미닫이문이 달려 있다. 사방 중 삼방이 트여 있다. 부잣집 사랑방이라지만 크기는 작고, 작으니 더 따뜻하다. 감격해서 거의 눈물이 날 지경이다.

사랑채 대청마루에서 심재오 장주와 마주앉았다. 집 이야기를 자연스레 나누게 된다. 이 집을 지키면서, 그는 얼마나 많은 사람들에게 집 이야기를 들려주었을까. 그의 이야기에는 군더더기가 없고 설명은 일목요연하다. 장년의 만석꾼 주손은 근엄한 표정으로 농담을 아주 잘 했다. 그는 진지한데 나는 자주 웃었다.

먼저 이 집의 규모부터 물었다. 큰 사랑채, 작은 사랑채, 안채, 별채 등 크고 작은 건물이 모두 일곱 채다. 대지 3,000평에 건평은 300평. 화장실 세 개, 우물 세 개. 방의 숫자는 모두 열네 개. 방에 비해 곳간이 너르고 많다. 부잣집일수록 곳간이 많다.

풍수지리에 문외한인 내가 보기에도 이 집은 터를 잘 잡았다. 뒷산은 해발 350미터, 송소고택은 250미터다. 새벽에 일어나보니, 안개가 끼어 뒷산이 집과 한 몸을 이룬다.

동네 앞을 흐르는 시냇물은 본래 동네 한가운데로 흘렀다. 1880년 송

송소고택 사랑방.

송소고택 별채 담장에 나 있는 구멍.
별채에 기거하는 아씨들이 사랑채 쪽 바깥세상을 구경하라고 낸 구멍이다.

소 심호택(1862~1930)이 제방을 쌓아 물길을 다른 데로 돌리고, 물이 흐르던 자리에 집을 지었다. 집을 지으려 마음먹을 즈음 불이 활활 일어나는 꿈을 꾸었기 때문이다.

집을 짓는 데는 13년이 걸렸다. 집짓기 전문가 30명이 투입되어 손으로 다듬고 일일이 대패질을 했다. 집의 규모도 그러하지만, 전문가 30명을 13년이나 고용했다는 것이 너무 놀랍다. 연봉 1억 원 이상 되는 전문가 30명을 집을 짓는 13년 동안 투입했다고 생각해보라! 이것 하나만으로도 이 집에 들인 정성이 얼마나 대단한지, 심부자 댁이 얼마나 큰 부자였는지 짐작이 간다.

정면 5칸, 측면 2칸이라는 큰 사랑채의 왼쪽 온돌방에 몸을 뉘였다. 캐나다 토론토에서 인천까지 직항 비행기를 열세 시간이나 타고 왔다. 북미 대륙과 태평양을 건너는, 1만 킬로미터가 넘는 아득한 거리다. 서울에서 합천-창원-대구-영양을 거쳐 비로소 청송 심부자 댁 사랑방에 등을 붙인다.

장작 군불로 덥힌 방바닥은 따뜻한 게 아니라 뜨끈뜨끈하다. 요와 이불은 뽀송뽀송하다. 나중에 들으니, 최근 상주에서 온돌 장인을 불러다 아랫목만 타던 방바닥을 다 뜯어내고 구들을 다시 놓았다고 했다.

절절 끓는 온돌방에서 허리를 지지며 여독을 풀었다. 추적추적 내리는 빗소리를 들으며 뜨끈뜨끈한 구들장에 등을 대고 자는 맛. 직접 느껴보지 못한 이들에게 달리 설명할 방법이 없다. 장작불의 고소한 냄새와 방바닥의 기름 냄새까지 은은하게 피어오른다.

조상이 남긴 선물

외씨버선길의 자랑거리 가운데 으뜸은 역시 깨끗한 자연이다. 청정함 못지않게 매력적인 자산이 있으니, 바로 고택이다. 청정함이 자연의 선물이라면, 고택은 조상이 남긴 선물이다. 고택이란 '옛날에 지은 오래된 집'이라는 뜻인데 실제로는 예전 큰 부자들이 살던 저택을 의미한다.

우리나라 고택의 60퍼센트가 안동, 상주, 청송, 영양, 봉화 등 경북 북부 지방에 몰려 있다. 이 지역이 한국을 대표하는 유교 문화권이기 때문이다.

외씨버선길은 청송-영양-봉화를 잇는 '고택 체험의 길'이기도 하다. 이즈음 고택들이 외부 손님들에게 민박으로 방을 내주고 있으니, 외씨버선길 위에서 고택을 구경하고 잠을 잘 수 있다. 숲속에 지은 아무리 좋은 호텔도 자연과 어우러지고 역사가 녹아 있는 고택의 정취를 따라갈

수는 없다.

외씨버선길을 따라 청송-영양-봉화의 고택만을 찾아다니는 것도 걷기 코스로 권할 만하다. 외씨버선길이 고택이라는 이 지역 고유의 빼어난 문화 자산을 보유하고 있기에 가능한 일이다.

고택에는 볼거리와 이야깃거리도 풍성하지만, 그곳에 가면 특별한 체험을 할 수 있다. 이를테면 '온돌방 허리 지지기' 같은 것. 세상 어디에서 그 맛을 볼 수 있을까. 널찍한 대청마루에 앉아 아무 생각 없이 앞산을 쳐다보거나, 마당에 떨어지는 비를 구경하며 상념에 잠기는 것도 아무 데서나 맛이 나지는 않는다. 고택 특유의 깊고 심심한 맛이 있는 것이다.

노블레스 오블리주의 실천가 송소고택

송소고택은 청송뿐 아니라, 우리나라를 대표하는 옛 저택 가운데 하나이다. 청송 심부자는 9대에 걸친 대부호로 조선 팔도에 땅이 없는 곳이 없다는 말을 들을 정도였으며, 요즘으로 치면 5대 재벌 안에 드는 만석꾼이었다. 12대에 걸쳐 만석꾼을 낸 경주 최부자 집안과 함께 영남 부농의 쌍벽을 이루었다.

조선시대 최고 명문가인 청송 심씨 집안을 대부호로 일으킨 이는 지금 집을 지키고 있는 심재오 장주의 10대조 심처대. 다섯 형제 가운데 넷째로 조선 영조 대에 살았던 그는, '봉아'라는 종을 데리고 청송과 안동 사이에 있는 호박골에 가서 개간을 하기 시작했다.

그곳에서 일군 10만 평을 기반으로 의성, 안동, 군위로 점차 땅을 넓혀가며 전국의 큰 부자 명단에 이름을 올렸다. 송소고택은 심처대의 7대손이자 심재오 장주의 증조부인 송소 심호택이 1880년에 지었다. 송소고택으로 이사 오기 전 200년 동안 살았던 집이 아직도 호박골에 남아 있다.

덕천마을에는 지금 54가구에 약 70명이 살고 있다. 청송 심씨 집성촌이다. 송소고택 건물 전체를 한 채로 치는 식으로 헤아린다면, 동네에 남아 있는 기와집은 모두 여섯 채. 예전에는 20채쯤 되었다. 인구도 한창 많을 때는 700명이 넘었다.

청송 심부자 댁은 9대에 걸쳐 250년 동안 부와 명성을 누렸다. 심재오 장주는 그 오랜 세월 부자로 살아온 이유를 "집안의 전통 때문"이라고 설명했다.

"근검이 우리 집안의 전통이었다. 대대로 축첩이나 주색잡기를 멀리했다. 우리 아버지 때 빼고……. 집안 대대로 배다른 형제가 없었다. 모두가 동복同腹이었다."

집안이 기울기 시작한 것은 광복 직후부터였다. 토지개혁 때 재산의 70퍼센트 이상이 사라졌다. 심재오 장주에 따르면, 남은 재산마저도 정치에 뛰어든 심 장주의 부친이 정리를 아주 '뜻있게' 하셨다.

"부친께서는 야당인 민주당 재정위원장으로서 조병옥, 신익희, 유진오, 윤보선, 조봉암 같은 분들과 교류하셨다. 정치자금은 물론 살림자금까지 대셨다. 그러면서 재산의 상당 부분을 없앴다."

1955년생인 심 장주는 어릴 적 누구도 부럽지 않게 살았다. "나도 회사에 다니면서 남을 도와주다가…… 어음·사채 압류가 들어오고 해서 100억 정도 날린 것 같다. 1993년에 담보 대출 때문에 한 달에 이자만 2,680만 원씩 냈다. 그것을 정리하는 데 15년이 걸렸다."

그는 하마터면 송소고택마저 남에게 넘길 뻔했다고 했다. 반면 청송 심부자와 쌍벽을 이루던 경주 최부자 댁은 고택을 잃고 말았다. 경주 최부자 댁은 집까지 담보로 넣어가며 대구대를 설립했는데, 5·16 쿠데타 이후 대구대를 빼앗기는 바람에 고택마저 날렸다고 했다(대구대학교는 청구대학교와 합쳐져서 영남대학교가 되었다. 적어도 고택은 최씨 가문에 되돌려주어야 하지 않느냐는 여론이 있다고 심 장주는 전한다).

심 장주에 따르면 과거 조선 팔도에 만석꾼이 10여 명쯤 있었다. 요즘으로 치면 10대 재벌이다. 이즈음의 재벌과 다른 점이라면, 당시 만석꾼들은 '노블레스 오블리주', 곧 사회 상위층에게 요구되는 도덕적 의무와 사회적 책임을 다하려 노력했다. 곧 부자의 품격을 지키려 애썼다는 것이다.

"돈 빼돌려서 비난받고 구속되는 요즘 재벌 총수들과는 차원이 다르다. 예전 만석꾼들은 부자로서의 철학이 있었다."

나라가 위기에 처해 의병이 일어나면 군자금을 댄 이들이 만석꾼들이었다. 직접 나서서 싸우다가 전사한 이도 있다. "을사조약이나 한일병탄 때 이 지역 유림들이 거병을 하면 부자들이 뒤에서 자금을 지원했다. 국채보상운동 청송 지부장도 우리 집안에서 나왔다."

송소고장 심재호 장주. 그가 들고 있는 글씨는 위창 오세창이 쓴 현판 글씨이다.

집은 사람이 들고 나야 한다

송소고택에서 태어난 심 장주는 공부를 하기 위해 집을 떠났다. 청송 심부자 댁은 서울과 대구에 집을 마련하고, 집안 교육의 거점으로 삼았다. 집안 6촌까지는 학비와 생활비를 모두 지원했다. 심 장주는 서울에서 대학을 졸업하고 취직한 뒤 몇 해 전 풍산그룹 선물거래팀장으로 직장 생활을 끝냈다.

1981년 결혼을 하면서 이 집을 지켜오던 할머니와 어머니를 서울로 모셨다. 1남 4녀 중 외아들인 그가 어른들을 서울로 모셔갈 적에 할머니는 102세, 어머니는 75세였다.

그 후 심 장주가 2002년 이 집에 돌아올 때까지 21년 동안 집의 문은 닫혀 있었다. 원하는 사람들에게 집 구경을 시켜주라며 관리인에게 열쇠를 맡겼다.

그 사이에 도둑이 50차례 이상 들었다. 골동품 전문 도둑들이었다. 만석꾼으로 9대를 이어왔으니 그 집에 있는 어떤 물건도, 이를테면 우사의 여물통도 앤틱 시장에서는 돈이 되었을 것이다. 사인교·가마·마구세트·가구·궤짝·상여 등 돈이 될 만한 골동품은 '차떼기'로 훔쳐갔다. 심지어 정원석, 문짝, 할아버지가 끼던 안경까지 싹쓸이해갔다. 위창 오세창이 쓴 현판도 그때 사라졌다.

한국전쟁 때도 멀쩡했던 집이었다. 인민군이 중대본부로 사용하긴 했으나 집이 훼손되지는 않았다. "우리 집안이 그동안 몹쓸 짓은 안 한 모양이다. 정규군들은 괜찮았는데 빨치산들이 밤에 내려와 동네의 서너 집에 불을 질렀다. 그때도 우리 집은 무사했다"고 심 장주는 말했다.

그런데 장주가 집을 비운 사이, 송소고택은 쥐와 고양이와 도둑의 천국이 되어버렸다. 그 직전인 1970년대 새마을운동의 여파로 동네의 전통 가옥들이 '개량'되면서 마을의 풍취 또한 많이 망가진 터였다.

"요즘에는 국학진흥원이나 박물관이 유물을 보관해주면서 연구·전시하는 제도가 있다. 물론 소유주는 개인이다. 예전에는 이런 제도도 없었다. 정부 눈치 보기 싫어서 문화재로 등록도 하지 않았다."

문화재로 등록한 다음 2002년부터 심 장주는 정부 지원금을 받아 송소고택을 복구하기 시작했다. 새마을운동으로 사라졌던 마을의 옛 모습을 복원하라고, 정부가 이 마을에 60억 원을 투입했다. 고택 문화재

송소고택 장독대. 장독대가 있는 안채 뒤뜰 풍경도 단정하고 아름답다.

복원 사업이었다. 길을 다듬고 전선을 땅에 묻는 등 마을을 정비하고, 개별적으로는 집을 수리했다. 옛 분위기가 살아났다.

바로 그때 송소고택은 100년 넘은 지붕의 기와와 담장을 교체했다. 손길이 닿자 집은 금세 생기를 되찾았다. 1년 남짓 수리를 한 후 2003년 8월 관리자를 따로 두고 일반에 개방했다가, 2010년 직장생활을 마감한 심재오 장주 부부가 아예 이사 와서 살고 있다.

집을 일반에 개방하는 이유는 집을 관리하기가 수월하기 때문이다. 집에는 사람이 살고, 또 들고 나야 한다. 그래야 쓸고 닦게 마련이다. 방에는 불을 때고, 마당에도 풀이 나지 않는다. 구경하라고 개방을 하고, 민박 손님을 맞는 심 장주에게 고민이 없는 것은 아니다.

"예전에는 우리 집에 오는 손님들에게 돈을 받고 방을 내주는 것은 상상도 못할 일이었다. 새벽에 손님이 와도 밥상·술상을 내오고, 갈 때는 노잣돈까지 챙겨주는 것이 손님을 대하는 예우였다. 지금은 시대가 변했으니 적자 운영은 할 수 없는 노릇이어서 돈을 받고 방을 내준다." 이어서 심 장주는 말했다.

"이것을 사업이라 여기면 아주 피곤하다. 집을 관리할 수 있을 정도의 비용만 받으면서 홀가분하게 해야 한다. 고택이 가문의 얼굴이니 함부로 할 수도 없다."

송소고택의 삽살개 껌껌이.

　문화재로 등록되어 외관 수리는 지원금을 받을 수 있으나, 내부 수리 비용은 고스란히 개인의 몫이다. 고택으로서의 수준이 있으니 구들장 공사 하나도 대충 할 수는 없다. 한 달 고정 운영비만 500~600만 원이 들어간다.

　"우리 집은 차분하고 위엄이 있고 편안하다"고 심 장주는 송소고택을 이야기한다. 차분하고 위엄 있고 편안한 고택의 맛을 보려고 연간 7만 명 정도가 송소고택을 찾는다. 유럽, 중국, 일본, 동남아 등에서 온 민박 손님도 줄을 잇는다.

　기억에 남는 손님이 있느냐는 물음에 '프랑스 어느 주의 주지사 부부'를 꼽았다. 이유인즉, "떠난 자리가 감동적이었다"고 한다. 사과로 유명

온돌방 군불 때기.
고택에 들어서면 장작을 때는 고소한 냄새가 난다. 고택의 온돌방에서는 허리를 지질 수 있다.

한 청송을, 역시 사과로 유명한 프랑스 어느 주의 지사 부부가 방문했다가 송소고택에서 잠을 잤다. 잠을 편안하게 잘 잤다고 주인에게 대단히 고마워했다. 그들이 떠난 방에 들어가보니, 이불도 수건도 가지런히 잘 개어져 있었다. "사람이 떠난 자리가 그렇게 정갈할 수가 없었다"고 심장주는 말했다.

나는 프랑스 주지사 부부가 머물렀다는 바로 그 방에서 이틀 밤을 잤다. 이튿날 함께 묵은 친구 김학훈과 이불의 각을 잡느라 애를 썼다. 사용한 수건도 방바닥에 펼쳐서 말렸다. 정갈하게 떠나기란 쉽지가 않았다.

새벽 4시쯤에 눈을 떴다. 밤낮이 뒤바뀐 한국과 캐나다의 시차 때문이다. 지난 밤에는 한 번도 깨지 않고 잠을 잤다. 몸도 피곤했지만 무엇보다 뜨끈뜨끈한 온돌방이어서 달게 잤다는 느낌이 들었다. 몸이 가뿐했다.

일반 숙박업소와는 격과 차원이 달랐다. 아무리 고급 호텔이라고 해도 아침에 일어나면 몸이 무겁기 마련이다. 반면 고택 사랑방에서는 눈을 뜨자마자 몸이 가볍고 가뿐하다는 것을 단박에 느낄 수 있다.

전날 하루 종일 비가 내려 바깥은 여전히 습했으나, 방 안 공기는 따뜻했다. 일찍 일어나 딱히 할 일도 없거니와, 구들장의 뜨거운 맛이 좋아 이리 뒹굴 저리 뒹굴 하며 시간을 즐겼다.

경북 상주의 촌에서 태어나 캐나다까지 가서 살게 된 내가, 고향 곁으로 돌아와 들기름 잘 먹인 구들장에 등을 대는 호강을 누리고 있으니, 이런저런 생각이 많을 수밖에 없었다. 감회와 감상에 젖어 방바닥에 누워 두어 시간을 보냈다. 시간을 뭉개며 그저 뒹굴기만 하는 것도 오랜만에 해보니 달콤했다.

바깥이 푸르게 밝아왔다. 화장실은 사랑채에서 마당을 가로질러 왼편, 예전 곳간 건물에 있었다. 잠을 잔 방은 고전적이고, 화장실은 현대적이다. 아무리 방이 좋다 한들 화장실이 깨끗하지 않으면 점수는 절반 이상 깎이기 마련이다. 송소고택의 현대식 화장실은 깨끗함을 넘어 '예술'에 가까웠다. 대청마루 아래에 놓인 하얀 고무신을 질질 끌고 갔더니, 화장실 실내화가 따로 준비되어 있다. 입구에는 꽃이 꽂혀 있었다.

슬로시티의 이면

외씨버선길의 첫째 길은 주왕산국립공원에서 시작하여 달기약수탕으로 넘어가게 되어 있다. 태풍으로 계곡물이 불어나 국립공원 출입이 통제되었다는 소식이 들린다. 오늘부터는 어떻게든 걸어야 하니, 첫 코스부터 시작하는 종주는 포기할 수밖에 없다. 두 번째 길, 슬로시티길로 나간다.

슬로시티. 나는 이 용어를 이번에 처음 알았다. 느린 도시인가, 느리게 사는 도시인가, 느림을 추구하는 도시인가? 이런 의문이 생겼는데, 역시 '느리게 살자'를 모토로 내걸고 국제적으로 벌이는 운동이라고 한다. 한

외씨버선길에서 만난 대추나무.

국에는 슬로시티국제연맹이 실사를 통해 선정한 10여 개의 '느린 도시'가 있고, 경상북도에서는 상주와 청송이 그 리스트에 이름을 올렸다. 한국에서 '느리다'는 말은 여전히 부정적인 어감이 강한데, '슬로'라고 하니 그럴듯하다.

한쪽에서는 더 빨리 가자며 고속도로를 새로 만들고, 다른 쪽에서는 이제는 느리게 가자며 걷는 길을 내는 게 큰 유행이 되었으니, 한국에서는 국제연맹이 인정하든 말든 많은 도시들이 슬로시티를 지향한다고 할 법하다. 재미나는 사실은, 느림을 실천하자며 걷는 길을 내면서도 그 길은 또 얼마나 경쟁적으로 빨리들 내는지, 제주올레 성공 이후 한국 자치단체들의 걷는 길 만들기가 속도전을 방불케 한다는 것이다.

슬로시티길은 청송 읍내의 운봉관에서 시작한다. 청송군청 근처에 차를 세우고 길이 시작되는 운봉관 쪽으로 슬슬 걸어 내려갔다. 언덕에서 하천 쪽으로 경사가 져 있다. 등교하는 청소년들이 눈에 띌 뿐, 화요일 아침 8시께 작은 도시는 느긋해 보인다. 출근 시간의 분주함은 별로 찾아볼 수 없다.

운봉관 출발 지점을 확인한 후 아침 먹을 곳을 찾았다. 해장국집이 있을 법한데 문을 연 식당이 눈에 들어오지 않는다. 운봉관 건너편에 분식집이 하나 열려 있다. 작은 식당으로 탁자는 세 개가 전부다. 그러나 차림표에는 열 가지가 넘는 음식이 적혀 있다. 손칼국수가 눈에 들어온다. 주방에서 일하는 주인에게 말을 붙였다.

"외씨버선길 덕분에 장사 좀 나아졌습니까?"

"사람들은 많아진 거 같은데, 장사는 별로 좋아진 게 없니더."

주인은 말했다.

"요즘 외지 사람들은요, 다른 지역에 가믄 바가지 쓴다고 생각하나 봅니더. 먹을 거를 다 싸가이고 온다 아입니껴."

분식집 주인 정경희 씨는 대구가 고향이라고 했다. 27년 전 청송 사람에게 시집을 오면서부터 청송에 살았다. 그이 말에 따르면, 1960년대 말 청송의 인구는 8만 명이 넘었으나 지금은 2만 명도 채 안 된다. 교육 때문에 아이들을 인근에서 가장 큰 도시인 안동으로 많이들 내보내고 있으니, 그나마 남은 인구도 점점 줄어든다.

정 씨는 "먹고살기가 힘들다"고 했다. 11년 전부터 분식집을 운영하고 있으나 살림살이가 나아질 기미가 별로 보이지 않는다. 지금 공사 중인 영덕-상주 간 고속도로가 완공되면 좀 나아질까, 큰 변화는 기대하지 않는다. "소득이 별로 없다. 쓰지 않아서 밥이라도 먹는 거다."

본인은 쓰지 않는지 몰라도, 손님인 나에게는 인심을 많이 썼다. 나물 무침을 맛있게 먹는 걸 보더니 "안 짤라나?" 하면서 냉장고에서 통째 내온다. 칼국수 값 4,000원에, 토론토에서 하던 식으로 팁 1,000원을 더해 주었다. 극구 사양한다. 멀리서 온 손님에게 그러는 게 아니라며…….

"소헌왕후는 우리 큰집 할매라"

청송읍 한가운데에 있는 운봉관·찬경루에서 외씨버선길 첫발을 뗐다. 운봉관과 찬경루는 세종 때 건립했다는 객사客舍와 누각이다. 과거에는 손님을 맞고 연회를 열던 곳이었으나, 2008년에 복원되어 지금은 공연장 등으로 사용한다.

운봉관과 찬경루는 청송읍 앞을 지나는 용전천을 바라보고 있다. 앞이 탁 트인 전망이 무엇보다 시원하고 좋다.

경상도의 내륙에 파묻혀 있는 작은 고을에 이렇게 근사한 건물들이 세워졌다는 것이 신기하다. 역시 청송 심씨의 힘이다. 운봉관·찬경루 등으로 조성한 공원 이름은 소헌공원. 세종대왕의 정비인 소헌왕후 심씨의 관향이 바로 청송이다.

소헌왕후는 어질고 현숙한 왕비의 표본으로 추앙되는 인물로, 세종과의 사이에 10남매를 두었다. 소헌왕후를 배출했다 하여, 작은 고을 청송

은 경주·안동·상주와 같은 큰 고을 대접을 받았다. 청송 도호부. 규모로
보아서는 얻을 수 없는 '지위'였다.

소헌왕후를 배출한 청송 심씨는 조선시대 최고의 명문가로 꼽힌다. 또
다른 명문가인 파평 윤씨와의 400년 '산송山訟'(묘지에 관한 다툼)을 2011년
에 끝내며 새삼 주목받기도 했다. 소헌왕후의 청송 심씨와, 송소고택 만
석꾼의 청송 심씨는 어떤 관계인지 문득 궁금해졌다. 한 집안인 것은 분
명한데 한쪽은 서울을, 다른 한쪽은 청송을 근거지로 하고 있기 때문이
다. 소헌공원이나 송소고택 안내판 어디에도 이에 대한 설명은 없었다.

운봉관을 막 벗어날 즈음, 송소고택 심재오 장주에게서 마침 전화가
걸려왔다. 서울에 올라갈 일이 생겨서 오늘 밤에는 보지 못하겠다는 전
화였다. 궁금한 것이 있던 차에 잘 되었다 싶어 물어보았다.

"소헌왕후도 청송 심씨라는데, 심 장주님 집안과는 어떻게 됩니까?"

심 장주의 답은 짧고 명쾌했다.

"우리 큰집 할매라."

"예?"

"거가 우리 큰집이라꼬."

그이는 마치 질문을 기다렸다는 듯 이야기를 거침없이 쏟아냈다.

조선 태조 이성계가 역성혁명을 일으켰을 때, 청송 심씨 집안에는 시
조인 심홍부의 증손으로 형제가 있었다. 공교롭게도 형 심덕부는 이성
계 편에, 동생 심원부는 그 반대편에 섰다.

이후 서울에서 대대로 벼슬을 한 형의 후손은 서울집이라 불리며 서

울에 터를 잡았고, 두문동에 들어갔다가 낙향한 동생의 후손은 유훈을 지켜 고향에 뿌리를 내렸다. 유훈은 '학문은 하되 벼슬은 절대 하지 마라.' 심 장주는 말했다. "그래도 쌍놈은 되지 말아야 하니까……."

서울집은 조선시대 영의정 13명, 판서 20명, 정비 3명을 배출한 최고 명문가로 이름을 떨쳤다. 시조의 선산을 지키며 살아온 고향집은 앞서 이야기한 대로 9대에 걸쳐 2만 석 소출을 보던 전국적인 부자로 유명했다.

재미있는 사실은 형제가 정치적 입장은 달리했으나 우의는 좋았다는 점이다. 처음부터 반골 기질이 있던 동생 집안을, 누대로 큰 벼슬을 해온 형 집안이 잘 감싸주었다고 한다.

동생 집안은 지조를 지키며 중앙 조정에는 출사하지 않은 대신 나라에 환란이 닥치면 의병을 일으켰다. 임진왜란 당시의 심청, 을사늑약 때의 심성지가 동생 집안 출신이다. "집안에서는 이 어른들을 내세운 뒤 군자금을 댔다"고 심 장주는 말했다.

나는 역사 속 인물을 드라마의 탤런트 얼굴로 기억하는 버릇이 있다. 태종 이방원은 유동근, 영조는 이순재, 왕건과 대조영은 최수종이다. 소헌왕후 하면 이윤지의 얼굴을 떠올린다. 2008년 드라마 〈대왕세종〉에서 김상경의 상대역으로 나온 이가 이윤지인데, 내 머릿속에서는 그 젊은 여배우와 '할매'가 금방 연결되지 않는다.

전화를 끊고 난 후 "큰집 할매, 큰집 할매……" 하고 중얼거리며 길을 따라간다. 장이 서는 날이 아니어서 청송 재래시장은 다소 썰렁하다. 용전천 다리를 건너 외씨버선길의 조형물에 다가선다. 옹기 조각으로 만든 버선 모양의 조각이 눈길을 끈다. 그 옆의 합격사과라는 것도. 사과 농사를 지어 자식 교육시키는 고장다운 재미있는 발상이다.

눈길을 끄는 한편, 눈살을 찌푸리게 하는 장면이 함께 등장한다. 외씨버선길 조형물 앞에 자동차 한 대가 주차해 있다. 아무리 사람이 적게 오는 때라고 하지만, 걷자고 만든 길 위에 차를 세워 걷기를 방해하는 자동차 주인, 불법을 단속하지 않는 관계 당국……. 바로 이런 대목에서 한국이 선진국에서 1퍼센트 부족한 것을 확인한다.

용전천을 따라 호젓하게 걷는 폭 2미터가 안 되는 길 위에도 자동차한 대가 서 있다. 자동차가 좁디좁은 걷기 전용길에 어떻게 들어왔는지 신기할 따름이다. 인간들이 만든 질서와 규칙을 자기네가 지키거나 말거나 아랑곳하지 않은 채, 용전천 주변의 자연은 질서정연하게 잘 살아 있다. 깨끗한 곳에서만 산다는 천연기념물 330호 수달과 반딧불이를 이곳에서 구경할 수 있다고 했다. 반딧불이의 먹이인 골부리(다슬기)가 지천이라는 것이다.

9월 중순 아침이어서 수달과 반딧불이를 보진 못했지만, 대신 정말 오랜만에 동물원이 아닌 길에서 뱀을 구경했다. 중간 쉼터에서 수달 설명문을 읽고 있는데 뭔가 낯선 것이 그 아래에 누워 있었다. 몸이 오싹하면서 나도 모르게 비명이 흘러나왔다. "옴마야~."

2미터는 넘어 보이는 능구렁이는 내 비명에 놀랐는지 어쨌는지, 쉼터 바닥에 몸을 깔고 있다가 슬슬 기어가더니 수달 안내판 앞에 있는 난간을 타고 올라간다. 그리고 다시 내려와 시냇가 숲으로 몸을 숨긴다. 난간 아래로 그냥 사라져도 될 텐데, 굳이 위로 올라갔다가 내려가는 장면은 마치 시위를 하는 것처럼 보였다. 무서워서 멀찌감치 서서 사진을 찍었다.

31번 국도 다리 아래를 지나자 너른 논과 사과밭이 나타난다. 농부가 논에서 피(잡초)를 뽑고 있다. 큰 비가 온 다음 날, 햇볕이 강하게 내리쬐는 덥고 습한 날씨에 허리를 잔뜩 숙인 채 나이든 농부 혼자 일하고 있다. 할랑하게 걸으면서 "안녕하십니까?"라고 인사하기도 계면쩍었다.

갑자기 뒤에서 "거는 물 때문에 길 막혔는데⋯⋯"라는 소리가 들려온다. 길이 물에 잠겼으니 다른 길로 돌아서 가라고 한다. 이곳을 지나 야산을 하나 넘으면 송소고택이 있는 덕천마을이 나온다. 가볍게 등산하는 기분으로 산을 오른다. 고추밭이 나오고, 소나무 풍경이 등장한다. 또 "야~아" 하는 감탄사가 나온다.

청송 심씨 집안 출신의 의병장 심청沈淸을 추모하기 위한 정자 벽절정. 무엇보다 소나무들의 자태가 근사하다. 한국에서든, 캐나다에서든, 이렇게 인물 좋은 나무를 본 적이 있나 싶다.

다시 산길에 접어든다. 갈래 길이 나온다. 안내 표지가 없어, 사람의 발길이 좀 더 많아 보이는 길을 택한다. 5분 정도 걸어가자 갑자기 길이 끊긴다. 되돌아 나와 다른 길로 걸으니, 10분여 만에 정상에 이른다. 그곳에는 어느 집 산소가 있다.

아! 또 안내 표지가 없다. 짜증이 확 밀려온다. 안내판은 물론이거니와 나무에 묶는 헝겊 리본도 보이지 않는다.

두리번거리다가 묘지 한쪽으로 길이 나 있어서 그곳으로 방향을 잡았다. 30미터쯤 내려가니 길이 또 끊긴다. 바로 아래로 도로가, 그 너머로는 동네가 보인다. 덕천마을이다. 다시 올라가 길을 찾는 것보다, 덤불을 헤치고 그냥 내려가는 것이 빠르겠다 싶었다.

판단 착오였다. 청송의 야산을, 어릴 적 우리 집 뒷산 정도로 가볍게 생각한 게 큰 잘못이었다. 내려갈수록 덤불은 점점 더 촘촘하고 거칠었다. 마치 철조망을 둘러친 것 같았다. 야트막한 동네 앞산인데도 사람의 손길, 발길이 전혀 닿지 않은 곳이다.

찔리고 긁히면서 덤불을 헤치며 조심스레 발을 디뎠다가 갑자기 주~욱 미끄러졌다. 아찔했다. 족히 5~6미터는 되어 보이는 바위 낭떠러지 쪽으로 미끄러지고 있었다. 손에 든 취재수첩을 버리고, 카메라에서 손을 떼어 바닥을 짚었다. "어~어~어~" 하며 2~3미터쯤 주르르 미끄러지는 중에 '이러다 죽을 수도 있겠다'는 생각이 머리를 스쳤다.

발에 힘을 주어 버티려 했다. 낭떠러지로 떨어지기 직전 돌부리 하나가 발에 탁 걸렸다. 두 손으로 나무를 잡고 버텼다. 하늘이 노랗고 정신은 아득했다. '살았다!' 하는 안도감이 들었다. 카메라는 목에 걸린 채 무사했다. 바로 아래 도로로 자동차가 지나고 있는데, 빠져나갈 방법이 아득했다.

눈에 들어오는 것이 하나 있다. 바위 절벽 중간쯤에 제를 지내는 흔적이었다. 작은 돌들이 모여 있고, 타다 만 초와 향 따위가 놓여 있다. 바로 그 곁으로, 겨우 발을 디딜 만한 아주 좁은 길이 나 있었다. 넓이가 10센티미터쯤 되는, 발 하나를 겨우 얹을 수 있는 바위 사이의 틈이었다. 비스듬히 경사가 진 그 길을 조심조심 따라 내려갔다. 신기하게도 아래쪽 도로와 닿았다.

숲을 빠져나와 도로에 섰다. 얼굴과 목은 따가웠고 땀이 비 오듯 했다. 티셔츠와 바지는 흙투성이에다 물 먹은 걸레 같았다. 양쪽 팔꿈치가 뜨끔거렸다. 조금 파여서 피가 흘렀다. 요즘 말하는 '멘붕'이라는 게 바로 이런 것이구나 싶었다. 동네 야산을 가볍게 여기다 제대로 당한 낭패였다. 온몸에서 힘이 쭉 빠졌다.

덕천마을로 걸어 들어오다 보니, 소슬밥상이라는 식당이 보인다. 경북북부연구원 김순주 탐사팀장이 나와 동행하려고 기다리고 있다. 축 처져 들어오는 내 모습을 보고 김 팀장이 "무슨 일 있었습니까?"라고 걱정스럽게 인사를 건네온다. 자칫하면 크게 다칠 뻔했다는 생각이 들자 목소리가 높아졌다.

"무슨 일을 이렇게 합니까? 걸으라고 길 만들었으면 안내 표지를 확실하게 붙여야 할 거 아뇨. 그것도 제대로 안 해놓고 걸으라고 해요? 길 잘못 들었다가 지금 큰일 날 뻔 했잖아요."

"죄송합니다. 개통된 지 얼마 안 되어 미흡한 부분이 아직 많습니다. 앞으로 계속 보완해가야 할 부분입니다. 보완하겠습니다."

김 팀장은 대단히 미안해하며 나를 진정시키려고 애를 썼다. 찬물을 한 그릇 얻어 마시고, 특정 개인에게 퍼부을 일이 아니다 싶은 생각이 들자 흥분이 조금 가라앉았다.

"일단, 갑시다."

걷다 보니 벌렁거리던 가슴이 진정되고 정신도 제자리로 돌아왔다. 가장 큰 문제는 길이나 길의 안내 표지가 아니었다는 데 생각이 미쳤다. 지역에 대한 기초 정보를 충분히 숙지하지 못한 내 잘못이 가장 컸다. 그저 걷는 길이라 여기고 안이하게 생각했던 것이다.

토론토에서 경북 영양 출신의 아는 분에게 당신 고향의 산과 숲이 얼마나 깊고 울창한가에 대해 여러 번 이야기를 들었더랬다. 그런데도 나는 느리게 걷는 길이니 평탄한 들길로만 가는 걸로 여겼다. 지레짐작한 것부터가 잘못이었다. 남들보다 등산 경험이 많은 것도 아니요, 트레일이라고 해봐야 브루스트레일The Bruce Trail과 제주올레 경험뿐이었다. 그러니 복장도 일반 티셔츠에 청바지 차림이었다. 산행할 때 청바지가 얼마나 무겁고 불편하가를 잘 알면서도 '힐링'을 위한 길이라며 가볍게 생각한 내 잘못이 가장 컸다.

동네 산을 넘어 이웃 동네 신기리로 가는 길. 이 길들은 오랫동안 사라졌다가 힐링을 위한 길로 다시 살아났다.

다시 길에 들어서면서 놓았던 정신줄을 잡고 보니, 첫 번째 구간에서 다소 험한 일을 당한 게 오히려 다행이다, 예방주사 잘 맞았다 싶었다. 하긴, 전날 경북북부연구원에 들렀을 때 직원 모두가 등산복 차림을 한 것이 이채로웠는데, 그게 다 이유가 있었다. 외씨버선길에 가장 잘 어울리는 복장이었던 것이다.

송소고택 앞을 지나 큰 시내를 따라 올라갔다. 평소에는 다슬기를 잡을 정도로 물이 맑다는데, 태풍으로 불어난 물 때문에 그 맑음을 보지 못하는 게 아쉬웠다. 새로 놓았다는 아름다운 징검다리도 물에 잠겨 있었다. 지나는 길에 있는 중평솔밭이라는 숲은 소나무 100여 그루가 장관을 이루고 있었다.

용전천을 따라가는 논두렁에는 메뚜기가 뛰어다녔다. 김순주 팀장이 말했다.

"요즘 농민들은 제초제를 쓰면 땅이 나빠진다는 것을 경험적으로 안다. 그래서 논두렁에도 제초제를 쓰지 않는다. 과수원의 나무 아래에도 제초제 대신 다른 잡초가 자라지 못하도록 토끼풀을 심기도 한다."

주변의 정겨운 풍경보다 눈에 더 잘 들어오는 것이 길 자체였다. 농로의 잡초는 깨끗하게 깎여 있었다. 이 길은 동네의 70~80대 어른 두 분이 다듬었다고 했다. 풀 베는 예초기로 2킬로미터가 넘는 잡초 길을 단 하루 만에 걷는 길로 만들어냈다.

무너진 옛길을 되살리다

청송에서 영월까지, 외씨버선길을 내는 데는 동네 주민들이 큰 몫을 했다. 걷는 길은 마을과 마을을 연결한다. 자동차 구경하기도 어렵던 시절, 내 고향 동네만 하더라도 이웃마을로 갈 수 있는 길은 동서남북으로 나 있었다. 신작로도 있고, 논두렁길 같은 소로도 있었다. 산에는 산길이 나 있었다. 자동차가 일상화되면서 마을과 마을을 연결하던 실핏줄 같은 작은 길들은 사라졌다. 쓰임새도 없거니와 더는 걸을 사람도 없기 때문이다.

외씨버선길은 사라진 그 길을 찾아 복원했다. 마을 어른들이 기억을 더듬어 옆 동네 가던 길, 학교 가던 길, 시장 가던 길 등을 찾아냈다. 잡초와 잡목에 덮이거나 무너진 옛길을, 그들은 곡괭이와 삽으로 되살렸다. 그 길이 청송, 영양, 봉화, 영월을 잇는 외씨버선길이다.

사람들은 이제 마을에서 마을로 가기 위해 그 길을 걷지 않는다. 길은, 그 길을 걷는 나와 나의 내면을 잇는 길로 변모했다. 세상사에 지친 나의 내면을 돌아보고 대화하기 위해, 상처 입은 영혼을 스스로 치유하기 위해, 사람들은 일부러 옛길을 찾아 천천히 걷는다. 안식과 힐링을 위한 최적의 길인 것이다.

송이 전쟁

청송 시장으로 넘어가는 산길이다. 길은 나무 계단과 다리 등으로 매끈하게 이어져 있다. 길을 낸 동네 어른들은 무너진 곳에는 계단을 만들고, 습지는 돌로 메웠다. 계곡에는 다리를 만들었다.

산길을 오르다 보니 돌로 쌓은 다리가 나왔다. "이건 예전부터 있던 다리인 모양이네요"라고 했더니, 김순주 팀장이 "이번에 새로 만든 다리"라고 말했다. 돌 사이에 이끼 긴 돌을 끼워 넣어 오래된 다리 같은 느낌을 주었다. 평생 자연과 더불어 살아온 어른들은 자연의 성격과 색깔을 잘 안다. 하여 지혜롭고 아이디어가 많다.

언덕을 넘자마자 사과 과수원이 나타난다. 길은 과수원길, 곧 사유지로 이어진다. 어떤 훌륭한 분이 자기 땅을 걷는 길로 내놓았나 궁금하던 차에, 마침 과수원 저편에서 작업을 하는 주인을 만났다.

파천면 신기리 사과밭 주인 황병열 씨다. 서른일곱 총각이다. "사과밭 한가운데를 걷게 해주셔서 고맙습니다"라고 했더니, "원래 있던 길인데요, 뭐”라며 쑥스러워했다.

그이는 스물네 살 때부터 농사를 짓기 시작했다. 소를 키우고, 고추를 심었다. 사과나무는 심어놓고 8년 동안 따지 않다가 소출을 보기 시작한 지는 몇 년 되지 않았다. 이 사과나무에서 25년 동안 사과를 딸 수 있다고 했다.

“농사짓기 어떠냐?”고 물었다.

“요즘 농사 괜찮다”고 그는 말했다.

“어른들 말씀이, 사과는 주인 발소리를 듣고 무럭무럭 자란다고 한다. 정성을 들인 만큼 된다는 얘기인데, 올해는 굵기가 확실히 좋다. 색도 잘되고…….”

태풍 피해는 없었느냐고 물었다. “원래 청송이 내륙에서도 푹 꺼진 지역이어서 큰 바람이 불어도 다른 곳에 비해 영향을 적게 받는다. 태풍이 와도 사과나무가 쉽게 넘어지지 않는다. 이 지역은 음지이고 추워서 사과가 잘 된다. 올해는 부사가 잘 되었는데, 점박이가 많아서 문제다.”

그래도 넘어진 나무가 몇 그루 있어서, 황 씨는 가을이면 과수원에서 거의 살다시피 하고 있다. 9월의 잦은 비 때문에 땅 마를 날이 없어 “딱지겹다”고 그는 말했다.

그이는 “이거 하나 들어보세요”라며 사과 몇 개를 불쑥 내밀었다. 속마음과는 달리 입으로는 “민폐 끼치기 싫다”고 했더니, 그이는 “그러면 서운하다”며 배낭에 굵은 사과들을 넣어준다.

처음 맛보는 청송 사과다. 굵은 알을 한 입 크게 베어 물자 사각, 하는

청송군 파천면 신기리 사과밭 주인 황병렬 씨. 서른일곱 총각이다. 과수원을 가로지르는 길을 외씨버선길로
사용하도록 내주었다.

소리가 났다. 물이 많다. 신맛이 날까봐 미리 인상을 찌푸렸는데 그럴 필
요가 없었다. 이빨에 닿는 느낌이 상쾌하고 맛이 달다. 무엇보다 신선하
다. 젊은 주인은 농담을 잘 했다.

"싱거우면 소금 쳐서 드소. 안 달면 꿀 발라드시고……. 커피 살짝 치
면 커피 사과……. 히히……."

과수원에서 내려오는 길에 자동차가 서 있고, 그 옆에 한 남자가 손에
막대기를 들고 우두커니 서 있다. 신기리에 사는 김영락 씨다. 사과밭 주
인보다 3년 선배라 했다. 송이를 지킨다고 했다. 아직 해가 중천에 있는
데 송이를 지킨다고?

바야흐로 '송이 전쟁'의 첫 장면을 보는 순간이다. 송이 채취와 구매,
맛에 관한 이야기는 길을 걷는 내내 들었다. 이곳 사람들 누구나 송이 이

야기를 했다. 송이가 나는 철이기 때문이다.

김 씨는 대낮에도 남의 산에 몰래 들어가 송이를 따는 사람들이 있다고 했다. "2,000만 원 벌금경고문 붙여야 아무 소용없다. 산 주인 몰래 따는 것도 그렇지만, 어린 송이를 밟아버리니 그게 더 큰 문제다." 그이의 주업 또한 사과 농사다. 3남매를 두고 마을에 황토집을 짓고 산다. 젊은 사람이 농촌에 살면서 불편한 건 없느냐고 물었다.

"조금 갑갑한 게 사실이다. 청년회에서 뭘 추진하려고 할 때 어른들이 가끔 '어흠, 그래 해서 되나?' 하고 한 마디 하신다. 그러면 처음부터 다시 시작해야 한다."

그이는 외씨버선길에 대한 아이디어가 많고 기대 또한 크다. 그중 하나가 억새밭을 활용하는 것이다. 환경청이 상수도 상류지역 보호구역으로 지정한 마을 앞 억새밭으로 길을 내면 더없이 좋을 것이라고 했다.

"환경청에서 허락만 하면 길은 우리가 낸다. 억새 사이로 사람들이 걷는다고 오염될 것도 없는데……"

아래로 보이는 억새밭이 과연 좋기는 좋았다. 그가 보기에, 제주올레의 반의 반만 와도 외씨버선길은 성공이다.

제주올레가 유명하기는 한 모양이다. 곁에 있던 김순주 팀장이 에피소드 하나를 들려주었다. 마을 어른들에게 전화를 걸어 "외씨버선길입니다. 걷는 길이요" 하면 "응, 올레길이라꼬?"라는 답이 온다.

"아뇨, 외씨버선길이요."

"응, 알아, 올레길!"

천연기념물 제192호 지정수 신기리 느티나무.

신기리 느티나무 할배

청송의 '간판스타' 가운데 하나인 신기리 느티나무가 보인다. 바로 그 앞에 오래되고 근사한 흙집이 하나 있다. 문을 닫은 정미소다. 문을 열어 안을 들여다보았다. 가동하지 않은 지 20년이 넘었다고 하는데, 아직도 작업하던 흔적이 고스란히 남아 있다. 집의 뼈대가 드러나는 멋진 건물이다.

느티나무 바로 옆집에 들어가 물 한잔을 청했다. 느티나무 곁에서 오

오래된 정미소. 가동하지 않은 지 20년이 넘었으나 건물은 물론 내부 시설도 고스란히 살아 있다.

래 사셨냐고 물었더니 "이 집에서만 60년을 살았다"고 했다. 최보선 씨. 81세. 남편은 6년 전에 세상을 떠났고, 슬하의 7남매는 다 외지에 나가 살고, 홀로 이 집을 지키고 있다. "친정 부모님이 정신대(종군위안부)에 끌려가게 하느니, 빨리 시집을 보내자고 하셔서 열여섯에 이 마을로 시집 왔어요. 평생 느티나무 할배한테 기대어 소원 빌며 살아왔지요. 집안, 동네 평안케 해달라고……. 정월대보름 때는 동네 사람들이 모여 함께 제를 올려요."

"사진 한 장 찍어도 되겠습니까?" 했더니 "속 난닝구 차림으론 안 되지"라며 얼른 셔츠를 입고 단추를 하나씩 여민다. 고운 어머니 모습이다.

천연기념물 제192호 지정수로 300년 수령을 헤아리는 느티나무를 구경하고 있는데 "커피 한잔 하고 가이소"라는 소리가 들린다. 느티나무

신기리 최보선(81) 씨. 신기리 느티나무 곁에서 70년 가까이 살아왔다. 사진을 찍겠다고 했더니 얼른 옷을 갈아입는 '센스'를 보였다.

바로 옆에 사는 마을 청년회장 황현태(52) 씨다. 개 두 마리가 목이 터져라 짖어대는 집으로 들어갔다. 부인이 커피와 사과를 내온다. 도시에 살다가 고향집으로 돌아와 농사지은 지 4년째라고 했다. 황 씨는 말했다. "귀농이라기보다는, 고향 우리 집으로 돌아온 것"이라고. "어릴 적에 했던 일이니 딱히 어려울 것도 없고…… 이 지역에는 논이 없으니 주로 고추와 사과 농사를 짓는다."

그래도 수십 년을 도시에 살다 왔는데, 불편함이 없을 리는 없다. "처음에는 돈이 돌지 않고 자금 회전이 느리니 그게 힘들었다. 귀농의 어려움은 바로 그것이다. 그 외에는 다 좋다."

파천면 신기리는 평해 황씨 집성촌으로 마을의 80퍼센트가 그 집안 사람들이다. 240호나 되는 큰 마을이다. 집은 그대로인데 사람은 많이 줄었다.

황현태 청년회장은 느티나무 바로 옆에 집이 있으니 어릴 적부터 나무 주변에서 일어나는 일을 많이 보아왔다. 나무 곁 어떤 집에서 연탄을 땔 때는 바람에 나무의 한쪽 가지가 썩어버렸지만, 예전 단오절이면 나무에 그네를 다섯 개나 매달았다고 한다. "이웃 동네 사람들도 와서 그네를 탔다. 한꺼번에 타는 걸 보면 장관이었다."

과거 새마을운동이 한창일 때도 이 당산나무만은 아무런 문제가 없었다. 황 씨에 따르면 예전부터 느티나무에는 젊은 사람들이 많이 찾아온다. 특히 1970년대 초에는 월남전에 나가는 청년들이 많았다. 신기리뿐 아니라 인근 동네 청년들이 밤에 홀로 조용히 와서 무사귀환을 빌었다.

큰일을 앞둔 젊은이들이 정신적으로 의지할 정도이니, 마을 사람들이 지닌 경외심은 어렵지 않게 짐작할 수 있다. 느티나무 주변에서는 누구나 조심스럽게 행동했다. 예로부터 느티나무 아래에서는 욕설은 물론 음성도 높이지 않았다. 본인에게 해롭다고 믿었기 때문이다.

사과밭에서 갓 따온 사과는 달고 상큼했다. 마당에 앉아 재미있는 이야기를 들으며 먹으니 믹스 커피도 향이 좋다. 개가 계속 짖어대자 주인이 사과를 던졌다. 사과를 먹고, 개가 똥을 눈다. 가만히 보니, 개가 자기 똥을 먹는다. 주인 황 씨는 "저게 진짜 똥개다"라고 말했다. 촌 출신인 나도 똥 먹는 진짜 똥개는 처음 보았다.

오후 5시께가 되어, 슬로시티길의 종착지인 청송 전통한지 공방으로 발길을 돌렸다. 이곳은 이자성 장인이 7대째 가업을 잇는다고 했다.

이 장인은 외출중이고 딸 이규자 씨가 공방을 지키고 있다. 유치원 교사였던 이 씨는 2012년부터 공방에서 일하며 가업을 잇고 있다. 이곳이 두 번째 코스의 종착점이자 세 번째 코스의 출발 지점이니만큼 다음에 이자성 장인을 만나기로 했다.

친구 김학훈이 청송읍에 방금 도착했다고 연락해왔다. 중학교 때 만나 지금까지 벗으로 지내온 친한 친구다. 동서울버스터미널에서 아침에 버스를 탔다고 했다. 학훈이는 10여 년의 대기업 직장 생활을 마감하고, 개인 사업을 하고 있다.

2002년 5월 내가 캐나다로 간다고 말하자 학훈이는 울었다. 손등으로 눈물을 닦아가며 울었다. "네가 가면 내가 무슨 낙으로 사나" 하면서……. 남자의 눈물은 사람을 정말 슬프게 한다. 가끔씩 한국에 갈 적마다 그 '낙'을 채워주려고 가장 먼저 만나는 친구인데, 내가 외씨버선길을 걷는다고 했더니 선뜻 시간을 내어 찾아왔다.

김순주 탐사팀장과 헤어진 후, 차를 세워둔 청송읍 운봉관 근처로 갔다. 학훈이는 그곳에서 나를 기다리고 있었다.

악수를 하면서 내 얼굴을 본 학훈이의 첫마디는 "오늘 걷느라 고생했구나?"였다. "아니, 뭐, 별로……." 말은 그렇게 하면서도, 학훈이의 옷차림을 보고 속으로는 '흐흐, 너도 고생 좀 하겠구나?'라고 답했다. 나는 등산화라도 신었지만, 학훈이는 청바지에 운동화 차림이었다. 그저 가볍게 걸을 수 있는 길로 여기고 왔을 것이다.

가까이에 솔기온천이 있었다. 입장료는 6,000원. 6달러가 안 되는 돈이다. 일반 사우나만 해도 감지덕지인데 온천이라니, 이런 호사가 없었다. 오늘 낮의 '멘붕' 기억마저 씻겨 내려가는 느낌이었다.

청송이
청송인 이유

"어우~~, 잘 잤다. 조~오~타."

잠에서 깨자마자 학훈이가 탄성을 내지른다. 송정고택·창실고택 등 청송 덕천마을에 다른 고택도 많지만 학훈이를 위해 고택의 대표 격인 송소고택에서 하루를 더 묵었다. 서울에서 나고 자라서 시골 구들장 맛을 잘 모르는 학훈이도 잠을 깊이 잘 잤다며 "조~오~타"를 연발했다.

아침 일찍 송소고택 뒷집에 사는 심재홍 씨를 마당에서 만났다. 1945년생으로 송소고택 주인의 집안 형님 된다고 했다. "지금 사는 집에서 얼마나 사셨느냐"고 물으니 "태어나서 지금까지 계속 살았다. 전쟁 때 피난도 가지 않았다"고 했다.

한국전쟁 당시, 그의 나이는 만 5세였다. 식구들은 모두 피난을 떠나고 집에는 허리가 구부러진 할머니와 다섯 살짜리 손자만 남았다. 어린

아이의 눈에도 크게 속상한 일이 하나 있었다.

"인민군들이 집안 가득 쌓여 있던 고서를 마당에 몽땅 끄집어내어 불에 태웠다. 막대기로 쑤셔가며……. 왜 그러는지 이해할 수가 없었다. 어린 내 눈에도 고서가 너무 아까웠다. 피난에서 돌아오신 할아버지께서 안타까워하며 화를 내시던 모습이 지금도 눈에 선하다."

심 씨는 "이건 못 봤을 거야" 하면서 사랑채의 오른쪽에 있는 별채로 이끈다. 그가 보여주려 한 것은 별채가 아니라, 별채 담장에 나 있는 구멍이다. 별채에 기거하는 아씨들이 바깥세상을 내다보라고 낸 구멍이다. 재미나는 것은 구멍에 각이 져 있다는 사실이다. 구멍을 들여다보니 안에서는 밖을 볼 수 있는데, 밖에서는 안을 볼 수 없다. 담장에 구멍을 뚫은 것도 그렇거니와, 구멍 하나 만드는 데도 이렇듯 세심하게 배려했으니, 집 전체를 얼마나 정교하게 설계하고 꾸몄을지 짐작이 간다.

아침 8시. 집을 나선다. 서울 간 주인 대신 삽살개 껌껌이가 대문 앞까지 따라 나와 배웅을 한다.

전날 예약을 해둔 소슬밥상으로 향했다. 송소고택 바로 앞에 있다. 천연염색 공방인 동시에 식당으로도 이름이 나 있는 곳이다. 된장찌개에 반찬 열두 가지가 상에 올랐다. 고등어를 빼고는 전부 나물이다. 찌개 한 방울 남기지 않고 다 비웠다. 정갈하고 맛이 좋았고, 무엇보다 집 밥의 정성이 느껴졌다.

밥을 먹는 중 텔레비전에 송이에 관한 이야기가 나왔다. 송이를 두고 '가을의 선물'이라고 했다. 어딜 가든 송이 이야기였다.

어제 가지 못한 첫 번째 구간 출발점으로 향했다. 주왕산국립공원. 주차장 매표소에 근무하는 이가 "아직도 물이 많아서 1폭포까지밖에 못 간다"고 했다. 걷다가 중간에서 돌아 나와야 한다는 얘기다. 그럴 수는 없었다. 오늘도 1구간은 포기해야 했다. 세 번째 길로 향했다.

다시 덕천마을을 거쳐, 어제 스치듯 지난 중평솔밭에서 차를 세웠다. "뻥! 뻥!" 하고 폭탄 터지는 소리가 계속 들린다. 조용한 시골길에서 여간 시끄러운 게 아니다. 귀에 거슬릴 뿐만 아니라 짜증까지 치민다.

솔밭에서 만난 마을 어른에게 들으니, 들짐승을 쫓는 소리라고 한다. 고라니, 멧돼지, 산까치, 까마귀 등등이 사과와 고추 같은 농작물을 파헤치는 바람에 수확기에 피해가 극심하다고 했다. 그 이야기를 들으니 더 이상 소음이 소음으로 들리지 않는다. 짜증도 바로 가라앉는다.

중평솔밭에서 만난 어른은 파천면 중평리에 사는 신장수(71) 씨. 초등학교에 다닐 때 이 솔밭에서 숨바꼭질을 했다. 지금도 수백 년 된 소나무 100여 그루가 장관을 이루지만 "어릴 적에는 세기 어려울 정도로 나무가 빽빽했다"고 한다. 동네에 다리를 놓거나 서원을 지을 때 몇 그루씩 베어내곤 했다.

지금도 이름이 남아 있는 '태풍의 전설' 사라호(1959년)와 루사(2002년) 때 소나무가 많이 떠내려갔다. "태풍 때문에 70~80그루는 사라졌다."

신 씨가 가장 안타까워하는 것은 일제강점기에 자행된 소나무 훼손이다. 그가 손가락으로 가리키는 곳마다 소나무가 움푹 패여 있다. 일제가 석유·석탄을 대체하는 연료로 송진을 공출할 때, 중평솔밭이 표적이 되었다. 나무마다 송진을 뽑기 위해 흠집을 낸 자국이 지금까지 큰 흉터로 남아 있다. "일본 놈들이 아주 험하게 송진을 뽑아가는 바람에 남아 있는 나무도 많이 상했다. 안 그랬으면 지금보다 훨씬 더 굵었을 텐데……."

신 씨에 따르면, 중평솔밭은 수백 년 전 평산 신씨 집성촌인 중평리 마을 사람들이 계를 만들어 조성했다. 이 마을은 소나무가 자라는 데 온도와 습도가 아주 잘 맞는 곳이라고 했다. 정확한 수령은 알 수 없으나 신 씨는 "가장 굵은 게 300~400년은 되었을 것"이라고 말했다.

맑은 시내와 더불어 아름다운 풍경, 시원한 그늘을 제공하는 중평솔밭은 현재 소규모 공연장과 캠핑장으로 활용된다. 공연장이야 그렇다 치고, 귀한 솔밭을 캠핑장으로 내주는 것은 이해하기 어렵다. 소나무 가지에 붉은색 노끈이 묶여 있어 살펴보니 텐트를 친 흔적이다. 텐트를 치고 놀다가 노끈도 제대로 걷어가지 않은 것이다. 몇 백 년 된 소나무 바로 아래에 텐트를 치고, 불을 피우고, 고기를 구웠을 것이다. 홀대를 해도 좀 심하게 한다는 느낌이 들었다.

한지는 느리게 걷는 길과 닮았다

두 번째 길의 종점이자 세 번째 길의 출발 지점인 청송 전통한지 공방 쪽으로 갔다. 어제 못 만난 이자성 전통한지 장인이 오늘은 공방에서 작업을 하고 있을 터이다.

공방 건물에 들어서자 왁자지껄하게 웃고 떠드는 어린 목소리들이 들

중평솔밭. 소나무 도시 청송의 진면목을 확인할 수 있는 곳이다. 중평리 마을 입구에
300~400년 된 소나무가 100여 그루 서 있다.

려온다. 안을 들여다보니 현서중학교 2학년생 10여 명이 앉아 수업을 듣고 있다. 교육청에서 주관하는 문화체험이라고 했다. 이자성 장인의 딸인 이규자 씨가 물에 풀어놓은 종이 재료를 네모난 도구(발)로 뜨는 과정을 설명하고 있다. 한 사람씩 나와 직접 종이를 떠본다.

어릴 적의 이런 체험은 평생 좋은 기억으로 남는다. 종이를 직접 떠본 이 아이들은 앞으로 전통한지에 대해서는 한 마디쯤 이야기할 수 있을 것이다. 한국 청소년들이 사는 곳이 입시 지옥이라고들 하는데, 그 지옥에도 이렇게 좋은 공간과 시간이 있다. 아이들에게는 산소 구멍 같을 것이다.

이자성(63) 장인은 건물 오른쪽 작업실에서 일을 하고 있었다. 무릎 위까지 덮는 긴 장화를 신고 물에 들어가 일을 하고 있다. 허리를 깊이 숙

청송 전통한지 공방의 이자성 장인과 부인 김화순 씨.

이고 고무장갑을 낀 손으로 물속을 휘젓는다. 한지 재료인 참닥나무를 표백하는 작업이다. 이 장면 하나만 보아도 전통한지가 얼마나 어렵고 고된 과정을 거쳐 나오는 것인지를 짐작할 수 있다.

7대째 내려온다는 이 일을 이 장인이 시작한 때는 1982년. 참닥나무를 재배하고, 삶아서 벗기고, 표백하고, 칼로 한 번 더 벗기고, 삶고, 두들기고, 즙을 내어 틀로 뜨고, 물을 짜서 건조기에 말리기까지, 종이 제작은 큰 과정만 꼽아도 12단계를 거치게 되어 있다. 다른 소소한 것까지 합하면 모두 100여 단계에 이른다. 이 장인 곁에서 칼로 벗기기 작업을 하던 부인 김화순(65) 씨는 "수고에 비해 수익이 별로라서 젊은 사람들이 이 일을 안 하려고 한다. 그게 안타깝다"고 말했다.

서화 및 공예의 재료, 고급 벽지와 창호지 등으로 사용되는 전통한지는 기계가 아닌 사람의 손을 통해 가장 느리고 어려운 과정을 거쳐 만들어진다. 고급 종이가 지천인 이즈음 경북 청송의 한 모퉁이에서 고집스럽게 만들어지는 전통한지는 아름답다. 한지는 느리게 걷는 길과 여러모로 닮았다.

무심히 걷다 보면 알게 되겠지

세 번째 길이 시작되는 신기리 느티나무 앞으로 다시 돌아왔다. '김주영객주길.' 파천면 신기리에서 작가 김주영 씨의 생가가 있는 진보면으로 이어진다. 15.6킬로미터. 길 이름 때문에 대하소설 『객주』(전9권)의 주요 무대가 아닐까 생각할 법하지만 소설 내용과는 별 관계가 없다. 청송군 진보면 월전리가 김주영 씨의 고향이고, 그가 어릴 적 저미듯 체험한 진보면 저잣거리가 작품에 간접적으로 투영되어 있을 따름이다.

작가는 『객주』의 머리말에서 고향의 저잣거리에서 본 '강렬한 인생들'의 치열한 삶을 어떤 방식으로든 풀어놓아야 한다는 강박관념에 부대껴왔고, 『객주』는 그런 강박감에 대한 하나의 해결이었다고 이야기한다. 김주영객주길은 강렬한 인생들의 치열한 삶이 있었다는 바로 그 저잣거리로 이어진다.

길의 입구는 역시 사과밭과 고추밭이다. 가끔 인삼밭과 벼가 무르익는 논이 보이기도 하지만 어딜 가든 사과와 고추가 대세다. 길에 들어서자마자 또 근사한 소나무가 나온다. 하늘 향해 두 팔 쭉 벌린 수령 250년 된 나무다. 학훈이 역시 어제 내가 연발했던 "와~" 소리를 내기 시작한다. "감탄 좀 아껴라. 앞으로 계속 나오거든" 하며 나는 하루 먼저 걸었다고 아는 척 했다.

왼편 도랑 너머 고추밭에 앉아 있는데, 큰 모자와 수건을 쓰고 일하는 아주머니들이 보인다. 일부러 걸음을 빨리 한다. 일하는 사람들한테 걷는 모습을 보이는 게 조금 미안해서다. 걷는 게 노는 것 같아서…….

멀리 산이 보이고, 동네가 보이고, 길옆으로는 고추밭·사과밭이 계속 이어진다. 폭 3미터 정도 되는 시멘트 포장길로 농가의 차들이 들락날락한다. 자동차 소음이 사라지면 들리는 소리라고는 물소리, 새소리뿐이다. 습도가 높아 등에 땀이 슬슬 차기 시작한다.

감곡저수지 왕버들 군락지. 주왕산의 주산지 왕버들과 같은 수종이어서, 이곳은 '리틀 주산지'라 불린다.

한 시간 남짓 걸었는데 학훈이는 벌써 힘든 모양이다. 혼자 묻고 혼자 대답한다.

"평생 이 뙤약볕에 땀 흘리며 일부러 걸을 일 있겠나? 걷는 길이라고 이름 붙였으니 걷는 거지."

사실이 그렇다. 딱히 볼 만한 구경거리도, 걸어야 할 분명한 이유도 없는 길을 땀 뻘뻘 흘려가며 그냥 걷는다. 혼자서 무심히 걷다 보면 살아온 삶을 돌아보게 되고, 반성도 하고 용서도 한다. 친한 친구와 둘이 걷다 보면 40년 가까이 공유해온 삶을 복기하게 된다.

작가 박완서 씨는 산문집 서문에서 세상에서 가장 즐거운 것 세 가지를 이야기한 적이 있다. 첫째는 편한 의자에 앉아 재미있는 책을 읽는 것이요, 두 번째는 맛있는 음식을 먹는 것, 세 번째는 마음 맞는 친구 만나

미운 놈 욕하기. 나는 이 중에서 세 번째가 솔직하고 인간적인 것 같아 가장 마음에 들었다. 지금 내 곁에는 마음 맞는 친구가 있어 즐겁다. 미운 놈 욕도 함께하니 더 즐겁다.

작은 저수지가 하나 나온다. 역시 태풍으로 물 전체가 황토색이다. 저수지를 끼고 돌면서 야산과 마주하는데, 신기한 풍경이 눈에 들어온다. 나무가 땅이 아닌 물속에서 자란다. 처음 보는 광경이다. 감곡저수지 왕버들 군락지라고 했다. 안내판에 따르면, 왕버들은 습지나 냇가에서 자라고 물속에서도 썩지 않고 살 수 있다. 주왕산 주산지의 왕버들과 같은 수종이어서 이곳은 '리틀 주산지'라 불린다.

학훈이는 주산지를 금방 기억해낸다. 김기덕 감독의 영화 〈봄 여름 가을 겨울 그리고 봄〉의 무대라고……. 학훈이는 주산지가 외씨버선길 코스에 들어 있는지 찾아보라고 했다. 주왕산의 첫 번째 길에서 비켜나 있었지만, 가보기로 했다.

태풍의 흔적은 미끄러운 길과 습한 날씨로 끈질기게 남아 있다. 사람 발길이 뜸했던 모양이다. 길은 잡초로 덮여 있고 곳곳이 도랑을 이뤄 끊겨 있다. 야트막한 마을 뒷산을 오르는 기분으로 나섰지만 옷은 벌써 흠뻑 젖었다. 그래도 기분은 상쾌하다. 맑은 공기가 있고 푸른 숲과 하늘이 있기 때문이다.

작은 마을이 나타난다. 마실 물이 떨어지고 목도 마르고 하여 마을의 첫 번째 집으로 들어갔다. 빛이 잘 드는 남향이다. 마루에는 요강이 놓여 있다.

"계십니까?" 했더니, 우리 어머니 연배쯤 되는 팔순 어른이 나온다.

"물 좀 얻어 마실라고요."

내 말투는 조금씩 고향 사투리로 변해가고 있었다. 마당에 수도가 있는데도, 어른은 집 안에서 주전자를 들고 나와 컵에 따라준다. 작은 키에 자그마한 몸집이다. 저 작은 몸으로 수십 년 세월, 뙤약볕 아래에서 농사 지어 자식들 키우고 출가시켰을 터이다. 농촌의 어머니라면 누구나 그

수정사 아랫동네에 사는 어머니. 추석에 집에 오는 자식들에게 주려고 토란을 말리고 있다.

렸듯이. 금으로 된 실귀고리가 눈에 띈다. 예쁘다.

"귀고리 하신 지 얼마나 됐어요?"

"40년 정도요."

"누가 해주셨어요?"

"먼저 간 영감님이요."

"그럼, 그때부터 늘 끼시던 겁니까?"

"예."

"성함이 어떻게 되세요?"

"이름 없어요"

진짜로 없는 것인지, 수줍음 때문에 그러시는 건지, 어른은 사진도 잘 찍고 연세도 잘 가르쳐주면서 이름은 끝내 말하지 않았다. 올해 여든넷이라고 했다. 안동의 큰 동네에 살다가 영감님 따라서 이곳에 들어온 지 50년 되었다. 동네 이름을 물으니 그냥 '수정사 마을'이라고 했다. 지도를 보니 수정사 아래 파천면 송강리다.

이곳에 와서는 담배 농사를 주로 지었는데, 남의 땅을 부치다 보니 돈은 별로 못 벌었다고 한다. "내 땅도 없고 약값, 기름값도 비싸서……. 요즘은 고추 농사를 지어요."

예순이 넘은 큰아들 내외가 어머니와 함께 살고, 나머지 4남매는 서울과 포항에 나가 산다. 이야기를 나누는 중에 어른은 담배를 피워 물었다.

"몸에 안 좋은데 담배는 왜 피셔요?"

"영감님 먼저 보내고 나서 피기 시작했어요. 속상하면 한 대 피고, 속에 불날 일 있으면 한 대 피고……. 사람 살다 보면 속에 불날 일이 있으니까."

어른은 마루에 나물을 말리고 있었다. 토란이다. 텃밭에 심었던 토란을 말려서 다시 삶는다고 했다. 추석에 객지에 나가 사는 자식들이 오면 미꾸라지 넣고 추어탕 끓여 먹으라고, 미꾸라지 구하기 어려우면 쇠고깃국에 넣어 먹으라고.

이 동네는 외씨버선길이 지나는 길목이다. 출발 지점에서 10리를 걸으면 나오는 동네다. 조용한 동네에 외지 사람들이 걸으러 와서 시끄럽지 않느냐고 물었다.

"이곳은 사람이 귀해. 사람들 온다고 시끄럽고 그런 거 없어요. 근데 밥은 먹었소? 물만 드려 미안해. 아무것도 드릴 게 없네."

어른께 인사를 하고 10여 분을 더 걸었다. 산중턱인데도 물이 많다. 계곡은 물론이고 길까지 물에 잠겨 학훈이가 애를 먹었다. 물을 피해 다니다가 "안 되겠다. 포기!" 하면서 신발을 신은 채 물에 첨벙첨벙 들어간다. 방수가 되는 튼튼한 등산화를 신고 물을 용케 잘 피한 나는 "그래, 잘 생각했다"고 말해주었다.

달빛이 고이는 동네

수정사라는 사찰이 있는 곳. 우리의 눈길을 끈 것은 수정사도, 대중가요 〈황성옛터〉의 작사가 왕평의 노래비도 아닌 소나무 숲이다. 이곳에 오기까지 소나무 숲을 여럿 보았지만, 소나무의 자태가 또 새롭다. 우량 소나무림 보존사업지라는 안내판이 붙어 있다. 도시 이름이 왜 청송이 되었는가를 다시금 확인하는 순간이다.

촌 출신인 나는 우리나라 소나무가 이렇게 멋진 나무인 줄을 이 나이 먹도록 왜 몰랐을까 의아할 지경이다. 친구에게 물어보았더니 역시 같은 답이 나온다.

한국 사람이라면 소나무에서 아름다움보다는 절개니 지조니 하는 상징적 의미를 먼저 떠올린다. 옛 사람들이 소나무에 입힌 너무 강한 이미지 때문에, 소나무가 나무로서 지닌 아름다움이 너무 가려진 게 아닌가 하는 생각이 들었다.

경북북부연구원 원장인 권오상 교수가 휴대폰으로 전화를 해왔다. 수정사 부근부터 동행해주겠노라고 했다. 고마운 일이다. 권 교수는 연구원 직원인 류지웅 씨와 자동차를 타고 왔다. 태풍 때문에 기울어진 안내 표지판을 바로 세운 다음, 진보면으로 가는 산길로 접어든다. 새로 난 길이 아니다. 폭이 3미터 정도 되는 오래되고 탄탄한 흙길이다. 산길치고는 예사롭지 않다 싶었더니, 예전에 우마차가 다니던 물자 운송로이자 주요 통행로였다. 바로 이 길을 통해 임진왜란과 한국전쟁 당시 군부대가 이동했으며, 피난민들 또한 전화를 피해갔다고 했다.

산을 올라가는 길에 작은 계곡이 이어진다. 물소리가 좋다. 소박하지만 아름다운 계곡 풍경도 보인다. 지도를 보니 해발 671미터의 비봉산이다. 여름 끝자락의 더위와 비온 뒤 습기 때문에 옷이 다시 젖는다.

권 교수는 산행에 익숙한 듯 성큼성큼 앞서 잘 걷는다. 최근 운동을 꾸준히 한 나도 걷는 데는 무리가 없다. 잠시 일을 쉬었더니 몸무게가 6킬로그램이나 불었다는 학훈이는 헉헉 대다가 급기야 얼굴이 흙색으로 변했다. 산의 정상. 철봉 같은 운동 기구가 모여 있는 작은 공원에 이르자 학훈이는 자리에 털썩 주저앉았다.

하늘이 노랗고 토할 것 같다고 했다. 하긴 상의는 물걸레처럼 축축하고, 청바지는 다리에 척척 감겨 무겁고, 신발이며 양말도 물에 빠졌으니 그럴 만도 하겠다. 게다가 허리까지 몹시 아프다고 했다.

차라리 등산을 한다고 했으면 단단히 준비해왔을 것이다. 가볍게 걷는 길이라고, 잘못된 정보를 준 나 때문에 학훈이가 고생이 많다. 대학 시절 학훈이는 나와 함께 지리산 종주를 2박 3일 동안 거의 나는 듯이 했었다. 그가 힘들어하는 모습을 보니, 나이가 들긴 들었구나 싶다.

산에서 내려오다가 한 지점에 멈춰 섰다. 진보면이 한눈에 들어왔다. 면 소재지라고 하지만 작지가 않다.

청송은 한때 별로 자랑스럽지 않은 시설 하나로 나라 안에 이름을 알린 적이 있다. 5공화국 때 만든 청송보호감호소이다. 감호소가 바로 이곳 진보면에 있다. 지금은 보호감호제가 없어지고 이름도 경북북부3교도소로 바뀌었다. 작가 김주영은 바로 이 시설이 있는 진보면 월전^{月田}이라는 동네에서 성장했다고 하는데, 달이 뜨면 달빛이 골짜기에 고여 달밭을 만든다 하여 붙여진 아름다운 이름이다.

진보면은 행정 단위로만 '면'일 뿐이다. 산업이나 인구 등 규모로 보면 청송읍보다 더 크다. 진보면은 예로부터 40리 떨어진 청송읍과는 생활권 자체가 달랐다. 동해안과 경북 내륙 지방을 연결하는 교통 요지이기 때문이다. 벌이 넓고 편리한 교통으로 인해 농촌 지역으로는 유별나게 상업이 발달한 곳으로 유명했다. 예전부터 이 지역 최고·최대 특산물인 고추는 진보면으로 모였다. 지역의 규모와 특성이 이러하니, 진보 사람들의 자부심도 대단하다.

아침 식사 후 아무것도 먹은 게 없어 배가 고팠다. 오후 3시가 가까워 온다. 산을 따라 내려오는데 너른 벌에 벼가 익어가는 모습이 가장 먼저 눈에 들어온다. 더불어 사과밭과 고추밭이 진보면을 둘러싼 모양새다. 악전고투하던 학훈이가 갑자기 탄성을 지른다.

"야, 사과밭이 장미밭 같다!" 홍옥이라고 했다. 일반 사과보다 값이 비싸서 한 개에 3,000원 이상 간다고 권 교수는 말했다.

가을 운동회

식당에 가기 위해 권 교수를 따라 진보면으로 들어간다. 외씨버선길은 산에서 내려가 동쪽으로 빠져서 영양으로 이어지는데, 우리는 점심을 먹으려고 서쪽으로 방향을 잡았다. 산길을 걸을 때부터 시끄러운 확성기 소리가 왕왕 들려왔더랬다. 내용은 들리지 않고 그저 시끌벅적했다.

진보면으로 접어들자 그 소리의 정체가 드러났다. 진보초등학교 운동

산에서 바라본 청송군 진보면. 진보면은 동해안과 경북 내륙 지방을 연결하는 교통 요지로, 편리한 교통과 넓은 벌로 인해 농촌 지역으로는 유별나게 상업이 발달한 곳이다.

회다. 시골 학교 운동회를 보는 것이 실로 얼마 만인지 모르겠다. 초등학교 졸업 후에는 한 번도 보지 못했다. 반가운 마음에 진보초등학교로 들어갔다. 만국기가 펄럭이는 가운데 앞쪽으로는 본부석 천막이 여러 개 있었다. 마이크를 잡은 선생님이 외쳤다.

"자, 오늘의 마지막 경기입니다. 지금부터 쓰레기 많이 주워오는 어린이가 1등하는 경기입니다."

어린이들이 사방으로 흩어졌다. 솜사탕과 음료수 등속을 실은 상인들의 수레가 교문 쪽 운동장 한 켠을 차지하고 있다. 모든 게 예전과 다를 바 없다. 한 가지, 눈에 띄게 다른 점은 학생 숫자였다. 학교 건물은 높고 운동장은 드넓은데, 어린이의 수는 100명도 채 안 되어 보였다.

식당을 찾아 진보장터 쪽으로 갔다. 우리밀 칼국수집이라는 간판이 보여 들어갔더니, 여주인 혼자 손님을 맞고 있다. 4,000원짜리 칼국수는 칼칼했다. 칼국수 반찬으로 나오는 고추가 매웠으나 자꾸 손이 갔다. 주인은 말하기를 좋아했다.

"진보는 면인데 청송읍보다 커 보이네요?"하고 말을 걸었다.

"크기만 해요? 청송군에서 등반대회, 산악자전거 대회, 이런 거 하면 진보 사람들이 늘 앞에 서 있어요."

청송초등학교 가을운동회. 운동장에는 만국기가 펄럭이고 어린이들은 씩씩하게 뛰어다닌다. 예전 운동회 분위기와 별반 다를 것이 없다.

76

커피를 좋아하는 학훈이가 자동판매기를 눌렀다. 식당마다 놓여 있는 바로 그 자판기다. "너, 이게 얼마나 맛있는지 맛 좀 봤니?"

인스턴트커피 무시한다고 학훈이가 일부러 내게 하는 소리다. 식당 주인이 그 소리를 듣더니 "좋은 커피 드릴까요?" 하면서 냉장고에서 물통을 꺼낸다. 검은색 물이 담겨 있다. 맛을 보니 '더치커피'다. 차가운 물을 오랜 시간 한 방울씩 떨어뜨려 우려내는 커피. 주로 냉커피를 만드는 데 쓰는 고급 커피를, 진보장터 칼국수집에서 맛볼 수 있다는 것이 신기했다.

"더치커피 아닙니까?" 했더니 "알아보시네" 하면서 다시 한 잔 가득 따라준다. 진보터미널 근처에서 커피전문점을 하는 딸이 내린 커피라고 했다. 좋은 커피를 마시면, 나는 기분이 좋아지고 기운이 난다.

"오늘은 도저히 더 안 되겠다"는 학훈이는 차편으로 보내고, 나는 권교수와 함께 진보면에서 영양 가는 길로 접어든다. 외씨버선길 코스로 보면, 진보면에서 김주영객주길 15.6킬로미터가 끝나고, 그 다음 네 번째 길 장계향디미방길이 시작된다. 시간이 빠듯하니 해가 남아 있을 때 가는 데까지 가보기로 했다. 이 지역을 잘 아는 권 교수가 시간을 내어 동행해준다니 고마웠다.

출발 지점은 진보면 고현리에 있는 고현지라는 저수지. 다시 임도^{林道}가 나온다. 그날, 길 걷기는 영양군 석보면 두들마을까지 이어졌다.

걷기를 마친 후, 학훈이와 진보면으로 다시 돌아갔다. 우리밀 칼국수 집 여주인이 말했던 커피전문점 '거기'에서 커피를 마시고 싶었다. 진보 버스터미널 근처라고 해서 배회하고 있는데 진보면 밤 풍경이 일반 시골의 면과는 많이 달라 보였다. 웬만한 읍보다 화려해 보인다고 학훈이가 말했다. 점심을 늦게 먹는 바람에 날이 어두워졌는데도 별로 시장하지는 않았다.

길거리에서 불을 밝히고 옷을 파는 좌판이 보인다. 등산복을 팔고 있다. 바지를 하나 사고 싶었다. 청바지로는 더 이상 안 될 것 같았다.

"골란이라는 브랜드예요. 인터넷에 나와요"라고 옷 파는 이가 강조했다. 학훈이가 바로 스마트폰을 눌렀다. 과연 '골란'은 인터넷에 나왔다. 32인치짜리 곤색 바지가 한 장 남아 있었다. 3만 원이었다. 길이가 문제였다.

마침 길 건너편에 있는 세탁소가 막 문을 닫으려 한다. 바지 기장을 줄이겠다고 했더니, 남자 주인이 지금 약속이 있어 나가는 참이라며 빨리 달라고 한다. 바지 아랫단에 분필로 선을 슥 긋더니 가위로 싹둑 자르고 재봉틀로 드륵 박아버린다. 현란한 손놀림이다. 모든 과정이 5분도 채 걸리지 않았다. 놀랍다는 표정을 지었더니 옆에 있던 부인이 "우리 남편이 얼마 전까지 양복점 했어요"라고 한다. 그 틈에 부인에게 말을 걸었다.

"진보면이 청송읍보다 커 보이네요. 진보면과 청송읍이 라이벌 의식이 있다면서요?"

부인의 답이 걸작이다.

"깜이나 되니껴?"

3,000원이라고 했다. 속도, 솜씨에 이어 수선비까지 환상적이다. 내가 사는 토론토에서 맡기면, 하루 이상 걸리고, 솜씨는 별로고, 수선비는 10달러에 세금까지 해서 11달러 30센트. 한국 돈으로 치면 1만 2,000원이 넘는다. 한국에는 좋은 게 이렇게 많다.

다시 커피점을 찾으러 나섰다. 진보버스터미널. 그제 대구에서 버스를 타고 오다가 잠시 내려서 사진을 찍었던 바로 그곳이다. 골목을 돌아가니, 건물 1층에 통유리로 된 커피전문점이 바로 나온다. 커피점 이름이 '거기'다. 제대로 하는 집이라는 느낌이 물씬 풍긴다. 젊은 여성 두 명이 주인이다.

커피를 만드는 바가 따로 있고, 탁자는 네 개인 크지 않은 공간이다. 주로 에스프레소 기계로 커피를 뽑았다. 나는 에스프레소를, 학훈이는 에스프레소에 뜨거운 물을 부은 아메리카노를 주문한다. 일단 가격이 마음에 든다. 각각 2,000원.

학훈이와 나는 아마추어답게 참지 못하고 한 마디씩 거들었다. 대구의 커피명가를 찾아보고, 시간 나면 경주의 슈만과클라라, 서울의 클럽에스프레소에도 가보라고, 일단 보고 따라 하면 이 지역의 명소가 될 거라고…….

커피점에서 나와 저녁은 어디서 먹을 것인가, 잠은 어디서 잘 것인가를 잠시 고민했다. 학훈이는 내일 주왕산 1코스로 갈 것이니 그쪽으로 가고, 주왕산 가는 길이니 주산지를 보자고 했다. 차를 주왕산 주산지로 몰았다. 가까운 거리가 아니었다. 국도를 따라가는데 안개가 짙게 끼어 있었다.

밤 10시가 넘어서야 민박집에서 근사한 나물 반찬으로 저녁을 먹었다. 학훈이는 피곤하다며 텔레비전을 켜놓은 채 졸다가 금방 코를 골았다.

주왕산 주산지 민박집에서 아침을 먹었다. 다른 숙박 손님 부부와 함께였다. 처음 본 이들이지만, 민박집 마루에 앉아 함께하는 식사가 그리 어색하지는 않았다. 여행자로서 일종의 동질감 같은 것을 가져서 그럴 터이다. 나물이 많으니 먹기에 참 좋다.

7시 30분께 민박집을 나섰다. 안개가 자욱하게 끼어 있다. 차를 몰고 5분쯤 올라가니 주산 저수지 주차장이 나온다. 저수지 둘레를 따라 걷는 길이 좋다. 맑은 공기만으로도 행복한데, 푸른 숲과 수려한 풍경까지 더하니 더할 나위 없다. 주산 저수지의 물은 황토색이다. 역시 태풍 탓이다.

조선 경종 때인 1720년에 만들어졌다는 이 인공 저수지는 크기가 1,000평쯤 된다. 못과 못을 둘러싼 경관 자체가 더없이 아름답지만, 그

중에서 가장 눈길을 끄는 것은 스무 그루쯤 되는 왕버들이다. 이 못에는 못이 생기기 전에 왕버들이 먼저 자라고 있었다. 아름드리 몸통은 물속에 잠겼으나 왕버들은 죽지 않는다. 왕버들이 물속에 가지를 드리운 모습은 아름다움을 넘어 신비스럽기까지 하다. 아름다움에 신비스러움이 더하니, 단연 영화나 드라마의 촬영 장소로 각광을 받고 있다.

거대하지 않아도, 화려하지 않아도

주산지의 절경에 잠겨 들면서 문득 드는 생각이 있었다. 내가 모국을 떠나 사는 사람이어서 우리 풍경에 더 감탄하는가, 아니면 우리나라 풍경이 사람의 마음을 끄는 특별한 매력을 지니고 있을까? 두 가지 모두 맞지만, 그래도 우리 풍경에는 독창적인 면모가 있다는 생각이 든다. 특히 캐나다와 비교하면 좀 더 선명해진다.

캐나다는 장엄한 대자연을 가장 큰 자랑거리로 내세우는 나라다. 서부의 록키 산맥과 동부의 나이아가라 폭포는 한국에도 잘 알려진 세계적으로 유명한 경관이다. 캐나다의 크고 깊은 자연을 보면 감탄사가 절로 나오는 한편, 나는 약간의 거리감 같은 걸 가지곤 했다. 너무 거대하기 때문이다.

캐나다의 아름다운 풍경은 친근한 맛이 별로 없다. 반면 한국의 풍경은 묘하게 사람을 감싸 안는 듯한 느낌, 내가 풍경 안으로 젖어드는 듯한 느낌을 준다. 사람이 풍경 안에 젖어든다. 주산 저수지의 경치가 바로

주왕산길. 계곡의 물소리를 들으며 절경 속을 걸어가는 아름다운 길이다.

그랬다. 말없이 물을 한참 동안 바라보았다. 마치 피정을 가서 침묵 중에 기도하는 느낌이었다.

약속 때문에 내려가야 했다. 주왕산 국립공원 입구에서 김순주 탐사 팀장을 만나기로 했다.

내려가는 길에 사과 파는 할머니를 만났다. "맛이나 보고 가소" 하는데 그냥 지나치기가 미안했다. 상큼하고 달다. 한 바구니에 1만 원. 다섯 개가 들어 있다. 3,000원 드리면서 하나만 가져가겠다고 했더니, 비닐

봉지에 굳이 세 개를 넣어준다.

드디어 외씨버선길의 첫 번째 길이다. 걸으러 온 지 나흘만에야 그 출발지점에 선다. 주왕산은 돌산이 병풍처럼 빈틈없이 이어져서 석병산이라고도 한다는데, 과연 기암괴석으로 이루어진 산세는 웅장하면서도 다부져 보인다. 비온 뒤의 계곡물은 마치 시냇물처럼 흐른다. 양이 많은 데다 엎드려 마시고 싶은 충동이 일 정도로 깨끗하다.

캐나다 토론토에 살면서 가장 그리웠던 것은 산과 계곡이다. 캐나다 동부에는 산이 없다. 그리워하던 모국의 아름다운 산으로 들어간다.

예전 기억을 떠올리자면, 국립공원 초입은 여러모로 번잡스러웠다. 길이 지저분하기도 했고, 가게나 식당의 호객 행위도 요란했다. 그런데 꼭 10년 만에 국립공원이라는 곳에 와보니 그 모든 게 달라졌다. 번잡하기는커녕 느낌이 산뜻했다. 식당과 가게가 줄지어 있는 거리는 예전과 같았지만, 깨끗해졌을 뿐 아니라 손님을 부르는 방식에도 세련미가 넘친다.

식당 주인인 듯한 중년 여성이 우리에게 불쑥 물병을 내민다. 얼린 물병이다. 놀라운 것은 명함을 주면서 그이가 하는 말이다. "잘 다녀오세요." 감동적인 한 마디다. 이쪽으로 돌아올 수가 없어 미안한 마음이다. 식당 명함을 버리지 못해 캐나다까지 가지고 왔다. 마치 그이의 아름다운 인사를 가져온 것 같다. 명함에는 이렇게 적혀 있다.

고향식당. 이재희. 경북 청송군 부동면 상의리 341-2. 011-9578-2733. 민박·단체도 환영.

대전사大典寺를 지나 주왕산 길에 접어들었다. 등산로지만 가파르지 않다. 주왕산 정상의 바위들을 올려다보며, 맑은 계곡물을 따라 가는 길이 10리 가까이 이어진다. 어제 고생을 좀 하는 바람에 산행에는 자신이 없다던 학훈이가 또 탄성을 내지른다.

"야, 이게 진짜 힐링을 위한 길이구나."

학훈이의 탄성은 과장된 게 아니다. 주왕산 국립공원을 외씨버선길의 첫 번째 길로 낼 수 있었던 것은 행운이다. 그만큼 길이 아름답다.

주왕산길을 걸으며 얻는 큰 즐거움 가운데 하나는 바위 속을 걸으며 풍경을 감상하는 것이다.

우리나라 풍경을 새삼 접하면서 갖게 되는 느낌이 하나 있다. 그것은 조물주가 '뽀샵'을 했나 싶을 정도로 그 아름다움이 부드럽고 순하다는 것이다. 앞서 말했거니와 웅장하고 신비해도 거리감이 드는 풍경이 있고, 거대하지 않아도 마음에 젖어드는 풍경이 있다. 고개를 들면 푸른 하늘이, 하늘 아래에는 바위가 병풍처럼 서 있고, 길옆에는 맑은 계곡이 계속 이어진다.

이어지는 절경과 계곡의 물소리로 눈과 귀가 호강이다. 말 그대로 속세에서 묻은 먼지를 씻어내는 듯한 느낌. 이렇게 아름다운 길은 아직까지 걸어보지 못했다.

걷는 중에 콘크리트 다리를 만난다. '연장 9.9미터, 폭 3.5미터, 시공 1975년 5. 3~9. 30. 시공자 동아건설㈜'이라고 기록되어 있다. 국립공원으로 지정된 해가 1976년이니 그 직전에 등산로를 다듬으려고 놓은 다리인 것 같다. 콘크리트 다리는 바위 색깔로 변했고 군데군데 이끼가 끼어 있다. 다리조차 바위처럼 정겨워 보인다. 콘크리트까지 넉넉하게 품어 자연의 일부로 만들어내는 힘. 모성애란 바로 이런 것이 아닌가 싶다.

주왕산 길이 가진 또 다른 매력은 1폭포, 2폭포를 지나 3폭포에 이르는 길이 경사가 가파르지 않아 걷기가 편하다는 것이다. 게다가 계곡이 길을 따르고, 물소리가 들리고, 눈만 들면 바위로 이루어진 풍경이 보이니 길을 걸으며 지루할 틈이 없다.

길은 출발지점에서 정확하게 3.4킬로미터 떨어진 3폭포에 이르러 절

주왕산 제3폭포. 폭포 물이 떨어지는 자리에 커다란 웅덩이가 만들어져 있다.

정을 이룬다. 폭포 물이 떨어지는 자리에 커다란 웅덩이가 만들어져 있다. 물은 맑고 깊다.

편하게 걷는 길은 여기까지다. "걸을 만하네"라던 학훈이는 되돌아 내려가서, 반대편으로 차를 몰고 가서 기다리겠다고 했다. 어젯밤 진보면에서 산 등산용 바지로 나름 산행 준비를 해서 자신감이 붙은 나는, 김순주 팀장과 함께 씩씩하게 산을 오른다. 외씨버선길은 금은광이삼거리를 넘어 청송읍 월외마을로 이어진다. 금은광이삼거리에 이르기까지 산을 오르는 길이지만 그다지 힘에 부치지는 않는다. 좁게나마 계곡이 이어지는 숲길이기 때문이다.

신발과 양말을 벗고 물에 들어가 땀을 식히는 맛도 보통이 아니다. 2년 전 제주올레를 걷다가 바다로 흘러드는 민물을 만났을 때 물에 발

계곡의 맑은 물에 발을 담그니 몸과 마음이 서늘했다.

을 담그고 사진을 찍어 블로그에 올린 적이 있다. 블로그 독자들은 그 장면을 가장 부러워했다. 그때 생각이 떠올라 사진을 찍었다. 역시 발로 느끼는 서늘한 맛과 기운이 좋다. 서늘한 기운이 온몸에 퍼진다.

해발 719미터. 금은광이삼거리. 이 지점을 정점으로 다시 내리막이다. 올라온 길이 딱딱한 돌길, 흙길인 데 비해, 내려가는 길은 부드러운 흙길로 조금 가파르다. 울창한 숲길은 청송읍 월외2동 너구마을까지 이어진다. 이쪽도 물이 많다. 어딜 가나 맑은 물이다.

월외마을이다. 계곡 위에 정자가 세워져 있다. 느티나무 아래 있는 멋지고 실용적인 정자다. 어른 두 분이 마실 나와 있다.

황정호 씨는 월외리에서 태어나 이곳에서 평생을 살아왔다고 했다. 한때 벼농사도 했지만 주로 고추와 담배 농사를 지었다. 예전에는 이 마을에 70가구 정도가 살았는데, 지금은 많은 집이 비어 있다. 황 씨는 농사를 지어 1남 2녀를 키웠고, 자식들은 지금 대구, 울산, 안동에 나가 살고 있다. 손자가 넷에 손녀가 둘이다. 그이에게 이 마을에 살면서 가장 기억에 남는 일이 무엇이냐고 물었다. 그는 한국전쟁을 꼽았다.

"우리 어른이 6·25 때 돌아가셨다. 우리 동네는 북에서 영천과 대구로 넘어가는 길목이라 격전장이었다. 당시 군인 숫자가 부족하니 경찰에서 우리 마을 청년들에게 총을 주면서 인민군과 싸우라고 했다. 동네 청년 열한 명이 총을 들고 전투에 나섰다. 아버지는 그때 돌아가셨다."

황 씨가 두고두고 아쉬워하는 대목은 부친과 같은 동네 청년들이 싸우다 전사했는데, 정규군이 아니라는 이유로 아무런 보상도 받지 못했을 뿐 아니라 공식 전사자로 기록되지도 않았다는 사실이다. "동네 청년들이 총을 들고 군인처럼 싸웠는데, 그래서 인민군들이 그 보복으로 동네에 불을 지르고 퇴각했는데……"라며 그이는 아쉬워했다.

당시 아홉 살이던 황 씨는 그 광경을 다 지켜보았다. 60년도 훨씬 지난 장면이지만 지금도 눈에 보이는 듯 훤하다고 했다. 그러나 황 씨는 불행한 과거보다 미래에 대한 안타까움이 더 많았다. 젊은 사람 한 명이 노인 몇 명을 먹여살려야 하는 시대가 오는 것 같아 안타깝다는 것이다.

달기약수를 맛보다

월외리의 다른 이름은 달기마을이다. 청송의 명물 중 하나가 달기약수탕인데, 지금 달기약수탕이라 불리는 곳의 원래 이름은 부곡약수탕이었다. 달기라는 이름이 워낙 유명하여, 저 아래 부곡약수탕이 그 이름을 가져다 쓴다는 주장이다.

월외리 어른들의 '증언'에 따르면, 예전에 마시던 약수는 "딱 사이다맛"이었다. "나는 일곱 살 때 처음 먹은 것 같은데, 그때는 너무 톡 쏘아서 그냥은 못 먹었다." 황정호 씨는 이어 말했다.

"철분이 들어 있어 몸에 좋다. 결핵 환자만 빼고. 그 물에 닭을 고아먹으면 특히 좋다. 궁합이 잘 맞는다. 색깔이 연두색이고, 약수로 밥을 하면 밥 색깔이 파랗다."

청송 읍내 쪽으로 한참 내려가자 달기약수탕이 나왔다. 약수가 발견된 지 100년이 넘은 지금도 10년 묵은 체증까지 삭인다 하여 사람들의 발길이 끊이지 않는다. 그 어느 약수보다 철분 성분이 많다는 이 탄산 약수를 찾아 전국의 위장병 환자들이 모여든다.

달기약수탕은 상탕, 중탕, 천탕, 신탕, 하탕 등 여러 개다. 계곡의 상류부터 식당이 몰려 있는 곳까지 열 군데나 있다고 했다. 약수터마다 한 시간에 네 말에서 열 말 정도의 약수가 솟는다. 내려가는 길에 눈에 띄는 대로 들어갔더니, 태풍 때문에 불어난 계곡물이 약수탕을 덮치는 바람에 당장 먹기는 불가능했다.

주변에 식당들이 몰려 있는 하탕에서 사람들이 물을 뜨고 있었다. 먼저 식당에 들어가 닭백숙을 주문했다. 30분 넘게 걸리니 그 사이에 약수를 마시고 오라고 했다.

시골에서는 보기 드문 젊은이 두 사람이 물을 받고 있었다. 방금 우리가 내려온 월외리만 해도 60대가 청년 소리를 듣고 있다. 여기 두 사람은 40대 초반으로 보였다.

모자 쓴 청년이 "물 자실 깁니꺼?" 하면서 자기가 뜨던 긴 나무 손잡이가 달린 파란 바가지로, 짧은 손잡이의 빨간 바가지에 물을 담아준다. 돌거북 아래 시멘트로 만들어놓은 약수 솟는 곳은 철분 때문인지 마치 녹이 슨 듯 벌겋게 변해 있다. 작은 바가지 하나로 물을 뜰 수 있는 작은 샘에서는 뽀글뽀글 소리를 내며 물이 솟아오른다.

우리에게 차례로 물을 담아주던 청년이 말한다.

"물 먹을 때 지켜야 할 사항이 있습니데이. 어른들이 그랬심더. 바가지

헹구지 말고, 물 버리지 말고……. 지구에 물도 부족한데……."

어쩔 수 없었다. 내 앞에 얼마나 많은 사람의 입을 거쳐갔는지 모를 빨간 바가지에 담아주는 물을 그대로 마실 수밖에. 한 방울도 남기지 않고 마셨더니 "으~허~" 소리가 절로 나왔다. 마치 녹물을 먹는 것처럼 물맛이 '싸~' 했다.

두어 바가지를 먹고 나니, 더 이상 먹을 엄두가 나지 않았다. 약수가 나오는 바로 곁에 엿 통이 있다. 청송달기약수탕번영회가 엿 통을 만들어놓고 한 봉지에 1,000원씩 팔고 있다. 약수를 그냥 들이키기는 어려우니, 단 엿을 먹어 갈증을 일으켜가며 마시라는 것이다.

흰색 큰 물통 세 개에다 물을 받는 두 청년은 목에 수건을 두르고 있다. 그중 대구에 사는 전해진(42) 씨는 추석 전이라 하루 휴가를 내어 벌초를 하러 고향 집에 왔다고 했다. 그의 고향 집은 주왕산 아랫동네 하의동에 있다. 기아자동차 홍보과장이라는 그이는 홍보맨답게 달기약수에 대해서도 청산유수다.

"어릴 적에 마실 때는 사이다 맛이 났다. 지금 맛보다 열 배는 더 강해서, 코를 막지 않고는 못 먹을 정도였다. 경상도 말로 코 쪽이 쓰리했다. 지금은 내가 느끼기에도 그 쓰리함이 약해졌다. 우리 아버지 말씀을 들으면, 예전에는 하도 독해서 한 바가지도 다 못 마셨다고 한다."

전 씨는 7남매 가운데 막내라고 했다. 외지에서 집에 오는 자식과 사위들을 위해 그 집에서는 닷새에 한 번씩은 약수를 떠다가 닭백숙을 해 먹었다. 그 이상 가는 보양식이 없기 때문이다.

달기약수탕. 철분 때문에 약수탕 주변 색깔이 붉다.

전 씨가 살고 있는 대구에서도 그가 고향에 간다고 하면 약수를 떠다 달라고 부탁하는 사람들이 많다. 전 씨는 마치 달기약수 전도사처럼 말을 술술 이어나간다.

"약수는 위장에 탁월하다. 이곳은 청송 시장 가는 중간 지점이다. 오며가며 드시기 때문에 월외마을 어른들 중에는 장수하시는 분들이 많다."

식당으로 올라가니 상이 차려져 있다. 닭 한 마리를 중심으로 갖가지 나물 반찬이 놓여 있다. 익히 들은 대로, 연두색을 띤 닭이 담백하고 고소하다. 살이 연하고 향기가 좋다. 허겁지겁 닭을 뜯다 보니 역시 연두색의 닭죽이 나왔다. 포식을 하고 나오면서 보니 상 위에 남은 것은 닭뼈뿐이었다.

외씨버선길의 첫 번째 길이 다시 이어진다. 주왕산온천관광호텔에 있는 청송 솔기온천을 지나 설렁설렁 내려가면 종점인 청송 읍내 운봉관에 이른다. 차가 다니는 도로를 따라가야 하지만 차도 많지 않고 서늘한 산 기운을 느끼며 걸을 수 있으니 불만스러울 일은 없다.

외씨버선길의 첫 번째 길은 주왕산-달기약수-솔기온천 같은 명품들로 다채롭게 구성되어 있다. 청송의 대명사로 통하는 주왕산과 달기약수를 한꺼번에 감상할 수 있다. 일부러 끼워 맞추려 해도 이렇게 하기는 힘들겠다 싶게 조화롭다. 게다가 1박 2일 코스로 첫 구간을 걷는다면, 읍내에서 멀지 않은 덕천마을의 고택에서 잠을 잘 수 있다. 말하자면 걷기 코스로는 종합 선물세트인 것이다.

첫 번째 길을 걷고 난 뒤 학훈이와 영양으로 차를 몰았다. 다음 길이 영양으로 나 있기 때문에 그곳에 숙소를 잡는 게 좋을 것 같았다. 그런데 문제가 생겼다. 마침 천하장사 씨름대회가 영양에서 열리는 바람에 방이 하나도 없었다. 고택을 찾는 것도 좋겠으나 인터넷이 되는 방에서 해야 할 일이 많았다. 이리저리 전화를 걸었더니 멀지 않은 곳의 펜션에 방이 하나 비었다고 했다.

영양 들어가는 입구 삼거리에 손짜장면집이 보였다. 학훈이와 짜장면으로 저녁을 먹었다. 대구에서 영양으로 출장을 왔다는 옆자리의 손님도 영양읍에서 방을 못 구했다며 난감해 했다. 학훈이나 옆의 손님이나 짜장면을 그냥 한 끼 때우듯이 먹는다. 나는 아껴가며 먹었다.

외국에 살아보면 안다. 짜장면은 눈물 나게 맛있는 우리의 '전통 음식'이다. 그날, 한국에 와서 그리던 짜장면을 처음 먹었다. 혼자 식사할 기회가 없었고, 만나는 사람마다 좋은 것을 먹자고 했다. 한국에 사는 사람들이 생각하는 좋은 음식의 목록에 짜장면은 들어 있지 않았다.

문학의 향이 피어나는 길목

쉬며, 놀며, 천천히
거닐다

9월 21일 금요일. 외씨버선길을 걷기 위해 이곳에 온 지 닷새째 되는 날이다. 아침 일찍 눈을 떴다. 학훈이는 "어제 밥을 너무 잘 먹어서" 아침 생각이 없다고 했다.

가방을 뒤져보니 김순주 팀장이 준 초코파이 몇 개와 서울에서 가져온 원두커피가 나온다. 커피는 서울 안암동 보헤미안 주인 최영숙 씨가 준 것이다. 커피 내리는 도구를 꺼냈다. 깔때기와 여과지, 딱 두 가지다. 깔때기 안에 여과지를 깔고 커피를 털어 넣은 후, 끓인 물을 국자로 떠서 살살 부었다. 커피를 갈아놓은 지 며칠 지났는데도 여전히 신선했다.

학훈이는 예전부터 나하고 죽이 잘 맞았다. 일하는 스타일이 나와 늘 비슷했다. 지금은 조금 서두르면 식사를 할 수 있는데도 "야, 야, 됐어, 아침엔 빵 먹고 빨리 걷기나 하자. 그게 남는 거다"라고 했다. 캐나다에 사는 나로서는 이번에 걷는 일이 말하자면 해외 출장이어서 시간이 빠듯했다. 먹는 일보다 걷는 일이 중요했다.

또 안개가 끼어 있다. 석보면 원리리 두들마을에 도착한 시각은 9시. 김순주 탐사팀장이 와 있다. 김 팀장이 불쑥 쇼핑백을 내밀었다. 내용물을 보니 등산용 상의와 모자, 면양말이다. 일반 티셔츠는 빨래를 해도 다음날 입을 수가 없어서 짐이 늘어 고민이었는데, 김 팀장이 구해준 상의는 빨아도 물을 털어내고 금방 입을 수 있는 재질이다. 모자도 창이 크고 가벼웠다.

값을 치르겠다고 했더니 "선물입니더. 그냥 입으세요"라고 한다. 남편이 대구에서 등산복 매장을 하는데 "쎄벼왔다"고 농담을 했다. 양말은 사은품이라고. 고마웠다. 덕분에 머리에서 발끝까지 나도 '선수 복장'을 제대로 갖추게 되었다. 옷 때문에 고생을 좀 한 터여서 마음이 많이 가벼워졌다. 두들마을에서 네 번째 길을 걷는데 괜히 신바람이 났다.

1973년의 데자부

네 번째 길인 장계향디미방길은 이틀 전 권오상 교수와 3분의 1쯤 미리 걸었던 길이다. 처용군 진보면의 고현지에서 출발해, 산을 하나 넘고 지경리 마을을 거쳐 두들마을에 이르는 5.5킬로미터다. 낚시터로도 유명한 고현 저수지와 영양군은 산의 임도로 연결되어 있다. 산이 높아 보이는 데 비해 험하지는 않다. 권 교수는 앞장서서 천천히 길을 걸었다.

청송군 진보면 지경리 마을.

산을 넘으니 작은 마을이 하나 나온다. 모두 일하러 나갔는지 마을에 사람은 보이지 않는다. 집들은 낡은 슬레이트 지붕을 하고 있다. 1970년대 중반 새마을운동 때 바꾼 듯 보인다.

지도를 찾아보니 청송과 영양의 경계를 이루는 영양군 석보면 지경리 마을이다. 언덕 아래 배추밭이 펼쳐져 있다. 어디서 많이 본 듯한 익숙한 장면이 눈에 들어온다. 부부가 함께 일을 하는 모습이다. 길이 100미터, 넓이 40미터쯤 되는 배추밭에서 남편은 농약을 치고 아내는 긴 줄을 당겨주며 남편을 돕는다. 강운구 선생의 사진을 떠올리게 하는 광경이다.

다큐멘터리 사진가 강운구 씨가 1994년 서울 학고재화랑 개인전에서 발표한 사진 가운데 기억에 또렷이 남는 연작이 있다. 젊은 부부가 봄의 들녘에서 쟁기로 논을 가는 장면이다. 1973년 전북 장수군 장수면 수분리에서 찍은 이 작품은 모두 네 개의 장으로 이루어져 있다. 아내는 앞에서 소를 끌고 남편은 뒤에서 쟁기질을 한다. 소가 쟁기를 끌다가 갑자기 벌렁 나자빠진다. 소가 태업을 하는 듯하다. 그 장면도 재미있지만, 더 인상적인 것은 새댁으로 보이는 시골 아낙의 표정이다. 소가 나자빠진 것이 마치 자기 잘못인 양 민망한 얼굴을 하고 있다.

또 다른 사진은『한국의 발견』(뿌리깊은나무) '경북 영양군' 편에 들어 있는 것이다. 영양군 농부가 소의 힘을 빌지 않고 '극쟁이'를 끌어 밭을 가는 모습으로, 「뿌리깊은나무」의 신현국 기자가 찍은 사진이다. 강운구

배추밭에서 일하는 부부. 예나 지금이나 우리 농촌에서 흔히 볼 수 있는 풍경이다.

씨의 사진과 다른 점은 아내가 소를 대신하여 앞에서 직접 쟁기를 끈다
는 것이다. 요즘 이런 사진이 지면에 게재된다면 '여성 학대'라는 논란
을 불러일으킬지도 모르겠다.

내가 두 사진에서 읽을 수 있었던 것은 '농촌 아내'와 '농촌 여성'의 역
할이다. 농촌 여성과 아내는 조력자가 아니다. 여성은 당당한 주역으로
농업 경제활동의 한 축을 이룬다. 농사꾼 하면 으레 남자를 떠올리고, 여
성은 농부農婦로 구별하지만 남자든 여자든 모두 농부農夫라는 사실을 사
진들과 지금 눈앞의 풍경으로 확인한다.

지경리 마을 배추밭의 부부 농사꾼의 모습은 사진에서 보는 것과 흡
사했다. 다른 점이라면 사진 속 농부들은 젊고 지금 보는 농부들은 나이
가 들었다는 것이다. 어찌되었든 이 땅에서 농사가 시작된 이래 저 모습
과 역할은 변하지 않았을 것이다.

석보정미소의 젊은 할머니

다시 길을 걸어 언덕을 올랐다. 갑자기 눈앞이 시원해진다. 구획 정리
가 반듯하게 잘 된 밭 너머로 마을이 보인다. 영양군 석보면이다. 이곳
역시 고추밭과 사과밭이 대세다. 아니, 대세를 넘어 그것 외에는 찾기가
어려울 정도다. 첫날 영양읍에 처음 도착했을 때 도시를 알리는 조형물
이란 조형물에는 모두 고추가 들어 있었다.

군기郡旗를 봐도 재미있다. 청송 군기에는 소나무가 그려져 있는 데 비

해, 영양 군기에는 고추 두 개가 원을 이루고 있다. 1980년대만 해도 영양군 깃발에는 고추와 담배가 들어가 있었다. 예로부터 영양은 잎담배의 산지로도 유명했다. 영양 고추와 잎담배의 품질이 뛰어난 까닭은 이곳이 비가 잘 오지 않는 산간 내륙 분지여서 고추와 잎담배가 잘 마르고 보관하기 좋기 때문이다.

그러나 잎담배 농사가 줄어들고 담배 이미지가 나빠지면서 군기에 담배 대신 고추 하나를 더 그려 넣은 듯하다. 1980년대까지만 해도 고추와 더불어 지역 특산물로서 잎담배는 농민 소득의 20퍼센트나 차지했다. 집집마다 담배를 말리던 엽연초 건조장, 곧 황토집(굴)이 있는 것은 바로 이 때문이다. 지금도 고추와 잎담배가 전체 농가소득의 절반을 차지한다.

밭을 지나 실개천인 화매천을 건너자 바로 마을이 나온다. 눈에 들어오는 건물이 하나 있다. 석보정미소. 신기리 느티나무 앞에서 문을 닫은 정미소를 보았던 터라 괜히 반가웠다. 입구가 열려 있어 안을 들여다보니 가동 중인 정미소다. 그 앞에서 아기를 안고 있는 40대 중반쯤 되는 여성을 만났다. 정미소 안주인이다.

"아들입니까?"

"아니요, 손자예요."

딸이 대학생인데 시집을 좀 일찍 가서 손자를 안겨준 '효녀'이다. 젊은 할아버지 조용락 사장은 영덕에 볼일이 있어 나갔다고 했다. 대구에 살던 조 사장 가족이 이곳으로 와서 정미소를 운영한 것은 13년 전이다.

석보정미소의 '할머니와 손자.'

그때는 면마다 정미소가 하나씩은 있었고, 진보면에만 서너 개가 가동되었다. 예전에는 가을 타작 때면 새벽까지 기계를 돌려야 했다. 그러나 지금은 노는 시간이 더 많다고 했다.

"예전에는 정미소가 돈을 잘 벌었다. 그때만 해도 나락 농사가 들의 80퍼센트가 넘었다. 그런데 지금은 10퍼센트도 채 안 된다." 정미소 안주인은 말했다. "논을 밭으로 만들어 콩·배추·고추를 심거나 과수원으로 만들어버렸다. 나락으로는 돈이 안 되기 때문이다."

정미소 사장이 영덕으로 간 것도 정미소가 노는 날이 많아졌기 때문이다. 그는 2012년 5월에 나가서 고물상 사업을 한다고 했다. 안동에서 직장 생활하는 사위에게 딸을 출가시키긴 했지만 대학 3학년에 복학한 딸을 공부시켜야 할 일이 남아 있다. 아들도 고등학생이다. "아이들 학교 시키려면 정미소만으로는 안 되어서 남편이 영덕에 나간 것"이라고 젊은 할머니는 말했다.

다시 두들마을이다. 김순주 팀장과 만나 다시 마을을 둘러보았다. 고택도 있지만 새로 지은 기와집도 많다. 석계 이시명 선생이 1640년에 이곳에 터를 잡은 이후 넷째아들 항재 이숭일이 선업先業을 이으며 재령 이씨 집성촌이 되었다. 작가 이문열 씨는 항재 선생의 직계다. 학자·의병장·독립운동가·문인을 배출한 마을이라는 유명세에 더해, 최근에는 '장계향'이라는 인물이 널리 알려지면서 더욱 유명해졌다.

마을 전체가 깨끗하게 단장된 모습이다. 마을 구석구석에 쌓인 역사와 사연을 음미하는 것도 좋지만 무심하게 산책하기에도 꽤 괜찮다. 고택 사이의 골목과 마을을 둘러싼 아름드리 상수리나무도 여유롭게 감상할 수 있다.

외씨버선길은 옥계1리 마을로 이어진다. 두들마을을 벗어나자마자 고추밭에서 고추를 따는 여성 농부들이 보인다. 고추밭에다 대고 누구에게랄 것도 없이 큰 소리로 물었다.

"안녕하시니껴? 고추는 언제부터 따기 시작하니껴?"

어느새 내 입에서도 이 지방 사투리가 튀어나왔다. 우리 고향 말에서 마지막 한 글자만 바꾸면 바로 이 지역 말이다. 8월 초순에 따기 시작해 10월에 끝난다고 했다.

"영양 고추가 어떻게 좋은데요?" 하고 물었더니 여기저기서 대답이 터져 나온다. 고추 따는 손은 쉴 참이 없다. 그것을 요약하면 이렇다.

영양 고추는 달고 감미롭다. 다른 지역 고추는 그렇지 않은데, 영양 고추는 간장에 띄워놓으면 뜬다. 가볍고 맛이 있다. 일반적으로 '수비초'라고 알려진 이 지역 고추를, 일하는 아주머니들은 청양초라고 불렀다.

청양초는 일반 고추와 종자가 다르다. 굵지도 않고 맵다. 고추 열 근을 빻을 때 보통은 청양초 두 근을 넣고, 조금 맵게 먹으려면 세 근을 넣는다. 다복 고추도 있는데 맵고 맛있다. 고추는 청양초, 다복초, 일반 고추 이렇게 세 종류로 나뉜다는 것이다.

하긴 예로부터 영양군은 특히 고추 재배가 성했다. 예나 지금이나 이 군의 어느 곳에서나 고추밭이 산꼭대기까지 펼쳐진 모습을 볼 수 있다. 수확한 고추는 건조실에서 하루 남짓 말린 다음 햇볕에 내어 색이 나게 한다. 이때부터 영양 산천은 붉어진다. 본격적인 출하 시기는 9~11월 석 달 동안이다.

영양의 최고 특산물 고추. 고추밭용 특수 기구를 만들어 타고 일을 해야 할 만큼 고추 농사를 많이 짓는다.

고추밭에서 일하는 이들은 두들마을에 살지 않는다고 했다. 그들의 표현에 따르면, 두들마을은 "재령 이씨 양반들이 사는 곳"이다. 어떤 이는 "이씨네 아이면 발을 몬 붙인다 아이가"라고 했다.

옥계1리 마을을 향해 올라갔다. 농수로를 따라 한참을 걸었다. 마을 뒷산으로 오르는 길에도 계곡이 계속 따른다. 가파른 뒷산에도 너른 밭이 펼쳐져 있다. 예전에 농지가 턱없이 부족했던 시절 개간한 땅이라고 했다.

산을 따라 오르는 이 길은 바로 그 밭으로 일하러 가는 길인 동시에 학교를 다니고 읍내로 나가던 길이었다. 시골 출신의 한국 사람이라면 누구나 걸었을 바로 그 길이다. 산을 뚫거나 에둘러 큰 도로가 나고, 누구나 자동차를 타고 다니는 시대가 되면서 급속하게 사라져간 바로 그 길이다. 효용성이 없다고 버려졌던 길이 이렇게 아름다운 길로 다시 살아

외씨버선길은 마을 주민들이 예전에 다니던 산길, 들길 등을 찾아 복원한 길이다. 개울이 나오면 동네 사람들이 나무를 이어 붙여 다리를 새로 만들었다.

날 줄은 아무도 몰랐을 것이다.

이 길은 유난히 잘 다듬어져 있다. 개울을 건너는 곳곳에 나무다리가 예쁘고 자연스럽게 놓여 있고, 나무 계단도 여럿 보인다. 김순주 팀장에게 물었더니 역시 마을 사람들이 나와서 열심히 일했다고 말했다. 김 팀장에 따르면, 오랫동안 길 내기 작업을 하다 보니 마을 사람들과 접촉하는 데 일종의 패턴이 생겨났다.

처음에는 마을에 들어가 이장을 만나 어디로 길을 낼 것인가 하는, 이른바 '루트'에 대해 이야기한다. 보통은 길을 낼 데가 없다고들 말한다. 그러다가 예전에는 다녔는데, 지금은 못 다니는 길이 있다고 말한다. 외씨버선길 실무자들이 몇 번을 와서 길을 내는 이유를 설명하고 설득을 한다. 그리고 앞의 코스는 이렇게 저렇게 잘 했다고 소개한다.

"동네 어른들을 모시고 가서 외씨버선길의 완성된 구간을 보여드린다. 그러면 그보다 더 잘해야겠다고 경쟁적으로 잘들 만들어주신다. 일을 하다 보면 모두 재미있어들 하신다." 김순주 팀장은 말한다.

"폭은 1미터 정도로 해주시고 가급적이면 나무와 풀은 그대로 두시라고 한다. 이 정도 가이드라인만 제시하면 동네 어른들이 알아서 잘 만들어주신다. 동네마다 전문가들이 많아서 수월하다."

외씨버선길에서 가장 빛나는 대목은 바로 이것이다. 새로 길을 낸 것이 아니라, 마을 사람들이 옛길을 찾아 사람들이 걸을 수 있도록 다듬고 이었다는 것이다. 길을 찾아 다듬자고 "모이세요" 하면 보통 10~20명이 나온다. 물론 지원금으로 일당이 지급된다.

동네 청년 두 사람이 우리가 가는 길로 올라온다. 김 팀장이 반갑게 인사한다. 옥계1리의 마을 사람들로 외씨버선길을 닦은 이들이다. 나이는 밝혀도 이름은 말하지 않는다. 각각 43세, 44세라고 했다. 어릴 적부터 친구로 한 사람은 긴 곱슬머리, 또 한 사람은 록커처럼 머리를 길러 뒤로 묶었다. 두 사람 모두 훤칠한 멋쟁이다. 그들은 대낮에 배낭 메고 산을 오르고 있었다.

"지금 고추 안 따고 어디 가는데?" 김 팀장이 다짜고짜 반말로 묻는다.

"고추 따기 싫어서 송이 딴다 하고 도망가는 중이라……." 대답 역시 반말로 돌아왔다. 길을 내면서 그만큼 친해졌다는 얘기다. 어제 송이금이 얼마냐고 물었다. 1등급 기준으로 1킬로그램에 20만 원이라고 했다.

"송이는 1~3등급, 그리고 등외가 있는데 작년에는 킬로그램당 100만 원도 넘었다"고 한 청년은 말했다. 두 사람은 배낭에서 굵은 송이 하나를 꺼내 우리에게 주고는 산속으로 급히 사라졌다. 1등급이 틀림없어 보이는 굵고 싱싱한 송이였다.

동네 뒷산을 걸어 올라가는데도 등산하는 기분이 난다. 좁은 계곡으로 물이 계속 흐르고 그늘도 많아 지루한 줄 모르고 오를 수 있다. 태풍의 영향으로 곳곳에 나무가 쓰러져 있다.

정상에 올랐다. 멋진 풍경이 펼쳐진다. 사방 어디를 보아도 산이다. 사람 사는 마을은 산이 겹겹이 둘러싼 곳에 폭 쌓인 모양을 하고 있다. 바람은 시원하고, 눈도 시원하다. 쉬며 놀며, 천천히 걸었다. 이제 입안면이다.

영양의 시내버스 정류장 지붕은 캐릭터 두 개로 장식되어 있다. 하나는 고추가 분명한데, 다른 하나는 금방 알아보기 어렵다. '영양에서 양봉을 많이 하나?' 하고 꿀벌인가 했더니, 반딧불이라고 했다. 영양은 전국에서 반딧불이가 가장 많이 서식한다고 자랑한다. 반딧불이가 깨끗한 자연환경과 직결되는 바로미터이기 때문이다. 영양에서는 해마다 6월이면 반딧불이 날리기 행사도 대대적으로 열린다.

수십 년 전까지만 해도 영양은 고추와 담배를 상징물로 내세웠다. 지금도 담배 농사가 많기는 하지만 담배와의 전쟁이 계속되는 이즈음 '공공의 적' 담배를 상징물로 내세우기는 곤란할 것이다. 담배가 사라진 자리에 반딧불이가 들어갔다. 시대가 변하니 상징물도 이렇게 바뀐다.

그러나 고추는 영양에서 영원하다. 그 유명한 수비초가 1660년경 수

비면 오기리에서 재배되었다고 하니, 역사적으로나 지리적으로나 산업적으로나 고추를 빼고는 영양을 이야기할 수 없다. 어디를 가도 고추밭이 있고, 어디에서나 고추 상징물이 보인다. 영양 관련 각종 인쇄물에는 고추 모양으로 쓴 'Hot Young Yang'이라는 로고가 새겨져 있다.

그중에서도 외씨버선길 장계향디미방길의 종점이자 다섯 번째 길(오일도시인의길)의 출발점인 선바위 관광지는 고추 상징물이 가장 눈에 많이 띄는 곳이다. 영양을 대표하는 관광지이기도 하거니와 고추 홍보전시관이 있는 곳이기 때문이다. 선바위 관광지에 접어들었을 때 '참 예쁘게 잘 다듬었구나' 하는 인상을 받았다. 30년 전에 나온 『한국의 발견』 '경북 영양군' 편에는 이런 대목이 있다.

'이 군은 팔십년대에 들어서도 철도도 없고 포장된 도로도 없고 변변한 공장도 없는 정체된 고장으로 남아 있다.'

포장된 도로는 있어도 철도와 변변한 공장은 여전히 없다. 그러나 이제는 더 이상 정체된 고장이 아니다. 그것은 선바위 관광지에서 금세 느낄 수 있다. 바위와 물이 만나는 곳의 아름다운 경치를 이렇게 매력적인 관광지로 꾸며낼 수 있다면 나 같은 이방인의 눈에는 더 이상 정체된 고장으로 보이지 않는다. 영양 사람들은 지금 인구가 줄어 걱정은 하지만 그 누구도 "정체되었다"고 말하지 않는다. 정체는 30년 전의 옛말이 되고 말았다.

선바위 관광지에서도 가장 눈에 띄는 것은 고추다. 여성이 고추를 두 손으로 하늘 높이 치켜든 돌조각상이 보인다. 그 옆에는 고추 홍보전시

영양군 버스정류소에 있는 고추와 반딧불이. 영양군 어디를 가든 고추와 반딧불이 조형물을 쉽게 볼 수 있다.

관이 있다. 고추의 고장에서 고추 전시관을 그냥 지나가면 왠지 안 될 것 같았다.

테마관과 홍보관을 둘러보았다. 영양 고추의 특성, 수비초의 유래 등 일반적인 내용 중에서도 눈에 띄는 것이 하나 있다.

'영양 고추아가씨 선발대회'.

1984년부터 해마다 선발되어 영양 '고추'를 홍보하는 '아가씨'를 뽑는 대회다. 우리나라의 수많은 미인선발대회 가운데 가장 재미나는 이름이 아닐까 싶다. 이름 하나만으로도 '고추아가씨' 선발대회는 성공적이다.

산촌생활을 엿보다

일월산에서 시작하여 영양 중심부로 흐르는 물은 반변천이다. 반변천 다리를 건너면 산책로가 나오는데, 예쁘게 단장된 길이어서 탄성이 저절로 나온다. 소나무 아래를 걷는 맛이 더없이 달콤하고 상쾌하다.

"여긴 박물관이 참 많네? 저거 또 봐야 하는 거냐?"라고 학훈이가 말했다.

산촌생활박물관이다.

아무리 첩첩산중이라지만 박물관까지 만들어 보여줄 만큼 '산촌생활'에 관해 이야기할 것이 있겠나 싶었다. 박물관 문을 열고 들어갈 때까지만 해도 '기껏해야 관에서 전시용으로 만들었겠거니' 하고 별 기대를 하지 않았다.

그런데 뜻밖이었다. 산촌생활박물관은 들어서자마자 그 자체가 예술품 같은 기운을 풍겼다. 왼쪽 기획전시실에서는 옹기 특별전을 하고 있다. 장독·떡시루·약탕기·그릇 등 농촌과 산촌에서 쓰던 옹기 수백 점이 나와 있다. 장독대를 그대로 옮겨놓은 듯도 하다.

어린 시절 기억에 어렴풋이 남아 있는 옹기들이 눈에 띈다. 그중에서도 가장 재미나는 것은 이른바 '똥장군'이다. 똥장군에는 '누울장군'이라는 공식 이름이 적혀 있고, 그 아래에 '분뇨를 운반할 때 쓰는 옹기'라는 설명이 붙어 있다.

옛일이 떠올라 슬며시 웃음이 나왔다. 과거 동네 아이들과 어울려 놀

때, 몇몇은 대소변이 마려우면 자기 집으로 부리나케 달려갔다. 그 친구들은 꼭 자기 집 통시(라고 우리 동네에서는 불렀다)에서만 '일'을 보아야 했다. 거름을 아무데나 쏟아냈다가는 어른들에게 혼이 났다. 우리 집에서는 안 그랬으니, 다른 집들도 아이들 것까지 모아야 할 만큼 절박하지는 않았을 것이다. 예부터 해오던 대로 몇몇 집에서는 아이들을 그렇게 교육했던 것 같다.

어린아이들의 똥오줌까지 거름으로 모아 길옆의 '똥통'에서 삭힌 다음 똥장군에 퍼 담아 지게로 밭까지 날랐다. 어느 집에 가든 똥장군은 통시 옆에 곱게 서 있었다. 바로 그때 그 모습처럼 똥장군은 옹기 특별전의 맨 앞자리를 예쁘게 차지하고 있다.

특별전에서도 그랬지만 상설 전시장을 둘러보면서 많이 놀랐다. 10년 넘게 문화부 기자로 일하면서, 세계적으로 이름난 크고 작은 미술관과 박물관을 많이 둘러보았더랬다. 영양 산촌생활박물관은 규모는 작지만 국내외 어느 박물관보다 빼어난 작품을 자랑하고 있다. 볼 만한 유물이 많다는 의미가 아니다. 전시 구성 자체가 아름다운 작품인 것이다.

이 박물관은 이름에 걸맞게 산촌 사람들의 생활을 보여주는 데 초점을 맞추고 있다. 보여주는 방식이 독특하다. 유물이 아닌 생활상을 계절별·농기구별로 분류해 미니어처로 재현했다. 유물은 생활상을 이야기하는 소품 역할을 한다.

물대기·풀베기·수확하기·타작하기와 보릿고개 때 먹던 칡뿌리를 캐고 다듬는 광경이며, 부엌에서 산나물을 다듬는 모습, 각종 민속놀이도

영양 산촌생활박물관 전시장.

보인다. 미니어처로 장면을 만들고 그때 사용된 농기구와 옷가지 등을 함께 전시해 과거 산촌의 모습을 한눈에 읽을 수 있다.

상설 전시실에서 가장 인상적인 것은 화전민 명부였다. 산악지대이니만큼 과거 이곳에는 산에 불을 놓아 밭을 일구고 경작하는 화전민이 많았다. 1970년대 중반에 실시된 화전 정리 사업으로 화전민은 산에서 내려와 농촌과 도시로 편입되었다. 바로 그 화전민의 생활을 소개하는 코너에 '화전민 명부'가 전시되어 있다. 개개인의 신상명세를 적은 두툼한 명부에는 손톱만 한 흑백 사진까지 붙어 있다.

전시 디자인도 빼어날 뿐 아니라 화전민 명부의 가치를 알아보고 보존·전시할 정도의 안목을 지닌 큐레이터가 누구일까 문득 궁금해졌다.

박물관 뒤편 사무실로 들어가서 담당자를 찾았다. 마침 자리에 있었

116

예부터 써오던 장독·떡시루·약탕기·누울장군 등 갖가지 옹기들을 모아 전시하고 있다.

다. 이영재 학예연구사다. 잠시 인터뷰를 했는데, 전시만큼이나 간결하게 박물관 설립과 운영에 대해 설명했다.

박물관은 2006년 9월 문을 열었다. 놀라운 것은 개관 준비 기간이 7년이나 된다는 사실이다. 기획과 자료 수집, 연구 등에 그 오랜 시간을 투입했으니 이렇게 좋은 작품이 탄생한 것이다.

"영양은 고속도로에서 한 시간 넘게 떨어진, 전국에서 유일한 군이다. 경상북도 내에서도 오지에 속한다. 태백산맥·일월산맥에 둘러싸인 깊은 산촌이어서, 박물관의 주제를 산촌생활로 잡았다"고 이 학예연구사는 말했다. 그이의 말 중에 일월산을 일월산맥이라고 하는 것이 독특했다.

이 학예연구사는 안동대 대학원에서 공부하던 2002년 영양군에 왔다. 군청 기획실·자료실에서 일하면서 산림 수장고에서 화전민 명부와 정리사업부 같은 자료를 발견했다. 폐기 직전이었다. 화전민 명부는 젊은 학예연구사 덕에 살아남아, 우리나라 산촌생활사를 보여주는 생생하고 귀한 자료로 기능하고 있다.

"박물관을 참 잘 꾸몄다. 정말 좋은 구경 했다"고 말했더니, 이 연구사는 "처음부터 콘셉트를 잡고 준비했으니 그렇게 보일 것"이라고 대답했다. 산촌을 가장 잘 보여줄 수 있는 방법에 전시의 초점을 맞추었고, '생활 중심으로 가자'고 결정한 뒤 거기에 맞게 유물을 배치했다는 것이다. 이 같은 개념은 전시장 바깥으로 확장되어, 박물관 앞마당은 각종 전설과 민화 들을 체험할 수 있는 전통문화 공간이 되었다.

영양 산촌생활박물관을 나오면서 예기치 않게 좋은 선물을 받은 기분이었다.

품격이 흐르는 시인의 마을

박물관에서 나와 오일도 시인 생가와 측백나무 숲이 있는 감천마을로 향했다. 외씨버선길의 여러 구간 가운데 "야, 좋다!" 하고 감탄사가 입에서 절로 나오는 곳이 여럿인데, 영양 산촌생활박물관에서 감천마을에 이르는 길도 그중 하나다.

나지막한 산과 개천, 논밭이 어우러지는 길이다. 길을 걷는 중에 아름드리 소나무 숲을 만나는가 하면, 30년 전에 조성했다는 농수로를 만나기도 한다. 물이 찰랑대며 흐르는 농수로도 아름답다. 물은 절벽을 따라 길게 이어지는가 하면 때로는 작은 도랑으로 빠져나간다. 농사짓는 곳에서 볼 수 있는 갖가지 아기자기한 풍경이 보인다.

반변천을 거슬러 올라 감천마을에 들어서기 직전 측백나무 숲 근처에 작은 보狀가 나온다. 농업용수를 끌어들이기 위해 천을 막고 낮은 둑을 쌓았다. 둑 아래 도랑으로 물이 흘러가고 둑 위로도 물이 살짝 넘쳐 흐른다.

둑 위에 서서 풍경을 바라본다. 10여 년 전 우리 동네의 시내도, 외가 동네에 흐르던 그 푸른 시내도 말라버린 모습을 보았던 터였다. 시골의 시내란 시내는 모조리 말라버린 것 같은데 이곳에서 마르지 않은 시내를 만난다. 특히 천천히 흐르는 푸르디푸른 시냇물은 감동을 불러일으킨다. 저 건너 천연기념물로 지정되어 있다는 측백나무 숲도 더없이 아름답지만, 나와 학훈이를 사로잡은 풍경은 나무숲 아래 흐르는 물이다.

감천마을이다. 400년 전통을 자랑하는 마을로, 낙안 오씨 종택 등의 고가古家가 많이 있는 동네다. 이 마을이 특히 유명한 까닭은 오일도 시인(1901~1946)의 고향이기 때문이라는데, 솔직히 말하면 나는 오 시인을 이번에 처음 알았다. 시인의 시가 초·중·고 교과서에 오르지 않았기 때문일 것이다.

오 시인은 경성제일고등보통학교와 일본 릿쿄대 철학부에서 공부한 당대 최고의 지식인 가운데 한 사람이다. 서정시를 쓰고, 1935년 최초의 시전문지 「시원」을 창간해 한국 현대시 발전에 크게 기여했다고 한다.

천연기념물로 지정된 측백나무 숲을 앞에 두고 편안하게 자리 잡은 감천마을에서는 아름다운 고택과 골목이 눈에 들어온다. 오일도 시인 생가 주변에는 흙담이 이어져 있다. 황토에 굵은 돌을 박아 쌓고 그 위에는 기와를 얹었다. 사람 키보다 낮은 야트막한, 경계와 단절이 아니라 소통을 위한 담이다. 담 너머로 집 안이 들여다보이고, 집 안에서도 골목이 훤히 내다보인다. 흙담이 만들어내는 골목 또한 볼 만하다. 시골 동네라고 이런 담이 다 있는 것이 아니다. 흙담 하나만으로도 동네의 품격을 느낄 수 있다.

'오일도 시 공원'으로 조성된 널찍한 곳을 지나면, 마을 입구에 문학테마공원이 있다. 그 곁 북카페에서 감천마을 주민 오명택(87) 씨가 책을 읽고 있다. 고우영의 『만화삼국지』다. 그이는 이 마을에서 태어나 지금

감천마을의 '명품' 흙담길. 흙담이 조성된 골목길 걷는 맛이 그만이다.

120

까지 살아왔다고 했다.

"오일도 시인 보신 적 있습니껴?"

"해방 직전에 봤지요. 10년 정도 이곳에 계셨어요."

유학까지 다녀온 지식인이었지만 대단히 겸손하고 점잖았다고 했다. 오 씨에 따르면 감천마을은 사람이 가장 많을 때는 120가구를 헤아렸다. 지금은 절반 가까이로 줄어들었고 여느 마을처럼 젊은 사람이 별로 없다.

'개발'을 피해갔으니 참 다행이다

성황당 가는 길이 약간 험한 숲길로 이어진다. 다시 걷는 맛 나는 길을 만난다. 성황당이라고 하여 건물만 남은 유물인 줄 알았더니 지금도 정월대보름이면 여섯 개 마을이 모여 제를 올린다고 했다. 마을 사람들의 안녕과 풍년을 기원하는 제사일 것이다.

1970년대 새마을운동과 현대화, 농촌의 공동화 현상 등으로 이 같은 문화는 모두 사라진 줄로만 알았다. 내륙 지방 중에서도 심심산골인 영양군에는 전통적인 공동체 문화가 이렇게 살아 있다. 이런 것을 보면 개발의 혜택을 입지 않는 것이 이제는 오히려 다행이다. 시간이 지나면 개발의 바람이 이 지역을 비켜간 것이, 역설적으로 축복이 될 것이다. 성황당을 직접 구경하는 것만으로도 반가운데 그 문화가 살아 있다니 더 반갑다.

영양 읍내로 접어들었다. 첫날 버스에서 내린 바로 그곳이다. 영양 전통시장 안에 외씨버선길을 안내하는 영양객주가 있다. 그곳에 들어서자 이옥랑 외씨버선길 해설사가 반갑게 우리를 맞는다. 외씨버선길에 대해 설명하고 해설한다고 했다.

해설사? 스토리텔러? 2000년대 들어 생겨났다는데, 외국살이 하는 나에게는 생소한 단어다.

이옥랑 씨에게 해설을 부탁했다. 이미 길을 걸으며 보고 듣고 체험했으나 전문 해설사의 설명을 들으니 또 새롭다. 그중에서도 "네 개 군을 선으로 이으면 신기하게도 외씨버선 모양이 된다"는 말이 귀에 들어왔다.

영양시장에 들어섰다. 4·9일장인데, 장날이 아니어서 분주한 모습은 별로 보이지 않는다. 시장 골목에 지붕이 덮여 있어서 시끄럽고 지저분한 과거 장터의 모습과는 거리가 멀다. 사람으로 시끌벅적하지는 않지만, 채소와 야채는 풍성하게 나와 있다. 산나물, 버섯, 더덕 들이다. 도시 사람들이 '웰빙' 노래를 부르며 찾는 것들이다.

손님이 많지 않은 시간이라 그런지 시장 사람들이 삼삼오오 모여 이야기를 나누고 있다. 시장 골목을 지나 모퉁이를 돌았더니 60~70대로 보이는 사람들이 앉아 화투를 치고 있다. 막걸리 내기를 한다고 했다. 여유가 있어 보인다.

"찍지 마!" 하는데 얼떨결에 카메라 셔터를 눌러버렸다. "뭐, 찍었으면 할 수 없고……. 그런데 찌르지는 마소"라는 소리가 들린다.

시장에서 만난 손찬수(68) 씨는 과거 공무원으로 일하다 지금은 시장

영양 고추대장군, 사과여장군.

안에서 식당을 운영하고 있다. 손 씨에 따르면, 영양 인구가 가장 많았던 시절은 1975년께다. 7만 명이 넘었다고 한다. 인구로만 따지면 그때가 영양의 전성시대다. 지금은 줄고 또 줄어 2만 명이 채 되지 않는다.

"고추와 사과, 약초가 영양의 주산물인데, 지난 5~6년 동안 벌이가 좋았다. 불경기라고 하지만 산촌에는 활력이 살아 있다. 요즘 들어서 부쩍 활력을 느낄 수 있다." 과거에는 산촌에서 '침체', '정체'를 떠올렸다면 이제는 '무공해'를 가장 먼저 떠올린다는 것이다. 산촌을 바라보는 세상의 눈이 달라졌다.

주변 사람들이 손 씨네 식당 비빔밥이 "끝내준다"고 했다. 그 집 식당에 가니 밥이 떨어졌다고 했다. 다소 허름해 보이는 다른 식당에 들어가서 비빔밥을 먹었다. 나물로 비빈 그 집 비빔밥은 친구의 표현을 빌면 "죽여줬다."

영양군 석보면 원리리 두들마을에는 유명한 이들이 많지만 그중에서도 빛나는 스타 두 명이 있다. 한 사람은 소설가 이문열, 다른 한 사람은 장계향이다. 이문열은 더 이상 설명이 필요 없는 유명 작가인 데 비해, 장계향은 조선시대 인물이지만 자손보다 늦게 빛을 본 이문열의 선대 할머니다.

20여 년 전부터 세상에 알려지기 시작해 여전히 '떠오르는 스타'인 장계향(1598~1680)은 재령 이씨의 두들마을 시대를 연 석계 이시명(1590~1674) 선생의 부인이다. 셋째아들 갈암 이현일이 이조판서를 지내 '정부인 장씨'라 불린다.

정부인 장씨는 시부모·친정부모를 공양하고 남편을 공경하며 10남매를 훌륭하게 키워낸 여성으로 1999년 11월 문화부가 제정한 '이 달의 문화인물'로 선정되면서 본격적으로 주목받기 시작했다. 시·서·화에 두루 빼어났을 뿐만 아니라 학식보다는 인성을 앞세우는 교육 방법, 빈민구제 등을 통한 행동하는 지식인의 모범을 보임으로써 신사임당과 쌍벽을 이루는 조선시대의 새로운 어머니상으로 널리 알려졌다. 1997년 이문열 씨가 펴낸 장편『선택』(민음사)은 바로 그 선대 할머니의 일대기와 삶의 철학에 관한 이야기다.

21세기에 부활한『음식디미방』

정부인 장씨가 최근 들어 더욱 각광받는 까닭은『음식디미방^{飮食知味方}』이라는 한글 요리책 때문이다. 장씨가 74세 때인 1672년에 쓴 이 책은 제목 그대로 음식의 맛을 아는(知를 '디'로 발음했다) 방법을 적어놓은 것이다. 술 담그는 법 51가지를 포함해 총 146가지 음식 만드는 방법이 한글로 반듯반듯 적혀 있는데, 책 표지에 적은 당부의 글이 재미있다.

"내가 눈이 이리 어두운데 이 책을 간신히 썼으니 이 뜻을 알아 제대로 시행하고 딸자식들은 각각 베껴가되, 이 책을 가져갈 생각은 하지 말며, 부디 상하지 않게 잘 간수하여 잘 뜯어보아라(읽어보아라)." (종손 이돈 씨가 인터뷰 중에 번역해 들려주었다.)

한국은 물론 동아시아에서 가장 오래된 조리서로 알려진『음식디미방』은 건강 음식에 대한 관심이 높아지면서 더욱 유명세를 타고 있다. 짜고 맵고 쓰지 않아 자극적이지 않으며, 얼핏 거친 맛이지만 씹을수록

두들마을 전경. 맨 앞에 보이는 집이 석계 이시명 선생이 살던 석계고택이다.

맛이 나는 이른바 '웰빙 음식'들이 주를 이룬다. 전통·건강 음식을 만드는 양반 가문의 고전·고급 조리서로 작가 허영만 씨의 유명한 음식 만화 『식객』(김영사)에 여러 차례 인용될 정도로 대중적으로도 널리 알려졌다.

외씨버선길 영양 구간을 걸으면서 두들마을의 병산고택에서 하룻밤을 잤다. 병산고택에 머물던 밤, 2001년 이문열 씨가 설립한 광산문학연구소 옆의 '북카페 두들책사랑'에서 석계 종부 조귀분 씨를 만나 인터뷰를 했다. 『음식디미방』이 세상에 알려진 후 책이 기록한 음식을 직접 만들어내는 주인공이다.

사실 나는 『음식디미방』 자체보다는 종부가 선대 할머니의 책을 어떻게 만나서 어떻게 공부하고 재현했는가에 더 관심이 갔다. 『음식디미방』에 관한 이야기야 인터넷 검색만으로도 그 내용이 넘쳐나기 때문이다.

종부 조 씨는 인사를 나누고 이야기를 나누던 중에 음식이 아닌 가족사 이야기가 나오자 "이 내용은 종군(집안에서는 종손을 이렇게 부른다)께서 말씀하시는 게 좋을 것 같다"고 말했다. 그때 마침 종손인 이돈 씨가 북카페 문을 열고 들어왔다. 저녁 먹고 산책 나왔다가 인터뷰가 어떻게 진행 중인가 궁금해서 들렀다고 했다.

그 후, 이야기는 이돈 씨와 주로 나누었다. 석계 종손 이돈 씨의 노력이 없었더라면 정부인 장씨와 『음식디미방』은 역사의 어둠에 묻히고 말았을 것이라는 생각이 들었다. 사실 종손 이 씨는 정부인 장씨 할머니를 세상에 알리기 위해 평생을 살아왔다고 해도 틀린 말이 아니다. 그는 "대학 1학년 때인 1959년부터 할머니에 관한 일을 해왔다"고 말했다.

『음식디미방』과 종손의 인연은 그가 고향으로 가는 버스 안에서 유명한 음식 연구가 황혜성 교수(1920~2006)를 만나면서부터 시작되었다. 마침 황 교수(국가중요무형문화재 제38호 '조선왕조 궁중음식' 기능보유자. 성균관대 가정대 학장 역임)는 그즈음에 발견된 『음식디미방』의 종가를 찾아가던 길이었다. 『음식디미방』은 경북대 김사엽 교수가 정부인 장씨의 둘째아들인 이휘일의 후손 집에서 서가를 조사하던 중에 발견해 세상에 나온 터였다.

두들마을의 재령 이씨 종손 이돈 씨와 종부 조귀분 씨 부부.

이후 종손 이 씨는 할머니를 세상에 알리는 데 인생을 바쳤다. 그 첫걸음은 집안의 가난 퇴치였다. 정부인 장씨 이후 300년 동안 부유하게 살아왔으나, 할아버지와 아버지 대에 이르러 집안이 풍비박산이 났다고 했다.

영양은 첩첩산중에 있는 까닭에 예로부터 세상의 소란을 피해 은거하는 선비들의 고장이다. 그들은 그곳에 터를 잡고 공부와 후학 양성에 정진했다. 그 전통이 근세에까지 이어져 지식인들이 많이 배출되었고, 그중 많은 이들이 사회주의 계열에 가담했다.

두들마을의 재령 이씨 집안도 마찬가지다. 일제강점기에 일본이며 중국으로 유학 간 선진적 지식인이 많았던 만큼 사회주의에 매혹된 이도 많았다. 이문열 씨의 부친(수원농대 교수로 재직하다가 한국전쟁 때 월북. 이문열 씨의 조상은 정부인 장씨의 넷째아들 항재 이숭일이다. 항재가 말년의 어머니를 두들마을의 석계고택으로 다시 모시고 왔다. 석계고택은 항재파 소유다)과 마찬가지로 이돈 씨의 아버지도 지식인으로서 좌익 활동에 가담했다가 한국전쟁 때 감옥에서 사망했다. 할아버지 대부터 시작된 집안의 환란은 아버지 대에 이르러 집안을 완전히 몰락시키기에 이르렀다.

"나는 스무 살이 되기 전에 종가를 맡아야 했다"고 종손 이 씨는 말했다. "방 두 개짜리 초가에 할머니, 어머니, 고모, 삼촌까지 모두 열 식구가 살았다."

그는 가난부터 몰아내야겠다고 결심하고 집을 떠났다. 안동농림을 졸업하고 고려대 정외과에 합격했으나 안동농림의 수석 졸업자들이 주로 가던 경북대 수의학과로 방향을 돌렸다. 아버지의 경력 탓에 정외과를 졸업해봐야 할 일이 없을 것이라고 주변에서 말렸기 때문이다.

가정교사 등을 하며 어렵게 대학을 졸업한 그는 부산의 고등학교에서 8년 동안 수학 교사로 일했다. 집안을 일으키기 위해서는 돈을 벌어야 했다. 사업가의 길로 나섰다. 이 씨는 신발·가방 등 골프 전문 상품을 만들어 외국에 수출하는 회사를 경영했다. 1970~80년대 수출 역군들에게 주던 100만불·200만불·500만불 탑을 잇따라 받는 등 사업은 크게 성공했다.

2009년에 은퇴할 때까지 그의 소망은 두 가지였다. 가난 퇴치와 할머니 알리기. 지금은 고향에 돌아와 석계고택 옆에 집을 한 채 구입해 살면서 두 번째 소망을 마무리하고 있다.

"문열이가 쓴『그대 다시는 고향에 가지 못하리』(맑은소리)라는 소설 중 '종손'은 나를 주인공으로 한 것"이라고 이 씨는 말했다. 그는 사업을 해서 번 돈을 모두 할머니 일에 쏟아 부었다고 했다. 장씨 할머니를 세상에 알리겠다는 종손 이 씨의 줄기찬 노력과 투자가 없었더라면, 정부인 장씨의 삶과 철학, 그리고『음식디미방』이라는 책은 그냥 묻혀버릴 수도 있었다.

문화가 된 삶과 철학

수십 년에 걸친 투자와 연구는 1999년 11월 정부인 장씨가 문화인물로 선정되면서부터 빛을 발하기 시작했다. 이후 장씨의 진면목이 조명되면서, 경상북도 차원에서 지원과 투자에 나섰다. 두들마을은 6,500여 평을 정비하여 고택과 새로 지은 기와집들이 조화를 이루는 품격 높은 마을로 거듭났다. 더불어 정부인 장씨 예절관, 유물전시관, 음식디미방 교육관 등이 만들어졌다. 2015년에는 1만 평 규모의 '푸드스쿨'이 문을 열 예정이다.

종손 이 씨는 조상의 이름과 생몰연대뿐 아니라, 역사와 책 등과 관련된 모든 것을 줄줄 꿰고 있다. "우리 조상 일이니 종손으로서 그 정도는 알아야 한다. 누가 물으면 대답을 해야 하니까." 그러나 종손·종부로 사는 삶 자체가 그리 녹록해 보이지는 않는다. 불천위 제사 네 번을 포함해 한 달에 한 번 꼴로 큰 제사를 지내야 한다. 제사 비용(한 번 지낼 때마다

1,000만 원 정도 든다)을 비롯한 모든 것이 종손·종부의 몫이다.

『음식디미방』이 세상에 나오면서, 연구자들이 음식을 분석하고 재현하곤 했지만 사람들의 눈은 종부에게 쏠릴 수밖에 없다. 집안의 음식 전통이 대를 이어 내려왔을 것이므로 종부라면『음식디미방』에 나오는 음식을 척척 해낼 것이라고 어림짐작할 수도 있다.

"시어머니가 안 계시니 제사 음식에 관해서는 시숙모님과 부산에 계신 작은어머님 같은 분들에게 배웠다. 그전에도『음식디미방』에 나오는 음식에 대해 배우기도 하고 그 책을 더러 보기도 했지만 할머니가 문화 인물로 선정된 이후 본격적으로 공부를 했다." 조 씨는 "이 책이 처음에는 엄청난 스트레스를 주었다. 심지어 일본 NHK에서까지 촬영을 하겠다고 왔으니, 머리가 아플 지경이었다"고 말했다. 종부는 서울에 있는 한국전통주연구소 등에서 공부를 해가며, 조리서 전체를 직접 재현해내려고 애를 썼다. 그 결과 지금은 조리서에 나와 있는 모든 음식을 만들어낸다.

정부인 장씨가 조선시대의 가장 모범적인 현모양처요 시인·화가·서예가로 추앙되고『음식디미방』이라는 귀한 책까지 남겼으나, 종손 이 씨가 가장 높이 평가하는 할머니의 덕목은 다른 것이다. 바로 빈민구제다.

"큰집에는 아들이 네 분 있었는데, 석계 할아버지는 셋째셨다. 큰집은 영남 지방에서 다섯 손가락 안에 드는 큰 부자였으나 1631년 석계 할아버지께서 두들마을로 이주해올 때 재산을 아예 가져오지 않으셨다. 이곳에서 농사지어 일으킨 재산으로 빈민구제까지 하셨다."

작가 이문열 씨. 북카페 두들책사랑에서 우연히 만났다.

두들마을은 수백 년 된 상수리나무(도토리나무) 50여 그루로 둘러싸여 있다. 정부인 장씨가 구빈을 위해 심은 나무다. 이돈 씨는 "양식이 떨어지면 새로운 곡식이 날 때까지 도토리를 주워서 죽을 끓여 가난한 사람들이 굶지 않도록 했다"고 전했다.

"형님, 뭐 하십니꺼?"

종손·종부와 이야기를 나누던 중에 북카페의 문을 불쑥 열고 들어오는 이가 있었다. 이문열 씨였다. 광산문학연구소를 지은 뒤 자주 내려온다는 이야기는 들었으나 이렇게 만날 줄은 몰랐다. 뜻밖이었다.

이문열 씨는 내 얼굴을 들여다보면서 고개를 갸우뚱했다.

"성석젠강? 아인데? 근데, 우예 이래 닮았노?"

"성석제 아우 성우젭니더."

"아, 그랗제. 우예 이래 닮았어요? 안 그래도 형하고는 지난주에 북경 도서전에 함께 다녀왔는데……."

나이가 들면서 내가 형을 닮아가는 모양이다. 소설을 쓰는 형과 친분이 있는 이문열 씨도 내 얼굴에서 형의 모습을 금방 읽어낸다.

이문열 씨는 이 마을에서 태어나지는 않았으나, 그 어느 작가보다도 고향에 대한 애정이 깊어 보인다. 두들마을은 직계 조상 항재 이숭일이 지켜온 마을이다. 그의 본가는 9대가 살아온 250여 년 된 건물이다. 이 씨는 오래된 건물은 옛 모습 그대로 두고, 그 옆에 광산문학연구소를 지었다.

이문열 씨가 들어오니 종손 이 씨와 자연스레 대화가 이어진다.

"형님, 요즘 좀 쓸쓸한 게, 다음 대에서는 고향이 없어질 거 같아요."

종손 이 씨는 부정한다.

"아닐 걸? 사람이 고향 없이 무슨 얘기를 할 수 있겠나."

이문열 씨는 앞으로는 이곳에 더 자주 내려와 오래 머물겠다는 뜻을 내비친다.

인터뷰가 두 시간을 훌쩍 넘어섰다. 마지막으로 "음식을 재현해서 들어보니 어떠셨어요?"라고 물었다. 종손은 말했다. "이 지역에서 나는 재료를 가지고 만드는 음식인데, 고춧가루를 안 써서 자극적이지 않고 특이한 건강식이다. 그래서 석계 할아버지와 할머니가 85세, 82세까지 사신 것 같다."

봉감모전오층석탑

네 번째 길인 장계향디미방길에는 샛길 하나가 나 있다. 옥계리에서 올라간 마을 뒷산에서 임도를 타고 내려와 입안 면사무소를 지나는 길. 그곳에서 서쪽으로 빠지는 길이 하나 있다. 봉감모전오층석탑으로 가는 길이다. 영양군 입안 면사무소에서 2.3킬로미터 남짓 되는 길이다.

영양군 입안면 산해리. 마을 입구와 주차장에서는 탑이 보이지 않는다. 마을길을 3~4분쯤 걸었을까, 방향을 틀자마자 눈앞에 돌연 나타나는 것이 있다. 탑이다.

탑은 푸른 산을 배경으로 들판에 홀로 서 있다. 그 주변에는 논밭만 있을 뿐이다. 강건하고 고고한 자태다. 탑 뒤에는 푸른 산이 병풍처럼 둘러쳐 있다. 우리는 소리를 지르며 바삐 다가갔다.

봉감마을에 있다 하여 '봉감'이라 이름하였고 '모전模塼'은 돌을 벽돌

모양으로 쌓아올렸다는 뜻이다. 이 탑에 주로 쓰인 돌은 수성암이고, 아래는 평평한 자연석이다. 양식으로 보아 통일신라시대에 축조된 것으로 추정한다.

경주나 공주, 부여 같은 고도古都도 아니고 큰 사찰도 없는, 산으로 겹겹이 둘러싸인 작은 농촌 마을에 이처럼 높고 근사한 탑이 서 있을 줄은 몰랐다. 국보 제187호라고 했다.

학훈이와 나는 앉아서도 보고 서서도 보고, 바로 아래에서 올려다보기도 하고 멀리서도 보았다. 사방을 돌아가며 보기도 했다. 배경을 달리하니 분위기도 사뭇 달랐다. 돌을 한 장 한 장 다듬고 쌓아올린 사람의 마음과 세월이 탑에 녹아 있다. 탑과 더불어 천년 동안 교감해온 자연과 하늘이 있다. 예술품이 뿜어내는 생동하는 기운과 더불어 한편으로는 서늘하고 또 한편으로는 따뜻한, 여러 갈래의 복잡 미묘한 감동이 밀려왔다.

이리저리 탑을 보고, 돌기도 하면서 한 시간 정도를 보냈다. 이 아름다운 탑을 또 언제 보나 싶어 발길을 돌리기가 쉽지 않았다. 돌아 나오는 길에 마을 어른 한 분을 만났다. 신상해(75) 씨다. 이 마을에서 태어나 한 번도 떠난 적이 없다는 어른께 탑에 대한 이야기를 들을 수 있었다.

"1977년 국보로 지정되기 전까진 동네에서 관리를 했다. 돌이 빠지면 탑 주변에서 비슷한 돌조각을 찾아 끼워 넣었다. 1988년 해체 작업을 한 뒤 다시 쌓아올렸는데, 돌조각을 구하지 못해 애를 먹었다. 별 수 없이 같은 성분의 돌을 구해 다시 깎아서 채워 넣었다."

봉감모전오층석탑. 논밭 한가운데에 고고하고 강건한 모습으로 서 있다.

신 씨에 따르면, 이 탑은 원래 큰 사찰을 끼고 있었던 것으로 보인다. 예전에 탑 주변에서 기와 조각이 많이 나왔고 신 씨가 어릴 때만 해도 담의 흔적이 남아 있었다. 기단 위에 5층의 탑신을 쌓아올린, 11미터나 되는 탑을 낀 사찰이라면 그 규모가 대단했을 텐데 사찰에 대한 기록은 남아 있지 않다. 한때 봉감마을은 30호를 헤아렸으나, 지금은 열두 집이 살고 있다.

두들마을 이병흡 고택. 오늘도 새벽 4시쯤 잠이 깼다. 한국에 온 지 일주일이 지났으나 여전히 시차에 시달린다. 낮에는 걷고, 보고, 사람 만나느라 시차로 인한 피로를 느낄 겨를이 없다. 하지만 밤만 되면 가히 '살인적인 졸음'이 쏟아진다. 그렇게 쓰러지듯 잠이 들면 새벽에 눈이 떠진다.

깊은 산중에 위치한 동네여서 초가을이지만 밤에는 꽤 쌀쌀하다. 어젯밤 초저녁에 군불을 땠다더니 새벽까지 참 따뜻하다. 전날 밤의 눅눅한 펜션과는 비교할 수 없이 산뜻하다. 학훈이의 스마트폰을 빌려서 인터넷에 접속했더니 토론토에 있는 아내한테서 편지가 와 있다. 이틀 전, 무사히 잘 다닌다는 한 마디의 편지에 역시 짧게 답장을 해왔다.

"드디어 영양이군요."

‘드디어 영양’이라고 한 데는 이유가 있다. 우리 부부는 영양이라는 이름에 각별한 애정을 품고 있다. 토론토에서 우리 가족에게 은혜를 베푼 김종성 선배님의 사모님 본가가 영양에 있다. 두 분 덕택에 캐나다에서 우리 가족이 생존할 수 있었으니, 영양은 다른 어느 도시보다 반가울 수밖에 없다.

멘토의 고향에서

2002년 5월 캐나다로 이민을 떠났을 당시, 토론토는 피붙이 한 점 없는 곳이었다. 우리 가족은 말 그대로 은인을 만났다. 김종성 선배님을 만난 것은 이민을 가자마자 나갔던 대학 동창회 모임에서였다. 어느 날 몸은 힘들고 비전은 없는 가게를 꾸려가는 우리를 부르셨다. 그리고 우리 부부에게 월급을 줘가며 일을 가르치고, 새로운 비즈니스로 독립할 수 있도록 뒷받침해주셨다.

선배님 내외분의 전폭적인 지원 덕분에 우리는 밥벌이를 할 수 있었고 낯선 땅에서의 경제적·정신적 불안감을 상당 부분 털어낼 수 있었다. 내 인생에서 가장 어렵고 불안하던 시절, 생존에 관한 결정적인 도움을 받았을 뿐만 아니라 지금까지도 내가 하는 모든 일의 멘토가 되어주시는 분의 고향이니 ‘드디어 영양’라는 말이 나오는 것은 당연하다.

외씨버선길 답사를 오기 전에, 토론토에서 두 분과 자주 만나 이 지역에 대한 이야기를 많이 들었다. 가장 인상적인 것은 두 가지다.

첫 번째는 영양에 본가가 있는 사모님의 근세 가족사 이야기다. 구한 말 서울에서 왕실 업무를 총괄하는 관청인 궁내부 관리였던 증조부가 낙향한 직후 을사늑약이 체결되었다. 증조부는 의병을 일으켜 일본군과 전쟁을 벌이다 전사했다. 이웃들은 그분의 유일한 혈육인 아들을 영양 바깥으로 급히 피신시켰다. 그때 아들의 나이는 8세.

배운 것 없이 신분을 숨긴 채 거지로 떠돌며 목숨을 부지한 아들은 어른이 되어 홀로 고향으로 돌아왔다. 그의 기억에 남은 것은 아버지의 산소뿐이었다. 그는 고향에서 땅을 일구고 다시 집안을 일으켰다. 사모님은 내가 이 지역의 길을 걸으러 간다고 하자 아쉬움을 토로했다.

"증조부께서는 구한말 재산과 가족, 목숨까지 다 바쳐 싸웠는데, 그 흔적이라도 찾을 수 있으면 얼마나 좋을까요?"

두 번째는 이데올로기로 인한 집안의 비극이다. 사모님 어머니가 시집을 와서 보니 청년 지식인이었던 시동생이 밤을 꼬박 새워가며 이불을 뒤집어쓰고 책을 읽더라는 것이다. 그것은 당시 수많은 지식인들을 매혹시켰던 사회주의 관련 책이었다.

작가 이문열 집안의 예에서 보듯 영양은 첩첩산중에 있으나 예로부터 선비와 지식인을 많이 배출했고, 그중 많은 이들이 일제강점기와 해방 공간을 거치면서 사회주의를 선택했다. 태백산맥 끝자락에 위치한 지리적 여건 때문에 이 지역에서는 빨치산 활동도 잦아 한국전쟁 당시에는 밤이면 밤마다 이 산, 저 산에 봉화가 올랐다고 한다. 결국 사모님 집안의 그 청년은 입산을 하고, 흔적 없이 사라졌다.

우리가 잠을 잔 두들마을에는 이병각 시인의 시비가 서 있다. 이문열 씨 집안의 지식인이었던 그이 역시 해방공간에서 군중을 들끓게 하는 '프롤레타리아 시인'으로 활동했다. 그러나 월북을 하는 바람에 오랫동안 그 이름은 묻혀버렸고, 최근 들어서야 과거 서정시인으로서의 면모를 세상에 드러냈다. 이렇듯 광복과 한국전쟁을 전후해 생겨난 이데올로기의 깊은 생채기는 60년이 훨씬 지난 지금까지도 이 지역 곳곳에 남아 있다.

영양 고추는 영원하다

토요일 아침이다. 다음 주가 추석이어서 학훈이는 이번 주말 벌초를 하러 가야 한다고 했다. 함께 더 걷지 못해 미안해했으나, 우리는 이미 사흘 낮을 걷고 나흘 밤을 함께 보냈다. 길도 길이지만 나로서는 친구와 함께 지내는 시간 자체가 행복했다.

학훈이는 영양버스터미널에서 오전 8시 30분발 버스를 타기로 했다. 내가 아침 일찍 두들마을 구경을 하다가 예정에 없이 종손 이돈 씨를 다시 만나 이야기를 나누는 바람에 아침 먹을 시간을 놓쳤다. 영양읍으로 나가 아침이라도 먹여서 보내야 했는데 아쉬웠다. 가방 속에 들어 있던 빵으로 허기만 껐다.

미안해하는 나에게 "괜찮아, 난 휴게소에서 국수 사 먹으면 돼. 그런데 넌 어쩔 거야? 걸으려면 뭘 좀 먹어야 하잖아"라며 도리어 나를 걱정한다.

학훈이를 버스터미널에 내려주고 나는 다음 코스로 향했다. 여섯 번째 길 '조지훈문학길'이다. 조지훈 시인의 고향인 주실마을이 이 코스의 종점이어서 그렇게 이름이 붙은 모양이다.

출발 지점은 어제 저녁을 먹었던 영양 전통시장이다. 외씨버선길 영양객주 길해설사 이옥랑 씨가 동행했다. 보통 주말에 일하고 월요일에 쉬는데, 마침 외씨버선길을 걸을 예정이었다고 했다.

영양 전통시장을 빠져나와 동쪽으로 걷다가 야트막한 산길로 접어든다. 고추밭을 끼고 지나는 길에 오늘따라 메뚜기가 유난히 많이 보인다. 발을 디딜 때마다 메뚜기가 풀쩍풀쩍 튀어 오른다. 이옥랑 씨가 말했다.

"요즘은 약을 안 치니 메뚜기가 천지니더. 잡아서 기름에 달달 볶아서, 소금 간을 해서 바삭바삭 과자처럼 만들어 먹니더."

지금도 메뚜기가 지천이라는 것이 놀랍고, 아직도 메뚜기를 잡아 과자처럼 만들어 먹는다는 것은 더 놀랍다. 우리 어릴 적에도 논두렁에서 메뚜기를 잡아 볏짚에 잔뜩 꽂아오곤 했지만 이렇게까지 많았던 기억은 없다.

길은 약간 가파르다. 동네 산을 넘자 시원한 풍경이 또 나타난다. 지형이 묘하다. 작은 연못 같은 것이 드문드문 보이고, 그 주변은 움푹 파인 분지로 길게 이어져 있다. 강이 산을 끼고 돌아가는 모양인데, 물이 흐를 법한 곳을 따라 논밭이 펼쳐져 있다. 못에는 연꽃이 가득하다. "모양이 좀 특이하네요"라고 했더니 이옥랑 씨가 말한다.

"아주 예전에는 이곳이 강이었다고 하니더. 하류에 무슨 굴이 생겨 물이 모두 그쪽으로 빠져나가는 바람에 작은 못들만 남았다고 하니더."

오래전 강물이 흐르던 자리에 마을이 들어앉으니 그 느낌이 아늑하다. 특히 소나무가 가로수처럼 서 있는 길은 떠나기 아쉬울 만큼 포근하고 아름다웠다. 우리나라 농촌이 북미의 농촌처럼 황량하지 않고 오밀조밀 예쁘고 아늑하게 보이는 이유는 바로 이런 풍경 때문이다. 근사한 소나무 길을 만나니 마을이 품위 있어 보인다.

세 개의 못이 있다 하여 삼지라는 이름을 가진 이 마을에는 영양에서는 보기 드문 풍경 하나가 펼쳐진다. 바로 논이다. 산간지방치고는 드넓은 초가을의 논에서 황금물결이 일렁인다. 고추 재배 면적이 쌀 재배 면적의 두 배에 달한다는 영양은 어딜 가든 고추밭이다. 이렇게 벼가 익는 모습을 보니 비로소 농촌 같다. 벼농사를 보고 자란 나에게는 그렇다는 얘기다.

우리 고향에서는 벼농사를 주로 지었고 어릴 적에 보리 섞인 쌀밥을 먹었다고 말하자, 이 씨는 "어릴 적에 쌀은 구경한 적이 없고 보리밥만 해도 감지덕지였다"고 말했다. 조, 옥수수, 감자 등이 주식이었다는 것이다.

이 해설사는 1968년생으로 나보다 다섯 살 아래다. 그런데도 어릴 때 쌀밥을 먹어본 적이 없다니, 과거 영양이 얼마나 궁벽한 곳이었는지 짐작할 수 있다. 농촌 마을을 지나면서 농사 이야기, 어릴 적 이야기가 계속 이어진다.

아주 옛날에 강이었다는 삼지마을. 영양에서는 보기 드물게 너른 논이 있는 곳이다.

영양은 1970~80년대까지만 해도 고추 농사를 짓기 어려웠다. "제대로 된 농약이 있기를 하나, 뭐가 있나. 그때 농사를 지었다가 탄저병 때문에 빚만 잔뜩 져서 외지로 나간 사람이 수도 없다"고 이 씨는 말했다. 농사를 지으면 지을수록 빚만 늘었다. 그때 영양 인구 2만 명이 외지로 빠져나갔다.

이옥랑 씨는 다소 가파른 곳에서는 숨차 하면서도 하나라도 더 알려주려고 애를 쓴다.

"영양은요, 산이 80~90퍼센트를 차지하는 전형적인 산촌이니더. 산촌이니 태풍이 올라와도 큰 피해는 없니더. 영양에서 고추 농사가 왜 잘 되는지 아니껴? 일월산 밑이어서 일교차가 크고 일조량이 길어서, 고랭지 고추가 잘 되니더. 영양 고추는 껍질이 두껍고 달고 맵다 아입니꺼."

청송과 영양을 지나면서 여러 번 들은 얘기지만 들을 때마다 새롭다. 고추밭을 눈앞에 두고 들으니 현장감이 물씬 묻어난다. 영양 고추의 대명사인 수비초는 근당 3,000~4,000원은 더 비싸고, 껍질이 두껍고 가루가 많이 나오며, 달고 맵고 빛깔도 좋다. 김장할 때와 고추장 담을 때 특히 좋다……. 고추 이야기는 계속 이어진다. 고추에 대한 영양 사람들의 드높은 자부심을 느낄 수 있다.

보물을 줍다

노루목재라는 곳에 당도하니 산길 걷는 맛이 제대로 나기 시작한다. 나무 그늘로 이어지는 시원한 산길이다. 상원리라는 곳에 사는 사람들이 장 보러 오갈 때 걸었던 길이다.

길 위에 떨어져 뒹구는 밤이 보였다. 밤송이가 벌어져 밤이 저절로 떨어지고 있다. 엄지발가락보다 더 굵은 밤들이다. 어릴 적에는 산에서 밤 하나라도 발견하면 마치 보물을 얻은 기분이었다. 이옥랑 씨도 그 기분을 떠올렸는지 함께 열심히 밤을 주워 모았다. 금세 한 봉지가 찼다. 더 모으면 들고 갈 수 없을 것 같아서 그쯤에서 멈췄다. 요즘에는 산에 밤을 찾아다닐 만한 아이들이 별로 없고, 어른들도 심드렁하다고 했다.

다시 반변천을 만났다. 영양 읍내에서 볼 때와 또 달랐다. 물은 투명하게 반짝였고 물속의 작은 돌까지 선명하게 들여다보였다. 상원3리 마을회관에서부터 금씨 집성촌에 이르는 길은 아스팔트 도로다.

차도의 갓길을 걷다가 이옥랑 씨가 재미나는 일을 만들었다. 차가 오면 무조건 세우겠다는 것이다. 일명 히치하이킹이다. "그건 20대 젊은 친구들이 하는 거 아니에요?"라고 했지만 이 씨는 아랑곳하지 않는다. 왜 그런지 곧 확인되었다.

도로의 모퉁이를 돌아 작은 트럭 한 대가 나타났다. 흔히 볼 수 있는 파란색 트럭이다. 이 씨가 손을 들자 신기하게도 트럭이 멈추어 섰다.

"어디 가시는데예?" 하는 인사말이 트럭 안에서 들려왔다. 이 씨가 아

산길을 걷던 중에 밤나무를 만나 떨어진 밤을 주웠다.

는 사람이다.

이옥랑 씨 부부는 영양에서 나고 자랐다. 더군다나 남편이 군청에서 공무원으로 일하고 있으니, 영양에서는 동창에 친척에 사돈에 팔촌까지 엮여 모르는 사람이 거의 없다. 그러니 지나가는 차를 세우는 것은 일도 아니다. 이 씨에 따르면 영양군의 인구가 줄고 줄어 지금은 1만 7,000명 정도라고 한다. 10만 가까운 토론토 한인 사회도 그토록 좁아 보이는데 1만 7,000명이면 남의 집 수저 숫자까지 다 알 수 있겠다 싶었다.

어찌됐건 트럭 뒤에 올라탔다. 짐칸에 올라 이 씨는 바닥에 앉고 나는 바람을 맞으려고 섰다. 이런 경험 또한 처음이다. 국도를 따라 달리며 바람을 맞았다. 5분이나 지났을까? 트럭이 서고 이옥랑 씨는 내리자고 했다. 짧지만 강렬한 경험이었다.

다슬기와 반딧불이가 살아 숨 쉬는 곳

금촌산길. 더없이 아름다운 길이다. 등성이에 평상이 하나 놓여 있다. 앉아서 땀을 식히라고 새로 만든 것으로 보인다. 물을 마시며 보니 가까이에 웅덩이가 하나 있다. 얕고 작은 연못인데 온통 진흙탕물이다. 멧돼지와 산돼지가 산에서 목욕하는 곳이라고 했다. 논밭을 파헤쳐가며 농작물에 큰 피해를 주는 멧돼지, 이놈들은 돼지 주제에 산에서 목욕까지 해가며 돼지 같지 않게 살고 있다. 물을 없애고 싶어도 퍼내는 것 외에는 달리 방법이 없어서 그냥 두는 듯했다.

일월면 도계리에 접어들었다. 삼거리 구멍가게에서 '하드' 두 개를 사서 물고 걸었다. 캐나다 촌놈이 고향 근처에서 별의별 호강을 다 하는구나 하는 생각이 문득 들었다. 왼편으로 일월면 면사무소가 보인다. 이 씨가 그곳에 들어가 손이나 씻고 가자고 했다. 토요일 오전, 당직자 한 명이 면사무소를 지키고 있다.

이 씨가 "안녕하십니꺼?" 하고 반갑게 인사한다. 또 아는 사람이다. 어딜 가든 이렇게 아는 사람이 많으면 살기가 참 편하기도, 불편하기도 하겠다. 면사무소 당직자는 화장실을 들렀다 나가는 우리에게 한쪽을 가리키며 소리쳤다.

"냉장고에 있는 차가운 물 가져가이소."

일월면 도계리를 지나는데 퍽 흥미로운 광경이 눈에 띄었다. 한 농가에서 아버지가 10대로 보이는 두 자녀와 고추를 다듬고 있다. 수북이 쌓인 고추를 다듬는 손이 부산하다. 토요일이라 학교에 가지 않은 아이들이 아버지를 돕고 있는 모습이다.

구식 음향기기에서 "아~ 다시 올 거야, 나는 외로움을 견딜 수 없어~" 하는 나미의 노래 〈슬픈 인연〉이 크게 흘러나온다. '아이들이 일은 견딜 수 있어도, 저 노래는 못 견딜 텐데?' 하는 생각이 문득 들었다. 차를 타고 노래를 틀었을 때 우리 아이들이 보이는 반응이 있기 때문이다. 역시 그랬다. 이곳 아이들도 이어폰을 낀 채 말없이 일을 하고 있었다.

고추 농사를 지어 소득을 얻는 방법은 세 가지다. 고추유통공사에 넘기거나, 소비자와 직거래를 하거나, 중간상에 넘기는 방법이다. 유통공

일월면 도계리의 고추 다듬는 농부의 아들과 딸.

사에 넘길 때는 고추의 꼭지를 따야 한다고 했다. 영양의 고추가 전국적인 명성을 누리고 있지만, 고추 농사가 안정을 찾게 된 것은 2006년 영양 고추유통공사 설립 이후다. 고추 농사를 지어 확실하게 넘길 곳이 있으니 가격 폭락 걱정을 하지 않아도 되기 때문이다.

벼를 심던 논도 고추밭으로 바꾼 곳이 많다. 열심히 짓기만 하면 고추 농사가 벼농사보다 훨씬 안정적이고 고소득을 보장하기 때문이다.

이 씨는 외씨버선길 해설사일 뿐 아니라 영양 고추 홍보요원으로 보아도 무방할 만큼 고추에 대한 설명을 술술 잘했다. 설명을 잘한다고 했더니 "영양 사람이라면 이 정도는 기본이다"라고 말한다.

조지훈 시인의 주실마을을 향해 올라갔다. 길은 물을 따라 이어진다. 둑방길에 매어진 흑염소 한 마리가 풀을 뜯고 있다. 나에게는 퍽 낯선 광

150

둑방길에 홀로 매여 있는 염소.

경이다. 왜 달랑 한 마리일까? 나는 염소를 늘 '떼'로 생각하고 있다. 어릴 적 우리 집에 항상 수십 마리가 있었기 때문이다.

집에서는 염소탕을 많이 먹었다. 국을 끓이는 날 집 안은 노린내 천국이었다. 냄새가 역해서 어른들의 엄포와 꾸지람에도 불구하고 나는 한두 숟가락 뜨다 말곤 했다. 냄새가 나면 형은 어디론가 그냥 사라졌다. 맛의 기억은 평생을 따라다닌다. 지금도 한두 번 떠먹어보면 노린내 같은 것은 전혀 없는데도 나는 '염소'라는 이름 때문에 영양탕은 절대 먹지 않는다.

염소 옆을 지나며 보니 개울에서 허리를 잔뜩 구부리고 일을 하는 사람이 눈에 띈다. '고디'를 잡는다고 했다. 경상도에서는 다슬기를 고디 혹은 골부리라 부른다. 고디를 내다 팔면 한 되에 5만 원을 받는데, 그냥 보기에도 보통 중노동이 아니다. 한 되를 잡는 데 보통 다섯 시간이 걸린다. 농사철 하루 일당보다 조금 많은 액수다.

비닐로 싼 온몸을 물에 담그고, 햇볕에 그을리지 않도록 챙이 큰 모자와 수건으로 얼굴을 모두 가렸다. 그러고는 고개를 숙여 물속을 줄곧 들여다보아야 한다. 흔히 '다라이'라 부르는 큰 플라스틱 대야를 물 위에 놓고 그 안을 본다. 대야 아래 부분이 뚫려 있다. 뚫린 대야를 물속에 넣으면 바람에 물결이 이는 것을 방지할 수 있다. 물이 흔들리지 않아야 다슬기가 잘 보인다고 했다.

개울에서 다슬기를 잡아 장에 내다 팔 수 있을 정도니 그 물이 얼마나 깨끗한지 짐작이 간다. 깨끗하다, 청정지역이다, 아무리 말을 많이 해도 다슬기가 잡히고, 반딧불이가 날아다니는 것만큼 그것을 확실하게 이야기하는 것은 없다.

사뿐이 들어올린 외씨보선이여

다시 길을 걷는다. 억새풀이 자라 너울너울 춤을 추는 길이다. 역시 오랫동안 걷지 않은 길을 다시 다듬은 듯 발아래가 푹신푹신하다. 뱀이 나올 것 같아 약간 무섭다. 말은 못하고 앞서서 씩씩하게 걷는 이 해설사를 바짝 따라붙었다.

억새풀 길이 끝나자 다시 차도가 나타난다. 조지훈 시인이 나고 자란 주실마을로 향하는 길이다. 가장 먼저 눈에 띄는 것은 시인의 숲이라는 이름의 작은 숲이다. 영양군 제11호 보호수로 지정된 느티나무가 서 있다. 이 지역에서는 '주실쑤'라 불린다는데 나무의 나이는 250년쯤 된다. 이 숲 때문에 외부에서는 마을이 들여다보이지 않는다. 하여 동네 사람들은 이 숲이 동네에 들어오는 나쁜 기운을 막아준다고 믿고 있다.

숲속에는 '지훈 시비'에 조지훈 시인의 〈빛을 찾아가는 길〉이 새겨져 있다. 1982년 '선생을 따르는 문하생들의 정성'으로 시비를 세웠다는 홍일식 교수(전 고려대 총장)의 글이 시비 뒤에 적혀 있다.

지훈의 시비 바로 옆에는 요절한 지훈의 형 조동진의 시비와 더불어 작은 단상 하나가 놓여 있다. 시낭송회 같은 행사가 열린다는 것을 금세 알아볼 수 있다. 시인의 숲에서 열리는 시 낭송회. 상상만 해도 감동적이다. 시비 곁에 트럭 한 대가 서 있다. 일을 하나 싶어 봤더니 운전석에서 사람이 낮잠을 달게 자고 있다.

영양군 일월면 주곡리. 주실마을로 불리는 이곳은 조선 중기 때 정치적 핍박을 피해 내려온 한양 조씨의 집성촌이다. 이상 정치를 꿈꾸다 기묘사화로 사사당한 정암 조광조 집안의 후예들이다. 당시 이곳에 터를 잡은 이는 정암의 9촌인 호은 조전(1576~1632)으로, 그는 주실마을에 들어와 집터를 찾기 위해 매를 날렸다고 한다. 그 매가 앉은 자리는 늪지대였으나, 집안을 일으킬 자리라 여겨 그곳에 집을 지었다.

주실마을에는 조지훈 시인의 생가, 조 시인이 수학한 월록서당, 옥천 종택 같은 고택이 있다. 특히 ㅁ자형으로 된 조 시인의 생가(호은종택, 경상북도 기념물 제78호)는 경북 북부 지방의 전형적인 양반가의 모습을 하고 있다. 큰 시인이자 지조 높은 학자를 배태한 고고한 기운을 물씬 풍긴다.

이 동네 앞산 이름은 문필봉과 연적봉이다. 문필봉은 글씨 쓰는 붓처럼 뾰족한 모습을, 연적봉은 연적처럼 넓적한 모습을 하고 있다. 집터나 묘터의 정면에 있는 산을 보통 안산이라 부르는데, 호은종택의 안산에 해당하는 것이 바로 흥림산의 문필봉과 연적봉이다. 풍수가에서는 문필봉을 안산으로 두고 있는 집은 학자를 많이 배출한다고 했다.

호은종택뿐 아니라 주실마을의 거의 모든 집들이 문필봉을 향해 있다. 이 때문인지는 몰라도 주실마을은 문인과 학자를 많이 배출한 마을로 유명하다. 지금 이 마을에는 60여 가구가 살고 있는데 집집마다 교수와 박사를 한 명 이상씩 배출했다. 박사만 해도 열네 명을 헤아린다.

이런 이야기를 들려준 이는 이 마을에서 해설사를 하고 있는 조석걸(74) 씨다. 그는 어깨에 건 휴대용 스피커를 이용해 이곳을 찾는 사람들에게 마을과 조 시인의 이야기를 들려주고 있다.

조 씨는 조지훈 시인이 동네의 친척 어른이지만 자기와 나이 차이가 열아홉 살이나 나서 직접 말을 나눠본 적은 없다고 했다. 어릴 적에 보기에 어떠셨느냐고 물었다.

"아주 잘생겼고 차림새도 멋진 멋쟁이였다. 검은 테 안경을 쓰고 지팡이를 짚고 다녔는데 와이셔츠만 입을 때는 한쪽 팔을 언제나 걷고 있었다. 그냥 보기에도 빈틈없는 선비의 모습이었다."

앞서 말한 토론토의 선배님이 들려준 이야기가 있다. 1968년 조 시인이 한창 나이에 지병으로 타계했을 때 동네 사람들은 주실마을에서 장

지훈문학관에 전시되어 있는 시인의 유품들.

레를 치르기를 희망했다. 그러나 서울 마포의 자택에서는 당시 조 시인이 교수로 재직하던 고려대학교 학교장으로 장례를 결정했다. 지금으로서는 상상도 할 수 없이 교통이 불편하던 그때, 마을 사람들이 모두 서울에 올라갔다. 그들은 장례 절차에 필요한 모든 일을 헌신적으로 도맡아서 문상객들을 감동시켰다고 한다. 조석걸 씨에게 물었더니 "당시 아이들만 남고 어른들은 모두 서울로 가셨다. 우리 마을로서는 너무나 큰일을 당했기 때문"이라고 말했다.

마을에는 조 시인을 기념하여 만든 '지훈문학관'이 있다. 2007년에 문을 열었다. 지훈문학관에 들어서면 조 시인의 가장 유명한 시 〈승무〉가 동영상과 함께 자동으로 흘러나온다. 지금 우리가 걷는 길의 이름이 귀에 쏙 들어온다. '사뿐이 들어올린 외씨보선이여.' 가슴이 뭉클해진다.

문학관은 시인의 생애와 작품 세계, 그리고 지조 높은 선비의 정신세계를 두루 살필 수 있게 해놓았다. 특히 성장 과정과 시인·교수로서 활동한 생애를 그림과 자료로 펼쳐놓은 것이 인상적이다. 시를 발표한 각종 잡지와 육필 원고, 시인이 사용하던 펜과 장갑, 옷, 지팡이까지 정리·전시해 놓았다. 유명 시인의 격조 높은 기념관이다. 이곳을 찾는 관람객은 1년에 5만 명이 넘는다.

전시장을 둘러보는 중에 중학생 20여 명이 들어와서 구경하는 모습이 보인다. 문학관을 나와 시공원으로 옮겨가는데 큰 소리가 들린다. 돌아보니 남학생 두 명이 자기보다 키가 작은 선생님에게 야단을 맞고 있다. "너희들, 여기가 어디라고 그렇게 함부로 뛰어다니고 장난치는 거야? 여기가 그래도 되는 곳이야?"

뛰어다니며 장난을 치더라도 이곳을 한 번 둘러보는 것만으로도 조지훈이라는 시인은 어릴 적 기억에 생생하게 새겨질 것이다. 교과서에 나오는 시를 앞뒤 가리지 않고 그저 달달 외기만 한 우리 세대에 비하면 이 아이들은 문화적으로도 참 풍요로워 보인다.

아침 일찍부터 서둘러 걸었더니 점심식사는 영양 읍내에서 할 여유가 생겼다. 영양 전통시장의 식당으로 들어갔다. 주인 '언니'가 이옥랑 해설사와 친하다고 했다. 늦은 점심이어서 메뉴가 비빔밥밖에 없다.

산나물을 잔뜩 넣은 비빔밥이니 나에게 더할 나위 없는 진수성찬이다. 배가 고파서 허겁지겁 먹는 바람에 사진을 찍어두지 못한 것이 후회될 정도로 밥 위에 얹은 나물이 아름다웠다. 고추장을 많이 넣지는 말라고 권했다. 참기름이 살짝 들어간 듯했다.

나는 비빔밥을 먹을 때마다 형이 쓴 실감나는 표현 하나를 떠올린다. 비빔밥을 비빌 때는 그냥 비빌 게 아니라 '쓱쓱' 비벼야 한다는 것이다. 이번에도 쓱쓱 비볐다. 비빔밥인데도 여러 가지 반찬이 나왔다. 배가 어지간히도 고팠나 보다. 반찬 한 점 남기지 않고 싹싹 비웠다.

꽃으로 다시 피어난 죽음의 땅

여섯 번째 '치유의 길'이 시작되는 일월산 자생화공원은 용화광산의 선광장 시설 주변을 단장하여 만든 곳이다. 31번 국도를 타고 가다가 봉화로 이어지는 영양터널 못 미처 오른쪽에 자리 잡고 있다.

1939년 일제강점기에 일본은 경북 내륙의 가장 깊은 일월산까지 들어와 광물을 수탈해갔다. 일월산 광산에서 채굴한 금·은·동·아연 등을 일본 나카가와광업주식회사에서 건설한 선광장으로 옮겨 광물을 제련해냈다.

광복 후에도 광산과 선광장은 1976년 채산성 악화로 문을 닫을 때까지 계속 운영되었다. 금속 제련 과정에서 사용하는 비소(As)·청화소다(NaCN) 등 화학성 독성 물질이 섞인 광물 찌꺼기와 폐광석 등이 토지를 오염시켜, 선광장 주변은 풀 한 포기 자라지 않는 죽음의 땅으로 변했다.

오염된 침출수는 땅뿐 아니라 하천으로 흘러들었다. 오염 침출수 때문에 반변천은 고기 한 마리 살 수 없는 죽음의 하천으로 30년 이상이나 방치되었다. 반변천 상류 일대가 죽음과 불모의 땅에서 벗어난 것은 2001년에 이르러서였다. 영양군이 토양오염 방지를 위해 오염원을 완전 밀봉하자 주변의 자연이 살아나기 시작했다. 이후 선광장 시설 주변 5,000여 평에 일월산에서 자생하는 야생화를 옮겨 심어 들꽃의 천국으로 만들었다. 죽음의 땅은 지금 전국에서 가장 규모가 큰 자생화공원으로 탈바꿈했다.

길의 출발점이 이런 사연을 지닌 자생화공원이기에 여섯 번째 길에 '치유의길'이라는 이름이 붙었다. 상처받은 땅이 자연의 넉넉한 품에서 어떻게 치유되는가를 제대로 보여주는 길이다.

일월산 쪽으로 길을 따라가자 마을이 나왔다. 영양군 일월면 용화2리 대티골이다. 마을 입구에 들어서니 외씨버선길에서 만든 안내판이 하나 나온다. 시멘트로 벽을 바른 단정한 집이 그냥 보통 집이 아니라는 설명이다.

1968년 한국 사회를 떠들썩하게 했던 울진·삼척 무장공비 침투사건 당시 정부는 깊은 산속에 살던 화전민들을 모두 산 아래로 내려오게 했다. 그들을 공비로부터 보호하고, 한편으로는 공비와 내통할 수 있는 여지를 차단하기 위해서라고 했다. 하루아침에 삶의 터전을 잃은 화전민들은 대티마을에 내려와 공동생활을 하면서 평지에서의 새로운 삶을 설계했다.

마을 입구에 있는 시멘트 건물 세 채는 화전민들이 2개월 동안 살던 바로 그 집이다. 이 깊은 산중에서 첨예한 이데올로기의 대립에 치여 생활 터전에서 쫓겨나 이리저리 밀려다닌 불쌍한 백성들의 간고한 삶이 느껴진다.

마을에 들어서니 일반 농가와 더불어 새로 지은 황토집들이 여러 채 보인다. 황토집들은 깨끗하게 단장을 하고 집 이름과 연락처를 적은 작은 간판까지 문패처럼 내걸고 있다. 사람들이 모두 일을 하러 들에 나갔는지 마을에는 인기척이 없다.

영양의 젖줄인 반변천의 최상류가 나온다. 엎드려서 입을 대고 벌컥 벌컥 마시고 싶은 충동이 일어날 정도로 물이 맑다. 계곡 곁을 10여 분쯤 걸어가자 숲길이다. 깊은 산으로 올라가는 숲길이 맞기는 한데, 조금 이상하다. 산길치고는 길이 지나치게 넓고 잘 닦여 있다.

"이 길이 옛날의 국도였다"고 이옥랑 해설사가 말했다. 새로 생긴 31번 국도는 영양터널과 봉화터널을 지나게 되어 있다. 터널이 뚫리면서 길이 직선으로 나기 전까지 예전의 국도는 이렇게 산의 중턱을 타고 꼬불꼬불 올라갔다.

1939년 일제가 용화광산을 개발하고 나서 광물을 효과적으로 수탈하기 위해 건설한 도로다. 삽과 곡괭이 등 가장 기본적인 도구만으로 이 험한 산에 길을 낸 이들도 이 땅의 사람들이었으며, 선광장에서 제련된 광물들을 이 길을 통해 옮겨간 이들도 조선의 노동자들이었다.

"우리 조상의 아픔이 서려 있는 길이다. 이곳에서 일한 조선 노동자들은 하루 열세 시간 이상씩 중노동을 했다고 한다. 그렇게 캐낸 광물을 수레에 싣거나 지게에 지고 날랐다. 우리의 바로 윗대 조상들이 한 일이다."이옥랑 해설사의 설명이다.

길은 산기슭을 에둘러 나 있다. 때로는 가파른 낭떠러지도 보인다. 1940년대에 자동차 한 대는 넉넉하게 지나갈 정도의 넓은 도로를 이 깊고 험한 산에 내게 했으니, 자원 수탈보다 더 악랄하게 자행된 일제의 노동력 수탈을 어렵지 않게 짐작할 수 있다. 터널을 통과하는 국도가 새로 생기는 바람에 국도로서는 수명을 다했던 이 길은 한때 쓸모없는 공간

일월산 자생화공원. 과거 이 지역을 크게 오염시켰던 용화산 선광장의 흉측한 모습이 보인다. 오염되어 죽었던 자연이 되살아나, 전국 최대 최고의 일월산 자생화공원으로 탈바꿈했다.

으로 방치되었다. 광산도 문을 닫아 물자 수송로로서 역할은 끝났다. 길이 평탄하게 잘 다듬어져서 등산로로도 별 매력이 없다.

문화예술이 된 대티골 '아름다운 숲길'

버려졌던 이 길이 길로 다시 태어난 것은 2006년이다. 용화2리 대티골 사람들이 옛길의 기억을 되살려 길을 잇고 다듬은 다음 '아름다운 숲길'이라는 이름을 붙이고 세상에 알리기 시작했다. 한국에 걷기 열풍을 불러일으킨 제주올레보다도 1년 먼저 열린 길이 바로 경북 영양의 대티골 아름다운 숲길이다.

길에 의미를 부여하고 그 길을 새로운 개념으로 받아들이면서 용도를 달리하자 버려지고 방치된 옛길이 그 어느 길보다 아름다운 숲길로 재탄생했다. 문화예술이 따로 있는 것은 아니다. 사람의 행위와 흔적에서 의미를 찾고 즐기면 그것이 문화요, 예술이다. 아름다운 숲길은 빼어난 예술 작품으로 보인다. 더군다나 길을 낸 조상들의 슬픈 역사까지 스며 있으니 작품으로서의 의미는 더욱 크고 깊다.

이 길이 외씨버선길과 이어지면서 아름다운 숲길과 외씨버선길은 서로를 빛내기 시작했다. 옛 국도와 산동네 길을 한 바퀴 도는 아름다운 숲길(약 7킬로미터, 세 시간 거리)을 걸어도 좋고, 아름다운 숲길의 절반을 걸으면서 외씨버선길 봉화 쪽으로 넘어가도 좋다.

깊은 숲속을 힘들지 않게 걸을 수 있고, 무엇보다 풍광이 수려하니 외씨버선길 중에서도 가장 아름다운 길로 정평이 나 있다. 사람들이 이 길을 가장 많이 찾는 이유는 걷기도 좋고, 풍경도 아름답고, 이야기가 있으며, 자생화공원에다 더없이 맑고 서늘한 계곡까지 두루 즐길 수 있기 때문이다.

한 시간쯤 부지런히 오르자 '영양 28km'라는 옛 국도의 이정표가 보인다. 조금 오래된 것이라면 덮어놓고 갈아엎고 버리는 것이 옛날식 산업화라면, 조금이라도 오래된 것이면 의미를 부여하고 새로운 아름다움을 뽑아내는 것이 최신 스타일이다. 이정표를 쓸모없고 보기 싫은 옛

대티골에서 옛 국도로 올라가는 길.
이렇게 좋은 길이 일월산 자락을 따라 계속 이어진다.

것이라고 뽑아다가 고철로 녹여버렸더라면 이 길을 더욱 값지게 하는 역사의 흔적은 사라졌을 것이다. 사람들의 발길과 관심이 닿지 않는 오지에 있었으니 그나마 이정표가 살아남은 것이다.

원래 차가 다니던 길이라 걸어서 올라가는 데 불편함은 전혀 없다. 혼자 오든 여럿이 오든 길을 즐기고 자연을 즐기며 나 자신과 혹은 다른 이들과 편안하게 대화를 나누며 걸을 수 있는 길이다. 무엇보다 높고 푸른 소나무와 상수리나무, 개옻나무 등이 깊은 숲을 이루고 있어서 걸으며 삼림욕을 하기에 그만이다.

길을 걷는 중에 경고문이 여럿 보인다. '송이산 입찰구역입니다. 출입을 금지합니다'라는 내용이다. 경고문뿐 아니라 산으로 들어갈 수 있는 곳은 그물이나 밧줄로 막아놓았다. 조금 더 올라가니 길 중간의 약간 넓은 터에 텐트가 보인다. 송이 도둑을 밤새 지키는 모양이다. 사진을 찍으려다가 사람이 나오는 바람에 카메라를 얼른 뒤로 감췄다. 평소에는 겁 없이 찍었는데, 경고문을 보고 난 후여서 괜히 겁이 났다.

길이 평탄하고 아름답고 힘이 들지 않으니 이야기를 나누며 걷기에 참 좋다. 나도 농촌 출신이니 이옥랑 씨와 자연스레 어릴 적 이야기를 주고받게 된다. 같은 경북 지역이라도 순수한 농촌과 산촌 같은 농촌은 차이가 많이 난다.

이옥랑 씨의 고향은 영양군 천기면 산운리다. 2남 1녀의 맏이. 산길을 걷다가 고개를 만나면 아픈 추억이 떠오른다. 초등학교에 입학하기 전 엄마를 따라 시장에 갔다. 엄마는 무거운 짐을 머리에 이고 한손에 들고,

자연은 버려진 이런 안내판마저도 넉넉하게 품어서, 자연의 일부처럼 아름답게 보이게 한다.

다른 손으로는 어린 딸의 손을 잡고 걸었다. 딸은 다리 아프다며 엄마에게 업어달라고 조르고 졸랐다. 엄마는 짐을 내려놓았다. 업어주려고 그러나 싶었더니 회초리를 꺾었다.

"엄마는 아무 말 없이 종아리를 때리셨다. 얼마나 아팠는지 모른다. 당시 엄마는 지금의 나보다 젊으셨는데, 그때를 생각하면 지금은 마음이 많이 아프다. 왜 그 어려운 시절에 내가 그런 식으로 엄마를 속상하게, 힘들게 했을까 하고……."

한 시간쯤 올라가니 갈림길이 나온다. 갈림길의 이름은 칠밭목삼거리다. 왼쪽으로 가면 '아름다운 숲길'로 계속 이어지고 오른쪽으로 나가면 봉화로 가는 외씨버선길이다. 칠밭목. 이름이 재미있다. 칡이 산을 뒤덮어 칡을 일부러 심어놓은 밭과 같다 하여 붙여진 이름이다. 그 주변은 울창한 낙엽송과 소나무 숲으로 이루어져 있다. 길옆으로 작은 계곡이 흐르고 수많은 야생화를 구경할 수 있는 곳이라고 했다.

아쉽게도 날이 저물기 시작한다. 오후 6시밖에 되지 않았는데 벌써 어둑어둑하다. 산중이라서 어둠이 빨리 오는 모양이다. 내려갈 때가 되었다. 이옥랑 씨는 "한 바퀴 다 돌면 좋을 텐데 많이 아쉽다. 나도 이 길이 이렇게 멋진 줄은 이번에 걸으면서 알았다"고 말했다.

이 코스는 시간을 넉넉하게 잡아 대티골 마을 사람들이 조성한 '아름다운 숲길' 전체(외씨버선길로 이용되는 옛 국도-산길-옛 마을길)를 느긋하게 걸어보기를 권한다. 숲이 깊고 아름다워서 걷는 맛이 상상을 넘어설 것이다. 더불어 낙동강까지 흘러가는 반변천의 발원지도 놓치기 아까운 구경거리다. 나도 가보지는 못하고 대티골 홈페이지(www.daetigol.com)에서 사진으로만 보았다. 마치 약수처럼 물이 흘러나와 맑은 계곡을 이루고 천으로 흘러 영양-청송-안동을 거쳐 낙동강까지 가는 반변천 109.4킬로미터의 시작 지점이다.

치유의길 종점인 우련전에서 물을 찾으려고 가방을 열었더니 초코파이 두 개가 나온다. 이옥랑 씨에게 하나를 내밀었다. 달게 먹었다. 그이는 "요즘 이런 걸 잘 먹지 않는데 참 맛있네요"라고 말했다. 초코파이나 초콜릿이 맛있다면 어지간히도 지치고 진을 뺐다는 이야기다. 하루 종일 시간을 내어 함께 걷고, 하나라도 더 알려주려고 애를 쓴 이옥랑 해설사에게 미안하고 고마운 마음이 들었다.

이 일을 시작한 지 얼마 되지 않아 많이 부족하다는 그이에게 "당신은 최고의 길 해설사다"라고 말해주었다. 진심이었다.

이옥랑 씨와 헤어지고 나서 일월산 자생화공원으로 다시 돌아갔다. 캄캄해지기 직전이어서 꽃구경을 하며 잠시 서성댔다. 공원 앞에 불이 환하게 켜진 화장실에 들어갔다 나왔더니, 불과 1분도 안 되는 사이에 천지 사방이 어둠에 잠겼다. 캄캄을 넘어 아주 깜깜했다. 자동차까지 걸어가는 10여 초 사이에 갑자기 두려움이 엄습했다. 이유를 알 수 없었다. 머리카락이 쭈뼛 하는 느낌이었다.

밤은 깊었는데 어디서 잘 것인가 고민되었다. 문득 떠오르는 집이 있었다. 아까 이 동네를 지날 때 보았던 대티골 황토집이다. 동네에 들어가니 마당에 불을 밝히고 지금도 일을 하는 집이 보였다. 고추를 씻어서 말리는 작업 같았다. 건조기 돌아가는 소리가 윙윙 하고 들렸다.

그 집에 들어가 물었더니 마침 방이 있다고 했다. 황토집을 운영하는 집이다. 내가 제대로 찾아온 것이다. 안주인 인상이 참 좋다. 10명 이상은 너끈히 묵을 수 있는 큰 방인데다 깨끗한 주방과 화장실 시설까지 완벽하게 구비했다.

방 안에 들어설 때의 첫 느낌은 '뽀송뽀송'이다. 건조함과는 전혀 다른 느낌이다. 깊은 산속에서 이런 방을 만난다는 것은 행운이다.

그때까지도 집의 마당 쪽에서는 고추 건조기가 큰 소리를 내며 돌고 있다. 인터넷을 잠깐 쓸 수 있느냐고 물으니 아이들 방에 있는 컴퓨터를 사용하라고 했다. 그 방의 한쪽 벽에는 학사모를 쓴 졸업 사진들이 여러 개 걸려 있다. 딸들로 보였다.

저녁상을 차려주겠다고 했으나 점심 먹은 배가 꺼지지 않아 사양했다. 주인집에서 준 수박과 포도로 저녁을 대신했다. 세상에서 가장 맛있는 과일은 밭에서 바로 딴 제철 과일이다. 뜨거운 물에 커피믹스를 넣어 마시고 있는데, 주인 부부가 방으로 찾아왔다. 이야기를 듣고 싶어 잠시 뵙자고 했었다.

농촌 부자 만들기 프로젝트

두 분 모두 선한 인상이다. 영양의 전형적인 농부인 김승규(60) 씨는 피부가 하얗고 인물이 좋다. 피트니스센터에서 운동하며 몸을 관리하는 도시의 날씬한 장년 남성의 모습이다. 김 씨는 부인 이선희(59) 씨와 함께 이야기를 술술 잘 풀어주었다.

내게 명함을 건넸다. '황토구들방. 자연치유 생태마을. 김승규 이선희 054-683-0669, 017-507-0669. 경북 영양군 일월면 용화2리 363번지'라고 적혀 있다.

아름다운 숲길·일원산 자생화공원과 더불어 황토펜션은 최근 들어 대티리의 이름을 유명하게 만드는 것 중 하나다. 운영 주체가 외지인이 아니다. 대티리 마을 사람들이 직접 황토집을 지어 운영한다. 농사일만으로도 버거울 텐데 어떻게 펜션사업까지 하게 되었는지 궁금했다.

이 마을에 황토집이 들어선 것은 2008년이다. 경북 지역에서 FTA를 대비해 '농촌 부자 만들기' 프로젝트를 진행했는데, 대티골은 황토집과 식품 가공 공장으로 응모해 지원을 받았다.

황토펜션을 짓는 데 드는 비용은 국가에서 80퍼센트를 부담하고 개인이 20퍼센트를 감당했다. 땅은 개인의 것이다. 개인이 맡아서 관리를 하되 집의 등기는 마을로 해놓았다. 펜션은 모두 9동. 마을의 20가구 중 아홉 가구가 참여했다.

사무장을 두어 인터넷과 전화로 예약을 받아 9개 동에 배분한다. 수익금 중 5퍼센트는 마을에 내야 한다. 나처럼 예약하지 않고 불쑥 찾아온 손님에 대해서는 주인들이 '양심껏' 5퍼센트를 낸다고 했다. 완공한 지 10년 뒤부터 개인 앞으로 등기를 옮길 수 있고, 그때는 남에게 양도를 할 수도 있다.

결례를 무릅쓰고 "얼마를 투자하셨느냐?"고 물었다. 김승규 씨는 시원시원하게 답했다. "평당 30만 원씩 냈다. 아름다운 숲길을 재정비하고, 마을 입간판을 다시 만드는 비용을 모두 포함해 총 1,300만 원이 들었다."

이제는 '농촌 살리기'가 아니라 '농촌 부자 만들기'를 하고 있다. 경제적 생활수준으로 보아서는 농촌이 도시에 뒤질 것이 없다. 우리 농촌이 과거에는 생존이 문제가 되었다면, 이제는 삶의 질을 추구하는 차원에 들어섰다는 것을 이곳에서 다시금 확인한다.

"이 방에 들어온 지 불과 세 시간 정도밖에 되지 않았는데 황토방이 몸에 좋은 걸 느낀다"고 말했더니, 이선희 씨가 "우리도 놀란다"고 말했다. 예전의 흙집은 기둥을 세우고 거기에 나무를 얽어 흙을 붙이는 방식으로 지었다. 황토집은 흙벽돌을 쌓아 지었다. 지붕은 나무로 덮었으니, 집을 짓는 재료는 옛것과 똑같다.

황토방의 땀은 시원하다

방에는 구들을 놓고 예전 식으로 장작을 땐다. 이유는 한 가지다 "기름보일러를 때면 게을러져서……." 이선희 씨는 말했다. "우리 집은 심야전기를 이용하는데, 전기로 온도를 올리면 후끈하기는 하지만 짜증나는 땀이 난다. 반면 황토방의 땀은 시원하다. 장마 때 여기서 자보면 불을 때지 않아도 습기가 없다. 공기가 뽀송뽀송해서 잠이 잘 온다. 몸이 확실하게 느낀다."

김승규 씨는 이 동네에서 나서 지금까지 살아왔다. 이웃 동네에 살던

황토구들방 풀내음. 흙벽돌을 찍어 집을 올리고, 지붕은 나무로 덮었다.

이선희 씨와 결혼한 것은 1974년. 신랑이 스물한 살, 신부는 스무 살이었다. 1970년대면 가족계획을 강요에 가깝게 권장할 때인데도 부부는 5남매를 두었다.

"농사지어가며 아이들 키우기가 조금 힘들었으나 다 키워놓고 보니 아주 좋다. 애들이 공부를 좀 해서 장학금도 받고 교대도 갔다. 공부시키는 것은 어렵지 않았다. 지금 사대에 다니는 막내만 마치면 애들 공부는 모두 끝난다." 학사모 사진의 주인공인 딸들은 교사가 되고, 모두 출가해서 잘들 살고 있다.

그러고 보면 과거의 산아제한 정책은 불과 30년 앞도 내다보지 못한 졸속이었다. '둘만 낳아 잘 키우자'는 구호가 당시 초등학생이었던 내 머리에도 강박관념처럼 박혀 있을 정도이니, 출산 문제 하나만 가지고도 국민들을 어지간히 몰아세웠다. 당장 배고픈 것은 끌 수 있었을지 몰라도 그 때문에 잃은 것은 참 많다.

김승규 씨는 평생 농사를 지으며 살아왔다. 농사 중에서도 주로 고추 농사를 지었다. 영양에서 보내는 마지막 밤, 진짜배기 농사꾼을 만나 고추 농사에 관한 이야기를 제대로 들었다. 영양 고추가 전국적으로 명성을 얻고 있지만 영양의 일반 농부들이 고추 농사를 주업으로 삼은 것은 1970년대 말이었다. 농사짓는 방법을 새롭게 도입하면서 수확량이 늘기 시작하자 농민들이 고추에 주력했다. 새로운 방법은 비닐을 사용하는 것이었다.

이후 고추 농사의 규모를 이야기할 때 보통 '마끼'라는 용어를 사용한다. 비닐 1,000미터가 한 마끼다. 500평 규모에 비닐 1마끼가 필요하다. 김승규 씨가 짓는 고추 농사는 5마끼이니 2,500평 규모다. "우리는 콩 600평, 야콘 1,000평도 함께 짓고 있는데 적은 축이다"라고 김 씨는 말했다.

비닐이 나오기 전에는 집에서 먹을 양만 고추를 심었다. 그때는 콩과 감자가 주 작물이었다. 쌀은 먹지도 못하고, 콩 농사를 지어서 보리쌀을 팔아서(사서) 감자와 함께 먹었다. "그때는 엄청나게 어려웠다. 너무 깊은 산골이다 보니 보리 농사도 지을 수 없었다. 비닐을 사용해서 고추 농

황토구들방에서 내다 본 일월산 자락의 아침 풍경.

사를 제대로 짓고부터 살림살이가 좋아졌다."

비닐을 깔고 그 위에 고추를 심고, 다시 비닐 터널을 만든다고 했다. 고추밭에서 비닐이 많이 보였고, 비닐 쓰레기장이 곳곳에 있었다. 왜 이 지역에 이런 것이 있나 궁금했는데 바로 고추 농사 때문이었다.

고추유통공사가 생기면서 고추 농사는 한 단계 더 업그레이드했다. 유통공사가 고추를 대량으로 매입하니, '고추금'이 올라가고 안정되었다. 김 씨는 유통공사에는 10퍼센트만 넘기고 나머지는 직거래와 중간 상인에게 넘긴다고 했다.

이야기는 자연스레 마을의 자연환경 쪽으로 옮겨갔다. 이 마을은 서늘해서 여름에도 모기가 없다. 마을 계곡은 물이 너무 차고 맑아서 다슬기가 살지 못한다. 번식이 안 되기 때문이다.

"예전에는 시장을 가려면 수비면까지 30리를 나가야 했다. 산길로 걸어 다니며 고생 많이 했다." 부인 이선희 씨의 말에 남편 김승규 씨가 "그래도 한때는 대단히 번성했던 마을이었다"라고 받았다.

김승규 씨가 오늘 내가 걸었던 옛 국도며 광산, 선광장 이야기를 자세히 들려주었다.

"어머니 말씀을 들어보면, 한국 사람들은 골짜기로 쫓겨나 살았다. 쫓겨났다기보다는 광산에서 일하는 사람들이 사택에 거의 수용되다시피 생활했다고 보면 된다. 지금도 산골짜기에는 사택 자리가 있다. 광산에서 캔 것들은 마을 길 건너에 있는 선광장에서 제련해 옛 국도를 통해 임

식전에 마당 비닐하우스에서 고추를 분류, 정리하는 김승규 씨 노모.

174

기 역까지 실어갔다.”

일제강점기에 전기를 사용했으니 이 동네는 경북 북부 지역에서 전기가 가장 빨리 들어온 곳이기도 하다. 자체 발전을 하다가 영월읍 정량리의 화력발전소에서 끌어다 썼고, 1976년 광산이 폐쇄되면서 전기도 함께 끊겼다. 이곳으로 들어오던 전기는 일월산 레이다 기지로 옮겨갔다.

“내가 초등학교 2~3학년 때는 이 동네에 장까지 섰었다. 광산에 사람이 많다 보니, 국회의원 유세도 이곳에서 했다. 광산 사무실 마당에서 영화 상영도 했었다.” 김 씨는 하루아침에 전기가 끊겨 동네가 암흑으로 변하면서 사람들도 한꺼번에 많이 빠져나갔다고 회상한다.

폐광이 될 때까지 사람들은 오로지 자연에서 캐내기만 했다. 후유증이 심각했다. 제련장 아래 땅 색깔이 중금속에 오염되어 벌겋게 변했다. 그곳에서 흘러나오는 오염 물질 때문에 아래로 흐르는 반변천의 바닥까지 붉었다. 산 깊고 물 맑은 이곳의 땅과 하천이 풀 한 포기, 고기 한 마리 살지 못하는 저주받은 땅, 저주받은 하천이 되어버렸다.

2001년 오염된 흙을 밀봉하여 오염 물질이 흘러나오는 것을 차단하고 그 위에 1.8미터 높이로 흙을 덮자 주변의 자연이 제 모습을 찾기 시작했다. 제련장 오염 물질을 덮고 그 위에 조성한 공원은 야생화 64종, 11만 3,000본이 자라는 한국 최대의 야생화공원으로 탈바꿈했다. 반변천에는 고기가 되살아났다.

이 지역을 지나는 외씨버선길의 이름은 ‘치유의길’이다. 대티골을 소개하는 수식어는 ‘자연치유 생태마을’이다. 자연이 치유되었다, 자연으

로 치유하자는 두 가지 느낌으로 다가온다.

좋은 자연환경에다 이런저런 사연까지 많은 동네에 아름다운 숲길까지 가세했다. 2006년에만 해도 걷는 길을 낸다는 것은 완전한 '발상의 전환'을 의미했다. 제주올레보다 빨랐기 때문이다. 김승규 씨는 말했다. "안동에서 귀농해온 사람이 아이디어를 냈다. 예전 길을 다듬고 연결해서 산악자전거 팀을 불러들이면 농산물 판매에 도움이 되지 않겠느냐고."

일월산 아래 대티골의 농가. 보는 이의 마음을 푸근하게 해주는 전형적인 고향집 모습이다.

길을 내고 서울에서 산악자전거 팀을 불렀다. 그 팀은 한 번만 오고 다시는 오지 않았다. 자전거 길로는 어울리지 않는다는 얘기다. 제10회 아름다운 숲 공모에 참여해 2007년 어울림상을 수상하면서 외부에 알려지기 시작했고, 그 아름다움이 입소문을 타고 전국으로 퍼져나갔다. 지금은 외씨버선길과 결합하여 외씨버선길 코스 중에서도 가장 근사한 길로 인기를 끌고 있다.

얘기를 나눈 지 두 시간이 훌쩍 넘어 자정이 가까워졌다. 안주인은 "내일 아침은 함께 먹자”고 했다. 호의를 자꾸 거절하는 것도 예의가 아닌 듯하여 그러겠다고 했다.

잠은 금방 들었다. 새벽에 눈을 떴을 때 머리가 맑고 몸이 가볍다는 것을 금방 느꼈다. 고택에서의 좋은 느낌과는 또 달랐다. 이래서 사람들이 황토방 노래를 하는구나 싶었다. 창을 여니 안개 속으로 펼쳐진 고추밭이 보인다.

김승규 씨가 아침을 먹자고 부르러 왔다. “찬이 없다”고 했지만 찬이 많은 정갈한 아침상이다. 된장찌개, 김치, 고등어구이, 김, 멸치, 산마늘 등이 올라 있다. 밥에서 윤기가 자글자글 흘렀다.

식사를 하면서 또 이야기보따리가 잔뜩 펼쳐졌다. 일월산이 얼마나 깊은가를 이야기하다가 일월산 호랑이에까지 번져갔다. 이선희 씨가 남편 김승규 씨 집안에 내려오는 전설 같은 이야기를 들려주었다.

증조모 때 일월산에 호랑이가 살았다. 증조모께서 산속에 물을 길러 갔다가, 호랑이가 잡아놓은 죽은 돼지를 끌고 오셨다. 집에 먹을 것이 없어 자식들이 굶고 있으니 무서운 줄도 모르고 호랑이 밥에 손을 댄 것이다. 호랑이가 집까지 찾아와 밤새 벽을 긁으며 으르렁댔다. 너무 무서워서 다음날 먹다 남은 돼지고기를 원래 자리에 갖다 놓았더니 그날 밤부터 호랑이는 오지 않았다.

집을 나서는데 안주인이 “다음에는 가족과 한 번 더 꼭 오소. 닭 잡아 드릴게요”라고 했다. 진심으로 한 번 더 가고 싶다.

일월산 자생화공원으로 다시 갔다. 안개가 자욱한 아침 풍경은 또 다르다. 꽃들이 다시 살아나 아우성을 치는 듯했다. '흐드러진다'는 표현이 잘 어울리게 5,000여 평 너른 땅이 야생화들로 가득하다. 꽃 이름이 적힌 팻말이 곳곳에 박혀 있다. 금낭화, 노랑매미꽃, 꽃무릇, 구절초, 섬개미취, 돌단풍……. 주로 일월산에서 자라는 꽃들이다.

꽃 중에 잡초가 있으면 오히려 자연스러워 보인다. 질긴 생명력을 지닌 야생화들이니 알아서들 잘 자란다. 이곳이 언제 저주받은 죽음의 땅이었나 싶게 땅이 살아났고 생명이 살아났다.

공원에서 눈을 들면 산중턱에 높이 70미터쯤 깎아 만든 용화광산 선광장이 보인다. 가동을 중단한 지 40년 가까이 되었지만 남아 있는 형태만으로도 무시무시하다.

선광이란 채굴한 광석을 기계적·화학적·물리적으로 분리하는 작업
이다. 15~28도 경사의 계단 형태로 만들어진 선광장에서 분쇄·분리·
선별·탈수 순으로 작업이 이루어진다. 구조물은 모두 콘크리트로 만들
어져 있는데, 국내에 남은 유일한 선광장으로 문화재 제255호로 등록
해 보존한다고 했다. 맨 위에 올라가서 아래를 내려다볼 수 있도록 양 옆
에 계단을 만들어놓았다. 걸음을 세며 올라가다가 숨이 차서 그만두었
다. 어림잡아 높이가 70~80미터는 되어 보인다.

위에서 아래를 내려다보면서 다시금 절감한다. '이 깊은 산중에서 어
마어마한 큰 일이 벌어졌구나.' 이 구조물은 일제의 잔혹한 수탈에 이
어, 자연이야 망가지건 말건 앞뒤 안 가리고 생산에만 몰두하던 야만 시
대의 상징물인 것이다. 그 깊은 상처를 치유·극복하고 일어난 이곳에서
거대한 콘크리트 구조물마저도 자연의 일부로 넉넉하게 품어주는 자연
의 위대함을 다시 한 번 느낀다.

고향의 속살로 들어가는 길

다음 길의 시작은 우련전雨蓮田이라고 했다. 지명은 경북 봉화군 재산면
갈산리다. 영양과 봉화의 경계에 있는 일월산의 깊은 산골. 우련전에서
시작하는 외씨버선길은 숲길이다.

일요일 아침. 고요한 골짜기다. 차 한 대가 다닐 만한 폭의 흙길은 단
단하게 잘 다듬어져 있다. 하늘 높이 치솟은 낙엽송의 숲이 이어진다. 들

리는 것이라고는 물소리와 새소리뿐이다. 계곡이 길을 따른다.

한 시간을 걸어도 흙길은 계속된다. 청명한 가을 아침, 낙엽송 숲 사이로 혼자 걷는다. 바로 여기서 느끼는 상쾌한 기분, 이것이야말로 요즘 사람들이 그렇게 얻고자 하는 힐링일 것이다.

길 위에서 잠시 멈췄다. 아무 생각 없이, 그저 멍 하니 서 있고 싶었다. 숲의 바람 소리를 들으면서 눈을 감고 가만히 서 있었다.

"조~오~오~타!"

크게 소리를 지르고, 숨 한 번 크게 쉬었다. 그리고 다시 길을 걸었다.

도로를 포장하는 현장이 나온다. 흙길이 끝나는 지점이다. 아랫동네에서부터 공사를 해온 듯 시멘트 포장을 위한 바닥 고르기가 한창이다. 일요일 오전이어서 그런지 포클레인 같은 공사 차량이 멈춰 서 있다.

이곳에 사는 이들에게는 도로를 포장하는 것이 절실할 수도 있겠다. 그러나 단단한 흙길을 밟으며 지난 수십 년을 살아왔다면 이제는 그 길 자체를 손대지 않고 가만히 두는 것이 '발전'하는 게 아닐까 하는 생각이 들었다. 동서남북으로 고속도로를 뚫고 KTX를 건설하며 그저 빠르게 가기 위해 달려온 이즈음 발로 걷는 길이 유행이다. 이런 유행이 퍼져 간다는 사실은 과거의 모습이 곧 우리가 추구하는 미래의 가치임을 증명하는 것이리라.

그런 점에서 잘 다듬어진 흙길, 감탄하며 한 시간 이상 걸어온 흙길이 시멘트 포장으로 덮이는 것이 아깝고 아쉬웠다. 그러나 내가 모르는 이곳 농민들의 필요가 있다면 당연히 그게 우선이다. 가끔씩 오는 외지인의 힐링을 돕자고 생활의 불편을 감수할 필요까지는 없기 때문이다. 불편을 감수하는 데 따르는 충분한 보상이 있다면 모를까…….

산이 나오기 시작하자 또 입산금지 경고판들이 보인다. 송이·능이 임산물 입찰구역이므로 무단 입산하면 고발하겠다는 내용이다. 버섯 때문에 신경들이 바짝 곤두서 있다는 느낌을 받는다. 송이 도둑 때문에 피해가 크다는 이야기는 그 후에도 여러 번 들을 수 있었다.

길은 아스팔트 도로를 지나 또 산으로 이어진다. 해발 1,137미터의 장군봉을 넘어 봉화군 소천면으로 넘어가는 길이다. 비포장길과 포장길이 번갈아 나타난다. 천천히 걷는 맛이 그만이다. 산을 따라 올라가면 전망 좋은 탁 트인 풍경이 돌연 나타나기도 하여 지루하지 않다.

호박밭이 보인다. 크기가 주먹만 한 단호박이다. 호박밭 가장자리에 붉은색 기계가 하나 보인다. 고장 난 경운기다. 붉은색 엔진만 남아 녹슬어가고 있다. 언제까지 일을 했을까 궁금해 이리저리 살펴보았다. 배터리에 제조일이 적혀 있다. '로켓베터리 2003. 04. 07.' 녹슨 경운기 바로 아래로 맑은 물이 흐르고 계곡 너머로는 산이 이어진다.

적막한 곳에 버려져 녹슬어가는 경운기를 보니 비장함 같은 게 느껴진다. 이 대목에서 떠오르는 노래들이 있다. 〈녹슨 총〉과 〈비목〉. 젊은 병사의 외로운 죽음과 전쟁의 비극을 이야기하는 노래들이라, 밭에서 일하다 수명을 다한 경운기와는 내용이 다르다.

그럼에도 '녹슬었다', '깊은 계곡 양지녘'에 홀로 서 있다는 이미지만큼은 노래와 겹쳐서 다가온다. 알제리 출신의 가수 엔리코 마샤스^{Enrico}

Macias는 "녹슨 총보다 아름다운 것은 없다"고 노래했다. 이 깊은 산중에 들어와 엔진이 멈출 때까지 일을 하고 녹이 슨 채 '비바람 긴 세월로 이름 모를 비목'처럼 서 있는 경운기는, 자연을 훼손하는 흉측한 쓰레기가 아니라 아름다운 작품으로 보였다. 엔리코 마샤스 식으로 말하자면, 지금 여기에서는 "녹슨 경운기보다 아름다운 것은 없다."

길 위에 사람은 없다. 드넓게 펼쳐진 밭에서는 속이 꽉 찬 배추들이 자란다. 예로부터 봉화군 소천면은 고랭지 채소를 많이 재배했다고 한다. 이곳에서 재배되는 청정 채소는 땅이 부식토여서 잘 자라고 또 기생충이 없어서 인기가 높았다는데, 산간 지역치고는 꽤 너른 밭에 펼쳐진 배추들이 바로 그 종류가 아닌가 싶다.

우련전에서 시작하는 길을 여덟 번째 코스인 '보부상길'이라 여기고

맡은 바 임무를 다하고 '장렬하게 전사'한 호박밭 옆 경운기.

계속 걸어왔다. 그런데 아무리 걸어도 '마당목이임도입구' 같은, 안내지도에 없는 표지판만 나온다. 외씨버선길 표지판이 계속 이어지고 있으니 믿고 따라간다. 외씨버선길은 분명하니 별다른 고민은 없었다.

무와 배추를 심은 밭이 나오는 내리막길을 걷다가 지루할 때쯤이면 오르막길이 또 나온다. 산길이 아닌 임도이다 보니 산등성이를 둘러서 오르락내리락 한다. 저 멀리 고추밭에서 일하는 농민들이 보인다.

어떤 이는 제주올레길을 제주의 속살을 들여다보게 하는 길이라고 표현했다. 제주올레가 '제주'의 속살을 들여다보는 길이라면 외씨버선길은 '고향'의 속살로 들어가는 길이다. 그것도 곧장 들어간다.

외씨버선길을 걸으며 보고 듣고 느낄 수 있는 것은 농촌의 삶과 그 현장이다. 우리나라 사람들 대다수가 농촌에 뿌리를 두고 있고, 도시 출신들도 농촌에서 고향의 정을 느낀다. 정지용의 시에 김희갑이 곡을 붙인 〈향수〉에 사람들이 매료되는 가장 큰 이유는, 다름 아닌 우리 모두의 보편적인 고향을 노래하고 있기 때문이다. 외씨버선길 위에서 보고 듣고 느끼는 어떤 사소한 것도 고향을 떠올리게 한다. 이곳은 지명만 다를 뿐, 모든 한국 사람들에게 고향 그 자체인 것이다.

고향이란 우리에게 무엇인가. 내 형 성석제는 소설 『단 한 번의 연애』(Human&Books)에서 이렇게 정의했다. '고향은 추억과 시간의 저금통이자 활력의 발전소, 충전소다.' 이 정의는 외씨버선길에 그대로 적용해도 될 터이다. 외씨버선길은 추억과 시간의 저금통이자 활력의 발전소, 충전소다!

소천면의 고랭지 배추밭. 이곳에서 재배되는 청정 채소는 예로부터 인기가 높았다.

　활력의 발전소인 외씨버선길에는 어딜 가든 물이 많다. 고향은 언제나 물로 기억된다. 특히 지금 걷는 이 길은 계곡과 헤어졌다 만나기를 반복한다. 계곡을 다시 만날 때마다 세수를 하거나 발을 담근다. 외국에 살면 우리나라 계곡물이 얼마나 귀한 것인가를 금세 알게 된다. 자연이 그렇게 좋다고 자랑하는 캐나다에는 맑은 계곡물이 없다. 캐나다에서 가장 유명한 브루스트레일에도 계곡은 있으나 손도 씻지 못할 정도로 탁하다. 그나마 그런 계곡마저도 많지 않다.

산길을 지나 들길을 만나고, 다시 산길로 접어들었다. 길이 다소 지루해진다. 임로사거리라는 팻말을 만난다. 출발지점인 우련전에서 8.8킬로미터, 분천 풍애마을까지 13.2킬로미터라고 나와 있다. 뭔가 확실히 잘못되었다는 것을 느낀다.

마음이 조급해져서 발길을 빨리하는데 두런두런 사람 소리가 난다. 50대 중반쯤 되어 보이는 세 분이 그늘 아래 앉아 있다. 인사를 하자 "걸으시는 모양이네요" 하며 반갑게 맞는다. 그들 곁에 앉아 이런저런 이야기를 나누었다. 영주에서 온 이들이다. 친구가 벌초를 하러 간다기에 버섯이나 따볼까 하여 따라왔다고 했다. 이곳에는 입산금지 표지판도, 산을 둘러친 밧줄도 보이지 않는다. 영주에서 택시운전을 한다는 김문곤(56) 씨는 송이가 얼마나 귀한 것인지 이야기했다.

1980년대만 해도 이 지역에서 송이를 따면 택시에 태워서 바로 김포공항으로 보내, 일본에 수출했다. 아침에 딴 봉화 송이는 일본 사람들의 저녁상에 올랐다. 송이에 대해서는 농산물 검역도 하지 않는다는 협약을 맺었다. 빨리 보내야 신선하니까.

"우리가 정월대보름에 부럼을 깨듯 일본 사람들은 1년에 한 번 이상은 송이를 먹어야 된다고 한다. 1988년 올림픽이 지나서야 국내에서도 조금씩 먹었다. 지금은 우리 먹을 것도 부족한데 수출할 것이 있겠나." 그이는 "예전부터 어른들이 버섯을 이야기할 때 일 능이, 이 표고, 삼 송이라고 했다. 송이가 귀하니까 비교적 구하기 쉬운 능이와 표고버섯을 먹으라고 그런 말을 지어내지 않았나 싶다"고 말했다.

산길에서 자주 보이는 '안내문.'

"솔직한 말씀으로다가 최상품 송이를 구하기가 참 어렵다. 그래서 우리 같은 사람들은 능이를 친다." 김 씨는 버섯을 얼마나 좋아하는지 '오늘 기준'의 버섯 가격을 매일 확인하는 듯했다. 오늘은 1킬로그램당 송이가 33만 원, 능이는 6만 원이라고 했다. 물론 1등급을 말한다.

친구는 어떻게 조상 묘지를 이 높은 곳에 썼느냐고 물었다. 김 씨는 말했다. "산이 국유지니까 예전부터 몰래 조상을 묻어놓고 가는 사람이 많았지. 집 가까운 곳에는 묘 쓸 자리가 없으니까. 벌초하러 오는 후손들만 힘들지, 뭐."

일행과 헤어져 걸어가는데, 뒤에서 김 씨가 큰 소리로 부른다. 조금만 더 가면 산에서 내려오는 물이 있으니 마셔보라고 한다. 약수처럼 물맛이 좋다고 했다. 마침 목이 마르던 참이다. 계곡물이 너무 맑아 입을 대고 벌컥벌컥 마시고 싶은 충동이 여러 번 일었었다. 그것을 여기서 해본다. 땅속에서 솟아나는 샘도 아닌데, 산에서 떨어지는 물이 깊은 샘물처럼 시원하고 맛이 좋다. 놀랍다.

이제는 내리막길과 평지만 걸으면 될 것 같다. 혼자 걸어오는 어른 한 분을 만났다. 인사를 했더니 이렇게 묻는다.

"혼자 다녀요?"

"예. 혼자 다닙니다."

"멧돼지 나오면 어떡하려고?"

"못 봤는데요? 멧돼지가 달려듭니까?"

"아니, 지 새끼만 건들지 않으면 괜찮지. 어쨌든동 조심하소."

여기가 어디인가 물었더니 봉화군 소천면 분천4리라고 했다. 뭔가 길이 이상하다. 내가 걷는 길이, 지금 뭔가 확실히 잘못되었다는 느낌이 든다.

이곳에 온 후 옛 직장 선배인 백승기 형과 여러 차례 통화를 했었다. 하루 정도 휴가 내서 나와 함께 길을 걷자고 부탁했다. 일정을 살펴보겠다더니, 일요일 오후에 보자고 연락해 왔었다. 백 선배에게 봉화군 춘양면이 일요일에 걷는 길의 종점이니 그곳에서 만나자고 했다.

휴대폰에 통화가 가능하다는 표지가 들어왔다 나갔다 한다. 휴대폰은 자꾸 뜨거워지고 불이 번쩍번쩍한다. 통화 표지가 들어왔길래 백승기 선배한테 "어디쯤 오셨느냐?"고 문자를 보냈다. 바로 답이 왔다. 춘양면에 벌써 도착해 후배 부부를 만나 점심식사 중이라고 했다. 그러고는 지금 어디냐고 물었다. 대답을 해줄 수가 없었다. 몰라서.

휴대폰 배터리가 이상하게 한나절도 못 가 방전 직전이었다. 내가 있는 지점이 어디인지도 모르겠고, 지도와 걷는 길은 다르고 하여 답답했다. 서둘러 가는 수밖에 도리가 없었다(그날따라 휴대폰이 왜 이상했는가를, 백 선배를 만나고 나서야 알았다. 불통 지역에서 휴대폰은 기지국과 교신을 하려고 애를 쓴다는 것이다. 휴대폰이 뜨거워지는 것은 바로 그 때문이다. 배터리도 빨리 닳는다).

내려오는 길 역시 임도를 따라 산중턱을 빙빙 도는 길이다. 슬슬 힘이 들기 시작한다. '뭐, 이런 길을 걸으라고 만들어놓았나' 싶게 길고 지루하고 재미가 없다. 선배는 벌써 도착해 있고, 내가 지금 어디쯤 가고 있는지도 모르겠고, 얼마나 걸릴지도 모르니 마음만 급해진다.

낡은 우체통은 근사한 이정표다

이 와중에도 재미있는 것은 재미있다. 길옆에 빨간색 우체통이 하나 보인다. 아래쪽 문짝이 떨어져 덜렁거린다. 경운기처럼 수명을 다한 우체통이다. 바야흐로 공중전화와 우체통 같은 것들이 구시대 유물로 변해가는 시대다. 농촌에는 사람이 점점 줄어들어 우체통에 편지 넣을 사람마저도 드물 것이다. 우체통에는 소천우체국이라고 적혀 있다. 비록 쓰임새는 없지만 우체통이 저 자리를 계속 지켰으면 좋겠다는 생각이 들었다. 이곳 사람들은 저 우체통을 통해 외지에 나간 자식들에게 편지를 써서 보냈을 것이다. 애틋한 사연을 담은 편지 문화의 흔적으로 우체

밭에 설치된 우편함. 밭에서 일하는 농부들이 우편물을 빨리, 쉽게 볼 수 있도록 설치한 것으로 보인다.

통만한 것도 없다. 저 모양 저대로 좋은 이정표가 될 수 있겠다.

두 시간쯤 쉬지 않고 내리 걸었다. 자동차가 지나가고 마을이 나온다. 조금 더 내려갔더니 길에서 놀던 어린아이가 "안녕하세요?" 하고 인사를 한다. "오냐" 하고 받기는 했으나, 말을 더 이어갈 기분이 아니다. 이 길이 이상한가, 지도가 잘못 되었나 아직 파악을 하지 못했기 때문이다.

뙤약볕이다. 여유가 있다면 그늘에서 조금 쉬기라도 할 터인데 마음이 급하다. 국도가 보이고 그 옆에 외씨버선길 표지판이 서 있다. 피곤한 표정으로 표지판을 들여다보고 있는데 지나가던 자동차가 선다. 운전하던 이가 내리더니 "도와드릴까요?" 한다. 내 차림새와 표지판을 들여다보는 망연자실한 표정을 보고 길을 잃고 헤맨다고 생각했던 모양이다.

그이는 오른쪽을 가리키며 "저쪽으로 조금만 더 가면 외씨버선길 여

190

수명 다한 우체통. 이 우체통을 통해 고향의 부모는 대처에 나간 자식들에게 집 소식을 전했을 터이다.

덟 번째 코스 시작점이 나와요. 보부상길이라고" 한다.

아, 이런! 그제야 표지판에서 '연결구간'이라는 것이 눈에 들어온다. 부랴부랴 안내 책자를 펼쳤다. 우련전에서 분천4리 풍애마을까지의 22킬로미터가 영양과 봉화를 잇은 연결구간이라는 사실을 발견한다.

길을 걷는 것이야 불만이 없는데 구체적으로 짰던 계획을 수정해야 한다는 것, 출국 날짜는 정해져 있으니 내 개인 시간을 하루 쓰지 못하게 된다는 것, 당장 백 선배는 기다리고 있는데 제대로 된 지도 하나 챙기지 못한 한심한 모습을 보여야 한다는 것……. 이런 사실들 때문에 좀 슬펐다.

분천4리 풍애마을에 접어들었더니 '보부상길' 출발점이라는 표지판이 선명하고 늠름하게 서 있다. 백 선배가 기다리고 있을 춘양면까지

고추 말리기. 가을 초입 고추 수확철이면 이 지역은 빨간색으로 물든다.

18.5킬로미터다. 숨 한 번 크게 쉬고 '그래, 가보자' 하고 투지를 불태우며 앞으로 나아갔다. 왼쪽에는 사과밭, 오른쪽에는 대추밭이 있는 특이하고 재미있는 길이 나온다.

백 선배에게 전화를 걸어 "지금 소천면 분천4리 마을 입구인데 춘양면으로 바로 출발하겠다"고 했더니 "점심은 먹었냐?"고 물었다. 그러고 보니 점심을 먹지 못했다.

"춘양면까지는 몇 킬로미터나 나오니?"

"18.5킬로미터라고 되어 있는데요."

"너, 오늘 몇 킬로미터 걸었는데?"

"22킬로미터요."

"그럼 안 돼. 너 같은 아마추어가 걸었다가는 오는 중간에 탈진해. 내일도 걸어야 하니까 오늘은 포기해."

"안 돼요. 이 코스는 오늘 꼭 걸어야 해요. 기다리세요."

"내 말 들어. 우리가 전문가야. 거기서 기다려. 지금 갈게. 거기 어디냐?"

"소천면 분천4리."

오후 3시쯤이었다. '우리'라고 하는 걸 보니 대구에서 온 후배 허긍렬 씨와 함께인 모양이다. 마을로 다시 돌아가니 조그마한 가게가 보인다. 아이스크림을 하나 샀다. 그걸 벗겨 먹으면서 선배를 기다렸다.

어린아이 한 명이 다가와서 또 "안녕하세요?" 하고 먼저

인사를 한다. "몇 살이냐? 이름이 뭐냐?" 하고 물을까 하다가 오해받을
까봐 그만두었다. 대신 "네 반 몇 명이냐?"라고 물었다. 세 명이라고 했
다. 여자 둘, 남자 하나. 그리고 여선생님이라고 했다. "넌 참 좋겠다"고
했더니 "좋은 거 없어요"라고 또렷한 서울말로 답한다. 그러고는 자전거
를 타고 국도를 휙 가로질러 가버린다.

분천4리 풍애마을 입구. 국도에서 마을로 들어가는 입구에 걷는 차림으로 앉아 있으면 사람들의 관심을 끌겠다 싶어 신경이 쓰였다. 그런데 오히려 내가 사람 구경하기가 힘들다.

30분쯤 후, 백 선배가 차에서 내리며 말했다.

"네가 꼭 산악인 폼이구나."

차에서 산악인 허긍렬 씨 부부가 내려 인사를 한다. 백 선배가 봉화로 내려온다는 소식을 듣고 대구에서 차를 몰고 이곳까지 온 사람들이다.

백승기 선배는 1989년 원源「시사저널」 창간 때부터 13년 동안 한솥밥을 먹었다. 내가 문화부 기자로 있을 적에 백 선배와 일을 참 많이도 했다. 국내든 해외든 어디로 출장을 가기만 하면 백 선배는 별난 것을 많이 경험하게 해주었다. 이것저것 아는 것이 많았다.

1992년 여름, 화가 홍성담 씨가 출소하여 광주로 만나러 갔는데 인터뷰를 마친 뒤 백 선배가 백양사 풍경이 좋으니 그 근처에서 잠을 자자고 했다. 그날 밤 닭백숙을 먹고 잠이 들었는데 지붕에 비 떨어지는 소리에 잠이 깼다. 비가 저 멀리 사라지는 소리, 저 멀리에서 몰려오는 소리가 들렸다. 처음 듣는 소리였다. 옆에서는 천둥소리도 났다. 장용만 운전기사의 코고는 소리였다. 나는 자다 깨다 했는데, 백 선배는 빗소리를 듣느라 밤새 잠을 이룰 수 없었다고 했다.

1997년 9월 고대 유적을 취재하러 이집트에 갔을 때 나는 선배만 믿고 따라다녔다. 우리는 한 팀을 이루어 최북단 알렉산드리아에서부터 최남단 아부심벨까지 나일강 유적을 훑으며 내려갔다.「시사저널」창간 8주년 기념호 커버스토리를 만들기 위해서였다.

나일강 중부는 이슬람 근본주의자들이 외국인들에게 총을 쏘는 사건이 심심찮게 발생하는 대단히 위험한 지역이었다. 백 선배는 별로 개의치 않고 들어갔다. 나는 전쟁도 아니고, 유적을 취재하다가 죽기는 죽기보다 싫었다. 하지만 백 선배가 용감하게 앞장서 가니 나는 덜렁덜렁 따라다녔다.

아비도스와 덴데라 같은 곳에서는 무장한 이집트 군인들이 우리를 보호하는 가운데 유적을 볼 수 있었다. 우리 차 앞뒤로는 군인 장갑차가 에스코트를 하고 다녔다. 나는 가슴이 오그라드는데 백 선배는 뭐가 그리 좋은지 싱글벙글 아이처럼 웃었다. 나일강에서는 악어가 있다는데도 발가벗고 들어가 멱을 감는 바람에 애간장을 타게 했다.

사진 기자이자 전문 산악인인 백 선배는 산악자전거MTB, 무선햄, 오디오, 커피 등 주로 노는 취미에 조예가 깊다. 나도 노는 것을 좋아해서 많이 배웠다. 그는 알려주는 대로 하지 않으면 화를 낸다. 외씨버선길을 걸으며 들고 다니는 카메라도 백 선배의 추천을 받았다. 나는 더 비싸고 유명한 브랜드 '라이카'를 원했는데 백 선배는 단칼에 잘랐다.

"그거하고 똑같은 거야. 성능은 같고 값은 절반인데, 왜 이걸 안 사? 너는 왜 말을 안 듣니?"

신기한 사실은 시킨 대로 하면 실망하지 않는다는 것이다. 백 선배 말이라면 나는 가격이고 품질이고 따지지 않는다. 그냥 덮어놓고 산다.

8년이나 차이 나는 선배지만 함께 다니면서 나는 많이도 덤비고, 불평하고, 푸념을 늘어놓았었다. 그렇게 정이 쌓이고 쌓였다. 그래서 내가 이곳을 걷는다고 하니 휴가까지 내어 차를 몰고 내려온 것이다.

백 선배를 만나자마자 나는 흥분해 떠들어대기 시작했다. "시간을 허비해서 억울해 죽겠어요. 길에 안내판도 안 붙어 있고요, 길 안내하는 리본도 많지 않아요. 내가 선배처럼 GPS를 들고 다니는 것도 아니고, 지도도 제대로 된 게 없어요." 이야기는 속사포처럼 터져 나왔다.

선배는 "리본은 많이 없는 게 낫지. 그거 공해거든"이라며 냉각시키더니 슬쩍 동조해주기도 했다. "그려, 제대로 된 지도가 아직까지 없다는 건 나도 이해할 수가 없네. 지도부터 만들어야 일이 되는 거지." 그러면서 또 말한다.

"근데 오늘 걸었다는 그 길도 외씨버선길 아녀? 억울해할 거 별로 없잖여?" 매번 이런 식이다. 따져보면 맞는 이야기.

31번 국도를 타고 가면서 선배는 감회가 새로운 모양이다. 2007년 봄, 그는 자전거를 타고 포항에서부터 31번 국도를 따라 북쪽으로 거슬러 올라간 적이 있다. 최종 목적지는 서울이었다. 「시사저널」 편집권 문제를 놓고 편집국 기자들과 회사가 벼랑 끝 대치를 할 때였다. 최고참이었던 백 선배는 맨 앞 선에 있다가 돌연 현장을 떴다.

그가 나타난 곳은 31번 국도였다. 산악자전거를 타고 '나홀로 시위'를 감행한 것이다. 자전거 꽁무니에 작은 깃발 하나 달랑 단 채로. 거기에는 '편집권 독립'이라고 적혀 있었다. 소식을 들은 백 선배의 친구와 후배들이 내려와 하루든 이틀이든 시간이 되는 대로 함께 자전거를 탔다. 인터넷을 통해 그 장면을 보면서 나는 "백 선배는 혼자서도 잘 놀고, 떼로도 잘 노네"라고 생각했었다.

협상이 끝내 결렬되어 기자를 비롯한 모든 직원이 함께 나와 지금의 「시사IN」을 차렸다. 최고참인 백 선배는 창간 때 대표이사로 잠시 일했고, 사진부장을 하다가 그마저도 후배에게 물려주고 '기자'라는 직함을 고수하고 있다.

지금 우리가 가는 길이 바로 그 31번 국도다. 왜 하필 이곳에서 자전거를 탔느냐고 물었다.

"31번 도로가 자전거 타기에는 정말 좋아. 오르막길을 죽어라 오르

면 내리막이 있고, 또 오르막이 있거든. 경치도 좋잖아? 차도 별로 안 다
니고.”

참 좋기도 했겠다. 본인은 잘 놀고 있는데, 꽁무니에 깃발 하나 달랑
달았다고 남들은 시위하는 것으로 봐주니까. 어쨌건 요즘말로 ‘백승기
옹’의 시위는 큰 성공을 거두었다. 캐나다에 사는 나도 응원 글을 보내
고, 남들이 특종이라고 말하는 인터뷰를 해서 창간호에 힘을 조금 실어
주었으니까.

만산고택에서의 호강

차를 몰고 만산고택으로 향했다. 오전에 문자를 주고받으면서 오늘
만산고택에서 묵을 것 같다고 했더니, 백 선배는 벌써 그곳에 들렀던 모
양이다.

“고택은 내일 가고요, 많이 지쳤는데 샤워 좀 쉽게 할 수 있는 여관 같
은 데로 가면 안 될까요?”

“벌써 주인 되시는 분한테 얘기해놓았는데, 지금 안 간다고 하면 서울
내기들이라고 욕먹어. 1인당 2만 원씩 내라고 하더라. 싸게도 해주잖아.
그냥 가자.”

하긴 봉화 송이축제 기간이라고 하니 여관에 방이 있을지 장담할 수
도 없었다. 만산고택으로 들어섰다. 청송과 주변 분위기가 사뭇 다르다.
청송에서 본 송소고택이 읍에서 떨어진 한적한 곳에 자리한 반면, 봉화

의 만산고택은 춘양면의 한복판에 있다. 춘양면은 면이라고는 하지만 청송의 진보면과 마찬가지로 웬만한 읍보다 크다.

솟을대문으로 들어서자 집주인인 강백기 씨가 우리 일행을 맞는다. 백 선배가 커피를 내릴 만한 적당한 공간이 있느냐고 묻는다. 주인은 우리를 오른쪽 별당 마당으로 안내한다. 고적한 분위기의 작은 마당에 평상이 하나 놓여 있다. 수도와 화장실도 바로 곁에 있다. 최적의 장소다.

백 선배는 가방에서 주섬주섬 커피 도구를 꺼낸다. 버너에서부터 커피 주전자와 깔때기, 서브에 이르기까지 커피 내리기에 완벽한 세트다. 물을 끓이고, 분쇄기로 커피를 갈고, 전용 주전자로 물을 붓는 과정을 거

만산고택 별당 마당. 왼쪽부터 백승기 선배, 만산고택 주인 강백기 씨, 허긍렬 씨 부부.

쳐 커피가 걸러졌다.

집주인도 옆에 앉아 백 선배가 하는 것을 유심히 지켜본다. 그 사이에 자연스럽게 인사를 나누었다. 백 선배와 허긍렬 씨를 산악인이라고 소개했더니, 주인은 "내가 엄홍길, 박영석을 잘 안다"고 했다.

허긍렬 씨는 지금 스위스 알프스에서 생활하고 있다. 그의 직업은 알프스 등산 가이드다. 알프스 등반을 위해 세계에서 모여드는 산악인들을 안내한다. 3년 전에 백 선배도 "내 평생소원"이라며 회사에 한 달 휴가를 내고 알프스 등반을 다녀온 적이 있다. 그곳에서 허긍렬 씨를 만나 더 친해진 모양이다.

커피를 마신 뒤, 백 선배는 배낭에서 술을 꺼낸다. 발렌타인 17년산이다. 원래 술을 못 마시는 백 선배가 나 때문에 일부러 가져온 것이다. 커피를 마시던 등산용 그릇에다 술을 따랐다. 해질 무렵 고택 마당의 평상에 앉아 다섯 명이 건배를 했다. 또 호사를 누린다.

술은 한 방울도 안 마시면서 마치 술 취한 사람처럼 백 선배가 특유의 '썰'을 풀기 시작한다. 허긍렬 씨에 대해서도, 나에 대해서도. 나에 대한 이야기에서 한때 열심히 하던 문화부 기자였고 형이 소설 쓰는 성석제고, 하는 대목에 이르자 강백기 씨가 반짝 관심을 보였다.

"성석제라고?"

"아십니까?"

"아다마다. 내가 본 적은 없지만 이 동네를 다녀간 적이 있지."

"뭐, 그렇게 대단한 인물도 아닌데 그걸 어떻게 아세요?"

만산고택 별당 칠류헌의 실내. 깨끗한 이부자리가 벽장 안에 차곡차곡 쌓여 있다.

"춘양면에 용궁반점이라는 중국집이 있어요. 그 집에 대해 신문 칼럼을 썼어요. 그 집에 가면 그걸 크게 확대해서 벽에 붙여놓았지."

주인은 저녁때가 되었으니 말이 나온 김에 그 집 짜장면을 먹자고 했다. 수타면이어서 맛이 좋고 배달을 시키면 된다고 했다.

이런저런 이야기를 나누는데 "배달 왔어요" 하는 소리와 함께 평상에 짜장면과 단무지·양파, 그리고 소주가 척 놓인다. 앉은 자리에서, 얼떨결에 커피 마시고, 양주 먹고, 고택 이야기 듣고, 짜장면 먹고, 소주 먹고, 참 여러 가지를 했다. 짜장면 값은 주인이 치렀다. 말렸으나 소용

202

없었다. 2만 2,000원이 나왔다.

주인은 함께 나누는 이야기가 재미있었던지, 별당을 내줄 터이니 허긍렬 씨 부부에게 자고 가라고 권한다. 다음날 아침에 부인이 출근을 해야 해서 어렵다고 하니, 그럼 우리 둘이라도 별당에서 자라고 한다. 우리는 원래 안채의 작은 방을 얻었는데, 만산고택에서 가장 아름답다는 칠류헌七柳軒을 내준다. 예전부터 귀한 손님에게 내주던 방이라고 했다.

허긍렬 씨 부부를 보내고 백 선배와 방에 들었다. 이불과 요가 깔끔하게 정리되어 있다. 마루의 벽장문을 열었더니 수건이 고급 호텔처럼 가지런하게 정리되어 있다.

함께 출장을 갔을 때처럼, 나는 노트북을 켜고 하루 일을 정리한답시고 앉았고 백 선배는 누워서 그냥 흥얼댄다. 예전 같으면 사진이 잘 나올까 걱정이라도 했을 텐데 지금은 아무 걱정 없이 편안하게 누워 있다.

"내일 함께 걷고 올라갈 거지요?"라고 물었다.

"아니."

"걸으러 온 거 아니었어요?"

"너 보러 왔지, 걸으러 온 거 아니야. 지겹게 많이 걸었다. 이젠 늙어서 힘들어."

"그럼, 뭐 할 건데요?"

"내려온 김에 이철수 보러 간다. 제천에."

내가 캐나다로 살러 간 사이에 새로 동년배 친구들을 사귄 모양이다. 판화가 이철수, 가수 정태춘, 시인 도종환. 함께 만나는 사이라고 했다.

“모두 유명한 사람들이네. 이름 보고 친구 사귀어요?” 하고 예전처럼 폭 찔렀다.

예전과 비슷한 패턴의 답이 돌아왔다.

“네가 몰라서 그렇지, 나도 유명해.”

외씨버선길의 자료를 찾다보니 만산고택의 주인 강백기 씨에 대한 소개가 여럿 나온다. 공통점은 고택을 일반에 개방하고, 고택을 찾는 이들에게 지역과 고택의 역사에 대해 친절하게 설명해준다는 것이다. 우리도 만산고택에 대한 이야기를 들었는데, 그는 친절할 뿐만 아니라 지루하지 않게 핵심 사항을 잘 간추려준다.

만산고택은 호를 만산晩山으로 쓰는 조선 말기의 문인 강용이 1878년(고종 15년)에 건립했다. 만산은 지금 주인인 강백기 씨의 고조부다. 원래 서울에 있던 가문이었으나 1636년 강흡이 이곳으로 내려와 한 마을을 이룬다.

이후 집안은 문과와 대과 급제자를 25명이나 배출했다. 강용은 당상관인 중추관 의관을 지냈다. 만산은 강용이 가까이에서 모셨던 흥선대

만산고택을 지은 만산 강용에게 당대 최고의 서예가 중 한 사람인 흥선대원군이 내린 편액.

원군이 작호한 것으로 대원군은 특별히 그를 아껴 편액도 내려 보냈다.

만산은 아들 강필과 더불어 치산에 힘을 기울인 결과 영남에서 손꼽히는 갑부가 되었으며, 을사늑약 이후 벼슬을 버리고 낙향해 망국의 한을 달래며 지냈다. 강필은 유림단 사건 등 독립운동에 적극 참여하여 옥고를 치르기도 했다.

1945년생인 강백기 씨는 이 집에서 나고 자랐다. 학교 공부를 위해 20년 가까이 떠났다가 1970년에 돌아와 이 집에서 노모를 모시며 줄곧 살아왔다.

만산고택은 네 동의 건물로 이루어진 99칸 집이다. 이 집은 크고, 한옥이면서도 밝다. "보통은 한 칸의 가로, 세로가 각 6자인 데 비해, 이 집은

206

각 9자이다. 열 개가 넘는 방들 모두 햇빛이 잘 든다"고 주인은 말했다.

집을 개방한 것은 2006년부터다. 그는 "고택을 통해 전통문화를 널리 알린다"와 같은 '인터뷰용 멘트'는 아예 하지 않는다.

"부부가 사니까 집이 자꾸 황폐해졌다. 쥐와 고양이의 천국이 되다 보니 고민이 많았다. 집을 개방한 첫 번째 이유는 관리 때문이었다." 집을 개방하자 집에 훈기가 돌았다. 손님이 가고 나면 매일 오전 두세 시간씩 쓸고 닦고 청소해야 한다.

관리가 목적이었으나, 만산고택의 개방은 결과적으로 고택에 녹아 있는 귀한 정신문화를 후대에 널리 알리는 계기가 되었다. 고택은 조선시대의 학문과 선비문화, 건축, 서예 등 각종 문화예술과 정신을 담고 있는 '종합 선물세트'인 것이다. 이 집에 반한 이들이 언론에서 고택을 이야기하고, 입소문이 돌면서 고택 체험이라는 새로운 문화가 만들어졌다.

특히 흥선대원군을 비롯해 권동수, 강벽원, 오세창 등 조선 말기와 근세에 널리 이름을 떨친 서예가들의 글씨를 한곳에서 감상할 수 있다. 만산고택의 현판들은 그들의 글씨로 만들어졌다.

양백지간의 삶을 잇다

보부상길

오전 6시에 눈을 떴다. 아침 잠이 없어서 늘 새벽 5시에 일어나던 백승기 선배는 역시나 깨어 있다. 백 선배는 마당에서 라면을 끓이겠다고 했다. 말로는 "대접을 잘 해야 하는데 라면으로 되겠어요?"라고 했지만 속으로는 좋았다. 한 번 쓴 적이 있거니와 외국살이를 하면 가장 먹고 싶은 것이 짜장면과 신선한 라면이다. 신선한 라면? 맞다. 신선한 라면. 1년 묵은 라면을 먹어보면 그게 무엇인지 금방 안다.

백 선배는 커피에 이어 라면 끓이는 기구도 완벽하게 갖춰왔다.

"착각하지 마. 내가 대접받으러 온 게 아니라, 내가 널 대접하는 거야."

아침부터 이렇게 '근사한 멘트'를 날리더니, 라면을 끓여 그릇에 담아 주기까지 한다. 안개 낀 고택 마당에서 먹는 라면 맛. 캐나다의 추운 늦가을, 숲속에 텐트를 치고 모닥불 앞에 앉아 우리 아이들과 먹던 라면만큼이나 인상적이고 감동적이다.

'억지춘양' 이야기

아침 기온이 차다. 백 선배가 온도계 달린 시계를 보더니 8도라고 알려준다. 이곳에 온 후 처음으로 점퍼를 꺼내 입었다. 아침을 먹고 집 안을 잠시 둘러보던 중에 주인 강백기 씨를 다시 만났다. "날이 춥네요"라고 했더니 날씨에 이어 송이 이야기까지 해준다.

"이 지역은 한국의 시베리아라고 불린다. 태백산맥과 소백산맥의 양백지간에 있어서 밤낮의 기온차도 크다. 환경이 그렇다 보니 송이는 당연히 봉화 것이 최고다."

주인은 억지춘양 이야기도 들려준다. 안성 하면 '안성맞춤'이고, 춘양 하면 '억지춘양'이다(비슷한 말로 '억지춘향'도 있다). 억지춘양이라는 말은 철도와 관련이 있다. 1953년 영주에서 철암까지 가는 영암선이 놓였다. 당시 이 지역 국회의원이자 자유당 원내총무였던 정문흠 씨가 힘을 썼다. 영주에서 봉화를 거쳐오는 철길은 법전 역에서 춘양으로 억지로 꺾였다가 다시 녹동 역으로 이어진다. 법전 역과 녹동 역이 직선인데, 춘양면을 거치는 바람에 철길은 만산고택 뒤를 돌아 완벽한 U자형으로 변했다.

"춘양으로 억지로 끌어왔으니 억지춘양이라는 말이 생겼다. 억지춘양은 도리와 이치, 경우에 맞지 않는다는 뜻이다." 강백기 씨의 간결한 설명이다.

억지로라도 철길을 놓으려 했다면 춘양면이 비록 면단위지만 과거에는 규모가 매우 크고 중요한 곳이었음을 의미한다. 강백기 씨에 따르면, 춘양은 과거 '현'(지금으로 치면 군)의 역할을 했었다.

삶을 나르던 길을 따라서

만산고택에서 나와 여덟 번째 코스인 보부상길의 출발점으로 갔다. 백 선배가 그곳까지 태워주었다. 7시 40분이다. 선배는 내 카메라를 벗기더니 인물 사진을 찍어준다. 예전에는 부탁도 기대도 하지 못했던 일이다.

"하루 25킬로미터 이상 걷지 마라. 그건 무리다. 속도전 할 필요 뭐 있어? 쉬엄쉬엄 즐기면서 걸어."

이렇게 당부를 하고는 손을 흔든다. 어디 멀리 길 떠나는 것도 아닌데 마음이 '짠'하다. 왼쪽에는 대추나무, 오른쪽에는 사과나무가 있는 밭을 지나자마자 좋은 개천이 나타난다. 산 아래를 감싸고 도는 시내다. 물이 맑고 많다. 이 동네 이름이 '풍애豊厓.' 물가에 있는 풍성한 마을이라는 뜻이다. 틀림없이 이 시내를 젖줄로 하는 풍성한 마을일 것이다.

산길로 접어들었다. 이 길에 보부상길이라는 이름이 붙은 이유가 있다. 과거 울진군 북면 두천리에서 시작해 봉화군 소천면에 이르는 보부상길 이름을 십이령十二嶺길이라고 했다. 열두 고개를 넘는 길이라는 뜻이다. 십이령길은 영동과 영서를 잇는 대표적인 길이었다.

보부상들은 울진 앞바다에서 잡은 어물과 소금 등을 짊어지고 첩첩산 중 고개를 통해 봉화의 소천면과 춘양면으로 하루에 100여 명씩 넘어왔다. 봉화 내성장, 소천장과 춘양장에서 물건을 팔고 대마, 담배, 콩 등을 사서 울진장으로 다시 넘어갔다.

남쪽 안동으로 가는 이들은 고등어를 졌고, 미역 같은 어물을 지고 서울로 향하는 이들은 봉화군 물야면으로 빠져나갔다. 외씨버선길은 십이령 중에서 맷재와 배나들재, 노루재를 거치게 되어 있다. 넘어가는 산이 높지는 않은데, 어느새 옷이 땀으로 흠뻑 젖는다. 나는 작은 배낭 하나 달랑 메고 걷지만 보부상들은 자기 몸만큼이나 큰 짐을 메고 이 고개를 넘었을 것이다. 그런 생각을 하면 힘들다고 생각할 겨를이 없다.

잡초가 무성했던 길을 새로 찾아 다듬은 흔적들이 곳곳에 보인다. 나무 계단과 다리가 이어진다. 고개를 넘으니 아름다운 솔밭이 나타난다. 굳이 춘양목을 거론하지 않더라도, 봉화군 또한 소나무의 고장이라는 것은 길을 걷는 곳곳에서 확인된다. 고추밭도 이어서 나타난다. 집들이 띄엄띄엄 있는 작은 마을이 보인다.

'고향이구나' 하고 순식간에 느끼게 하는 것이 있다. 길옆의 두엄더미다. 기억과 추억을 가장 빨리 떠오르게 하는 감각은 단연 후각이다. 어릴 적에는 코를 싸쥐고 두엄 곁을 걸었었다.

이곳의 두엄은 강한 햇빛과 많은 비로 어지간히도 잘 썩은 모양이다. 고향을 느끼는 데 1초도 걸리지 않는다. 머리로는 두엄 썩는 냄새를 '고향의 향기'로 여기고 싶으나, 감각으로는 여전히 용납되지 않는다. 나도 모르게 어느새 코를 싸쥐고 있다.

세련된 농촌 여성과의 데이트

동네에 사람이 보이지 않는다. 고요한 가운데 어느 집에서 물소리가 들려서 담 너머로 들여다보았다. 하얀 거품이 이는 크고 작은 플라스틱 대야들이 마당에 놓여 있다. 수돗물로 무엇인가를 씻고 있는 주인에게 인사를 했다.

주인은 뜻밖에도 "들어오세요"라고 했다. 마당 한쪽에는 해바라기가 다섯 그루 서 있다. "혼자 넘어왔느냐"고 묻는다. 고개를 넘어 이곳을 지나는 사람을 여러 번 본 모양이다. 장판을 깔아 깨끗한 마루를 다시 마른 걸레로 닦으며 앉으라고 한다.

김분한 씨. 1944년생. 강원도 태백에 살다가 40년 전에 봉화군 소천면 분천4리 맷재라 불리는 이곳으로 이사를 왔다. 산이 깊어서 먹고살기가 어려웠기 때문이다. 남편 라영석 씨는 지금 감자밭에 나갔다고 했다.

고개 너머, 냇가의 물이 늘 저렇게 맑고 좋으냐고 물었다. 김 씨는 "여름에는 이가 시릴 정도로 차고, 겨울에는 얼지 않으니까 뜨시다"라고 말했다. "겨울에 아무리 추워도, 땅이 꽁꽁 얼어도 그 물은 얼지 않는다. 겨울에 손을 물에 넣으면 뜨뜻하다." 그이는 시내의 이름이 마을 이름과 같은 분천이라고 했다.

마당에서는 지금 감자떡 재료를 만드는 중이다. 감자를 삭혀서 거르는 과정이다. "삭힌 걸 울과 가이고 떡해 먹으믄 아주 맛나요."

김 씨는 스스로 나이가 없다(어리다)고 말한다. 하긴 예순여덟이면 지금 농촌에서는 청년층에 속할지도 모른다. 감자떡은 추석 때 자식과 손주들 주려고 만드는 것이다. 2남 3녀를 두었고, 손주는 모두 열 명이다. 장녀가 마흔다섯이라고 했다.

"백날 천날 아파서 병원에 자주 가요. 눈 아프고, 허리 아프고, 무릎도 아프고……. 안 아픈 데가 없어요. 영감님도……."

그렇게 아프시면 일은 그만하고 자식들에게 기대어 좀 편히 사시면 어떻겠느냐고 했다. "걔들 살림 살아야지. 우리는 우리가 벌어서 먹어야지. 인제는 몸이 아파서 욕심도 안 내요."

김 씨는 물이나 한잔 달라는데도 굳이 커피를 끓인다. 분홍색 블라우스에 빨간색 앞치마를 입은 세련된 농촌 여성과 잠시 데이트하는 기분이다. 낯선 이를 경계하기는커녕 이렇게 친절하게 대하는 농촌의 인심이 푸근하다. 사람이 있는 한 인심도 질기게 살아남는구나 하는 생각에 마음이 훈훈해진다.

현동 역에서 맛본 의외의 맛

마을의 길은 계속 내리막이다. 빈 집이 여러 채 보인다. 두꺼비집은 내려져 있으나 사람이 떠난 지 얼마 되지 않은 듯 집들은 허물어지지도 않

소천면 분천4리 맷재마을 김분한 씨. 인사를 했더니 마루에 앉게 하고는 커피를 한 잔 내주었다.

고 깨끗하다. 달력이 걸려 있다. 2011년 4월이다.

휴대폰이 울렸다. 백 선배다. 현동 역에서 기다리고 있다고 했다. 뭘 두고 간 것도 없는데 왜 그럴까 의아했다. 현동 역을 향해 바삐 걷는데, 고개 너머에서 보았던 시내가 계속 이어진다. 시내의 폭은 넓어지고 물은 더 많아졌다. 물이 투명하여 바닥이 훤히 보인다. 흐름이 잔잔하여 마치 유리를 깔아놓은 듯하다. 흐르는 시냇물에 숲의 그림자가 어린다. 이렇게 맑고 고요한 냇물은 처음 구경한다.

완벽한 적막. 어느 추리소설에서 읽은 표현이다. 적막이 어떠하면 완벽할까 궁금했었다. 지금이 바로 완벽한 적막이다. 어떤 소리도, 움직임도 없는 적막. 흐르는 물이 멈춰 서 있는 듯하니 고적하기가 이루 말할 수 없다.

이 냇물의 상류를 따라 조금만 더 오르면 석포면 대현리의 열목어 서식지가 나온다. 천연기념물 제74호로 보호하는 희귀종이다. 물도 천연기념물로 지정하여 보호한다면 이 냇물이 바로 거기에 해당할 것이다.

시내를 벗어나자마자 고적함은 곧 사라진다. 국도가 나오고, 새로 세운 듯한 고가도로가 하늘을 가린다. 멀리 작은 역이 보인다. 현동 역이다. 백 선배는 기차역 앞에 차를 세우고 간이의자를 꺼내 앉아 있다. 탁자까지 펼쳐놓고, 커피를 내리는 중이다. 헤어진 지 얼마 되지도 않았는데 다시 보니 반가웠다.

비상식량을 준비해왔다고 했다. 옥수수를 삶아 파는 곳이 눈에 띄길래 그것을 사오는 길이었다. 내게 시냇물을 보았느냐고 물었다. 묻는 걸 보니 또 일을 벌였지 싶다. 물에 들어가 멱을 감았는데, 물이 너무 차서 5분도 채 있지 못했다고 했다. "기분은 날아갈 것같이 상쾌하더라. 몸도 더없이 개운하고……."

작고 한적한 기차역 앞에 앉아 커피를 내려 마시고 옥수수를 먹었다. 밭에서 갓 따서 금방 삶은 옥수수라 차지고 부드럽고 달다. 커피와 옥수수의 궁합이 의외로 잘 맞는다.

커피 마실 물을 얻었다면서 백 선배가 현동 역장에게 감사하다고 인사를 한 뒤 다시 떠난다. 진심으로 고마웠다.

외씨버선길은 현동 역사를 가로질러, 철길을 건너 언덕으로 올라가게 되어 있다. 깨끗한 화장실도 있고 하여 역사에 앉아 잠깐 숨을 돌리기에 좋다. 그 시간에 승객은 아무도 없었다. 김광중 역장 홀로 역을 지키고 있다. 2009년에 이 역에 부임했다는데, 곧 정년퇴임이라고 했다.

"과거 장성광업소가 많이 바쁠 때는 영주-강릉 간 영동선도 많이 바빴으나 지금은 한가한 편이다." 김 역장에 따르면 현동 역은 현동3리 어른들이 영주에 있는 병원에 가실 때 주로 이용한다고 했다. 운임은 경로우대하여 2,300원. 기차는 하루 23회 정차하고, 역을 이용하는 승객은 하루 평균 다섯 명쯤 된다.

현동 역을 지나면 나오는 오르막길 이름은 막지고개라 했다. 소천장을 앞둔 마지막 고개라 하여 이런 이름이 지어졌다.

금방 소천면이 나온다. 거리가 깨끗하고 번듯하다. 시골이 언제 이렇게 변했나 싶게, 면 단위의 어느 거리를 가든 이렇게 산뜻한 모습이다. 한국에 사는 사람들은 잘 모를 것이다. 상전벽해까지는 아니더라도 지난 10여 년간 한국의 풍경 변화는 도시보다 농촌에서 더 많이 이루어졌다. 캐나다로 살러 가기 전, 자동차를 몰고 가족 여행을 떠난 적이 있다. 그때만 해도 읍과 면들은 왠지 모르게 활력이 없고 서글프고 적막해 보였다.

지금은 밝고 깨끗하다. 때로는 '여기가 한국 맞나?' 싶을 정도다. 가게도 한번 들여다보고, 은행 간판도 한번 보고, 하릴없이 두리번거리며 천천히 거리를 걷는 재미가 있다. 그런데 예나 지금이나 사람은 많지 않다.

마르지 않는 마음의 풍경들

다시 고갯길이 나타난다. 씨라리골이다. 이 골짜기에 억새가 많아 길
을 지나는 사람들이 억새풀에 많이 베여 쓰라리다는 뜻이다. '쓰라리다'
의 경상도 말이 '씨라리다'이다. 그러나 씨라리골에서 이제 '씨라릴' 일
은 없다. 동네로 올라가는 길이 매끈하게 잘 닦여 있다. 너른 사과밭이

분천의 '국보급' 맑은 물. 물이 맑고 투명하여 마치 유리를 깔아놓은 듯하다.

나오는데 길가의 나무에도 사과가 곧 떨어질 듯 주렁주렁 매달려 있다. 그 아래 떨어진 사과만 해도 성한 것이 많다. 입에 침이 돌지만 참았다. 외씨버선길에서 가장 걱정스러운 것 중의 하나가 바로 이 같은 '유혹'이다.

잘 지은 농가가 하나 나온다. 마당에 잔디가 깔려 있는 단층집이다. 어설푼 양옥이 아니라 단단하게 잘 지은 집이다. 집 앞으로 큰 유리창이 나 있고, 옆쪽으로는 창고가 여러 채 이어져 있다. 그러고 보니 올라오면서 본 우사도 이 집과 연결되어 있다.

열린 창고에서는 고추 다듬는 작업이 한창이다. 70대쯤 돼 보이는 여자 분들이 일을 하고 있다. 말린 고추를 선별한다고 했다. 곁에 쪼그리고 앉아 이것저것 물어보았다. 세 분 모두 울진에서 왔다고 했다. 15리만 가면 나오는 동네다. "거도 일은 있는데 돈벌이 하러 왔어요."

일당은 5만 원이다. 오전 6시 30분부터 저녁 6시까지 일한다. 고추를 고르고 다듬는 손놀림이 빠르고 정확하다. 성함이 어떻게 되시냐고 물었더니 "아이고, 우리 이름까지 뭐 할라꼬……" 하는 대답이 온다.

잠시 앉아서 이야기를 나누는 사이, 젊은 주인이 왔다. 권칠학(42) 씨다. 서른셋에 결혼해 3학년짜리 딸 하나를 두었다. 사과와 고추 농사를 짓고, 소도 110두를 키운다. 농촌에서 보기 드물게 젊은 사람이다. 살기가 어떠냐고 물었다.

"이곳의 웬만한 젊은 사람들은 1년 수입이 1억 원을 넘는다"고 권 씨는 말한다. 나락은 농사가 잘 안 되어 짓지 않는다. 소는 요즘 적자다. 사과와 고추 수익이 가장 크고, 채소도 조금 한다고 했다. "농촌이 많이 변한 것 같다"는 말에 그는 이렇게 답했다. "우리 어릴 적만 해도 쌀은 먹지도 못했다. 옥수수와 감자를 먹고 컸다."

이곳에서 성장한 권 씨는 학교를 마치고 군대를 다녀온 뒤, 도시에 나갔었다. 도시 생활이 그에게는 맞지 않았다고 했다. 자꾸 몸이 처지는 느낌이 들었다. 그는 그 느낌을 술병의 숫자로 이야기했다. "여기서는 소주 대여섯 병을 먹어도 끄떡없는데, 도시에서는 한 병만 먹어도 힘이 들었다."

2002년 영농후계자 자금 2,000만 원을 받아 우사를 지었다. 소를 살 돈이 모자라서 도시에 나가 화물차 운전을 다시 했다. 이후 고향에 돌아와 10년 넘게 농사를 짓고 있다.

권 씨는 도시가 아무리 편하다 해도 도시에서 살 생각은 없다고 말했다. 타고난 농사꾼이다. 요즘 농사꾼들은 예전과 많이 다르다. 고소득을 증명하듯 제대로 지은 좋은 집 마당에는 자동차가 석 대나 서 있다. 1톤짜리 트럭과 SUV, 그리고 미니밴. 전날 만난 어린아이 생각이 나서, 딸은 통학을 어떻게 하느냐고 물었더니 스쿨버스가 온다고 했다.

젊은 농부들이 이렇게 잘사는데 농촌 총각 사정은 좀 나아졌는지 궁금했다. 권 씨는 손을 내젓는다. 달라지지 않았다는 것이다.

"소득은 좋은데 문화생활을 못한다고, 영주나 대구 같은 도시에 나가야 문화생활을 할 수 있는데 밖에 나갈 시간이 없다고 농촌으로 시집오려 하지 않는다." 권 씨는 국제결혼을 해도 안타깝기는 마찬가지라고 말했다. "여기서도 외국에서 신부를 데려오기는 한다. 그런데 많은 사람이 가버린다."

권 씨는 내다 팔려고 쌓아둔 사과 박스에서 사과를 몇 개 끄집어내어 배낭에 넣어준다. 이런 인심은 거절하기가 참 힘들다. 그저 고맙다는 말밖에 달리 감사를 표할 방법이 없다. 남의 호의를 잘 받을 줄 아는 것이 깊은 감사의 표현이라는 것을 이번에 걸으면서 알았다. 베푸는 사람을 기쁘게 하기 때문이다. 더불어 호의를 잘 받을 줄 알아야 나도 잘 베풀 수 있겠거니 생각했다.

길도 좋지만 외씨버선길에서는 세상이 아무리 달라져도 변하지 않는 시골 인심을 만날 수 있어 좋다. 눈에 보이는 것만 좋은 풍경이 아니다. 아름다운 마음의 풍경들이 외씨버선길이 지나는 곳곳에서 보인다. 아무리 퍼내도 마르지 않는, 샘이 깊은 물처럼 말이다.

송이가 좋은 이유

소천면에서 춘양면으로 넘어가는 마지막 고개. 마지막 고개이니 잘 살펴가라고 살피재라는 이름이 붙었다고 했다. 고개를 넘는다. 가문비나무가 빽빽한 숲을 지나고, 낙엽송과 소나무가 연이어 나타나는 숲길이다. 외씨버선길 중에서 '아름다운 길 선발대회'를 연다면 단연 상위권에 오를 만한 길이다. 풍경이 얼마나 아름다운지, 넋을 잃고 구경하느라고 사진 찍을 생각도 하지 못했다.

다시 춘양면에 접어들었다. 어제 하룻밤을 자서 그런지 어느새 친숙하다. 모자를 쓴 어른 두 분이 비닐봉지를 들고 길에 앉아 있다. 안에 든 내용물이 갑자기 궁금해서 "그게 뭡니까?" 하고 물었다.

"뭐긴 뭐야, 송이지."

강원도 태백에서 송이를 사러 춘양장에 나왔다고 했다.

춘양장터. 예전보다 규모가 많이 줄었으나 그래도 장날이면 옛날 분위기가 살아난다.

"송이가 몸에 좋습니까?"라는 질문에 두 분은 서로 주거니 받거니 하면서, 청산유수처럼 말을 이어나간다. 송이에 대해 발언할 기회가 생겨서 반갑다는 듯이…….

유수원(76) 씨와 석종필(67) 씨는 한국 최대의 석탄 산지였던 강원도 태백에서 석탄을 캐던 광부였다. 유 씨는 31년, 석 씨는 21년 동안 갱 안에서 일했다. 그들은 "거기서 일하던 사람들이 병에 많이 걸렸다"고 말했다. 합병증이 있는 사람들은 병원에서 치료를 받고, 다른 이들은 강원 케어센터에서 살고 있다. 정부에서 지원하고 근로복지공단이 관리하는 요양원이다. 가족과 사는 것이 여의치 않은 이들이 들어와 있는데 지금은 83명이 함께 생활하고 있다. 두 분은 바로 그 요양원에서 왔다.

"여기 있는 사람들, 사형언도 받아놓은 사람들이지, 뭐"라는 유 씨의 말에 "하루아침에 각중에 가는 수가 있지"라고 석 씨가 받았다. 말은 그렇게 해도 표정들은 밝고 씩씩하다. 젊은 시절 중노동과 부상 후유증으로 몸은 아프지만, 이즈음이면 송이를 사 먹으러 봉화에 나오는 재미를 만끽한다. 송이 때문에 서너 번은 나들이를 한다고 했다.

"송이가 왜 좋은데요?" 두 분은 다시 앞 다투어 설명했다.

"일본 사람들이 그러는데, 방사능에 노출된 사람한테 좋다잖아. 엑스레이 여섯 번 이상 찍은 사람에게 좋다 하고……. 그러니 몸에 좋은 거지. 그렇게 좋은 거니까 비행기 태워 수출했었지. 소나무 향이 좋잖아. 향이 좋아서 쇠고기보다 더 비싸."

두 분은 봉지에 든 송이를 꺼내 보여주었다. 10만 원을 주고 산 등외품이다. 송이가 우리나라 사람들에게 이렇게 인기 있는 버섯인 줄 이번에 처음 알았다. 그동안 나는 왜 모르고 살았을까, 참 이상하고 신기할 지경이다.

춘양목솔향기길

점심시간이 조금 지난 오후 2시께 춘양버스터미널 앞에 있는 기사식당에 들어갔다. 식당 문을 열자마자 왁자지껄한 소리가 들려온다. 식당에는 우리 어머니 연배로 보이는 분들이 열 명쯤 모여서 '파티'를 즐기고 있다.

"무슨 좋은 일 있으세요?"라고 물었다.

"누구라?"라는 대답이 돌아온다.

"캐나다에서 왔는데요, 지금 이 동네 외씨버선길 걸으러 왔어요."

"외씨버선길? 그기 무슨 길인공?"

"왜 있잖나, 올레길."

"올레길이 제주도에 있지 여긴 왜 있어?"

여기저기서 말들이 봇물 터지듯 쏟아진다. 이 모든 것을 제압하는 한 마디.

"캐나다에서 왔는데 한국말을 왜 이래 잘해? 거짓뿌렁이여, 거짓뿌렁."

이 말에 모두 손뼉을 치며 꺄르르 웃는다. 10대 소녀들 같다.

"이리 와 한잔해요." 곁에 앉았더니, 막걸리를 따라준다. 먹어보니 달다. 설탕을 많이 탄 막걸리다.

춘양면에서 30년 넘게 해오는 친목계라고 했다. 한 달에 1만 원씩 모은다. 먹는 것은 각자 따로 낸다. 예전에는 45명이 넘었다. 버스를 빌려 타고 여행을 많이 했는데 지금은 20명쯤으로 줄었다. 그동안 국내여행은 많이 했고, 이제는 해외여행을 간다. 최근에 태국과 싱가포르를 다녀왔다고 한다.

한쪽에서는 누가 듣건 말건 노래를 부르고, 다른 한쪽에서는 누가 보건 말건 앉은 채 덩실덩실 춤을 춘다. 아무 말 없이 소주잔만 들고 있는 분도 있다. 모두 즐겁고 여유가 있어 보인다.

나도 상을 받았다. 백반이다. 쌀밥·시래기된장국에 나물 반찬만 여섯 가지가 올랐다. 거기에 두부와 고등어조림, 젓갈과 멸치볶음까지. 내가 밥을 먹은 속도는 '마파람에 게 눈 감추듯'이라는 표현이 가장 적당할 것이다. 특히 나물은 한 점도 남기지 않고 싹싹 비웠다. 지금 나에게 나물은 최고급 한우 등심보다 귀하고 고급스러운 음식이다. 더군다나 이 청정한 지역에서 자란 제철 나물인데 더 말할 나위가 없다.

춘양장으로 들어갔다. 4·9일 장이어서 가는 날이 장날이다. 4년 전에 시장 골목의 지붕을 덮어서 그런지 겉모습은 예전에 보았던 시골 장터의 흐드러지는 분위기와 많이 달랐다. 깨끗하고 정리가 된 느낌이다. 그 래도 청송과 영양에서 보았던 풍경과는 달리 장날은 장날이어서 약간 은 붐빈다. 시장 골목 안에는 점포가 78개 있다는데, 장날이어서 그런지 골목 바깥으로 좌판이 이어진다. 사과와 나물을 내놓고 파는 좌판들 때 문에 장날 분위기가 난다.

춘양장은 1960~70년대가 전성기였다고 한다. 그때는 춘양목의 거래 가 이곳에서 이루어졌다. 일제강점기 때부터 평북 운산군과 함께 금광 으로 이름을 날렸던 춘양면 우구치리의 금정金井 금광이 활기를 띠었을 때는 춘양장뿐 아니라 봉화 전체가 활황이었다. 우구치리 골짜기만 해 도 상주 인구가 1만 2,000여 명에 이르렀고, 영주·봉화의 세금을 거두

춘양면 버스터미널 앞 식당에서 만난 친목계원들.

는 세무서가 영주가 아닌 봉화에 들어설 정도였다. 춘양장이 번성했을 때는 춘양장 우시장에서 200~300마리씩 거래되었다.

춘양장 주변에서 평생을 살아온 70대 중반의 한 식당 주인은 "춘양 장날만 되면 강원도 태백·함지에서 오는 사람, 영주에서 오는 사람, 이쪽 저쪽에서 오는 사람들로 도로가 좁을 지경이었다. 1970년대 금정 금광이 문을 닫고부터 사람들이 많이 빠져나갔다"고 말했다.

사과밭 천국

오후 3시가 넘어섰다. 어제 잠을 잔 만산고택과 더불어 춘양면의 다른 유명한 고택인 권진사 댁을 잠시 둘러본 다음 서동리 3층석탑에서 걸음을 멈추었다. 통일신라시대에 조성된 쌍탑이다. 높지도 화려하지도 않은 두 개의 탑은 춘양중학교 운동장 한 켠에 소박한 모습으로 서 있다.

중학생 몇 명이 학교 운동장에서 삽을 들고 파인 운동장을 보수하고 있다. 일하기 싫어하는 기색들이 역력하다. 중학생인 이 아이들도 내가 어제 만났던 초등학생들처럼 모두 서울말을 사용했다. 이를 아쉽다고 해야 할지, 아깝다고 해야 할지, 내가 아쉬워하고 아까워할 일인지, 판단하기가 쉽지 않았다.

서벽리 춘양목 군락지로 가는 길은 사과밭 천국이다. 나는 어릴 적 경험 때문에 '농사를 짓는다' 하면 쌀·보리 농사를 떠올린다. 그러나 외씨버선길을 걸으면서 생각을 바꾸어야 했다. 사과·고추 농사가 이 지역에

외씨버선길의 열렬한 지지자인 춘양면 서동리 이병욱 씨.

서는 대세다.

　서동리에 접어들었을 때는 깜짝 놀랄 정도였다. 눈에 보이는 것은 거의 모두 사과밭이다. 외씨버선길 관계자들이 이 동네를 지나면서 꼭 만나볼 인물이 있다고 했다. 이장을 지낸 이병욱(56) 씨. 그는 외씨버선길의 열렬한 지지자다.

　서동리 400번지. 사과밭에 나갔던 이병욱 씨가 빨간색 작업차를 타고 마침 들어온다. 그와 앉아 이야기를 나누는데 안에서 사과와 사과즙을 내왔다. 이 집에서 직접 만들어 상품화한 사과즙이다. 외씨버선길을 건는 사람들이 동네를 지나가면 목이나 축이라고 나눠준다고 했다. "춘양면에서 출발했다면 이쯤에서 목이 마를 테니까." 출발 지점인 춘양 면사무소에서 5.6킬로미터 떨어진 곳이다.

이 씨는 7년 전까지만 해도 전국농민회에 소속된 활동가로서 농민운동을 열심히 했다. 얼마나 열심히 했던지 곤봉에 맞아 시퍼렇게 된 얼굴로 동생 결혼식에 혼주로 나간 일도 있었다. 그는 농민운동이 주력해야 할 일이 이제는 '(농업) 기술 부문'이라고 말했다. 사과 농사에도 정확한 기술을 적용해야 할 때라는 것이다.

사과 농사를 8,600평(전국 평균은 3,000평)이나 짓고 있는 이 씨는, 가지치기 하나도 정확하게 하기 위해 유명한 사과 산지인 일본 아오모리 현과 4년째 기술 교류를 해오고 있다.

"그곳에는 사과 영웅 나리타 선생님이 계신다. 그분에게 배우고, 그곳 사과 농가 회원 3,000명과 우리나라 회원 700명이 재배 정보를 교환하고 있다. 정확성이 몸에 밴 일본 농민들에게서 배울 것이 많다."

이 씨는 나리타 선생 같은 지도자를 우리나라에서도 영웅으로 대접하는 문화가 만들어지면 좋겠다고 했다. 1984년부터 사과 농사를 지어온 그는 봉화 북부권에서 사과 농사가 잘 되는 이유를 밤낮의 기온차가 크기 때문이라고 설명한다. 봉화 사과는 단단하고 당도가 높다. 신종이 많이 개발되었지만 그이가 치는 최고의 사과는 부사다. 부사는 10월 말에 수확을 한다고 했다.

이 씨와 이야기를 나누는 중에 그의 부인이 계속 사과를 깎아주는데,

참 이상한 노릇이다. 먹어도 먹어도 질리지 않는다.

길은 마을과 마을로 이어진다. 도심2리로 접어들었다. 마을 입구에 있는 정자에 어른 세 분이 앉아 있다. 이야기도 하고, 화투도 치고, 소주도 나눠 마시고 하는 모양이다. 인사를 겸해 마을이 꽤 커 보인다고 이야기했더니 "50가구쯤 된다"고 말한다. 그러고는 앞 다투어 마을 자랑을 했다. 각자 자기 이름을 안영학(81), 박우철(80), 김경묵(69)이라고 시원시원하게 밝힌 뒤 "우리 마을은 부자"라고 자랑한다. "사람도 부자지. 40대도 한 댓 사람 돼. 지금은 쌀값이 안 좋아져서 사과 농사가 많지만 그래도 우리 동네는 논농사가 많은 동네"라고 했다. 세 분 모두 청년들처럼 활력이 넘쳐난다.

외씨버선길은 이 마을을 가로지른다. 큰 농촌 마을을 제대로 구경할 수 있는 좋은 기회다. 마을은 깨끗하고 집들 또한 말끔하게 단장되어 있다. 마을을 벗어나자 벼가 익어가는 황금빛 벌판이 시원하게 펼쳐져 있다. 참 오랜만에 구경하는, 나에게 익숙한 농촌의 전형적인 풍경이다.

폭포처럼 쏟아지는 소나무 향기

사과 과수원길을 지나면서 높은 지대로 올라간다. 어느 지점에서 돌연 서늘한 기운이 느껴진다. 서벽리 춘양목 군락지다. 춘양목이 군락을 이루어 자라는 국립 백두대간수목원의 숲이다. '문수산 산림유전자원 보호구역'이라는 안내판에는 이렇게 적혀 있다.

"문수산(1,205미터)을 중심으로 춘양면·물야면·봉성면 3개 면에 걸쳐 있는 산림으로서 문화재 복원용 목재 생산림으로 지정 관리되고 있으며……".

춘양목은 예로부터 한옥을 짓는 데 으뜸가는 목재로 쳤다. 보통 소나무보다 생장이 세 배 이상 느리고 곧게 자라며, 겉껍질에 붉은빛이 돌아 적송이라고도 한다. 다른 지역 육송들과는 달리 곧게 자란다. 껍질은 얇고 나뭇결이 곱고 부드러우며, 켠 뒤에도 크게 굽거나 트지 않는다. 켜면 그냥 하얘 보이는 다른 육송과는 달리 붉은빛 혹은 노란빛을 띠며, 대패질을 해놓으면 윤기가 돈다.

조선조 궁궐에서 쓰인 나무도 대부분 춘양목이었다. 어제 묵은 만산 고택에 쓰인 목재도 물론 춘양목이다. 요즘 들어서는 유명 사찰과 고궁을 보수하는 데 주로 사용된다. 가격은 보통 소나무의 10배 이상이나 된다.

춘양목은 봉화뿐 아니라 강원도 지역에까지 분포되어 있는데, 금강송이라 불리는 이 소나무가 춘양목이라는 이름을 갖게 된 것은 춘양면이 집산지였기 때문이다. 워낙 오지에서 자라는 까닭에 예전에는 육로로 수송할 방법이 없었다. 일제강점기까지만 해도 뗏목으로 엮어 봉화의 낙동강 지류를 따라 내려보내면 안동에서 건져 매매가 이루어졌다.

목재를 사는 사람이나 파는 사람은 거의 춘양면에 모여서 계약을 맺었다. 1950년대 중반 춘양면에 철도가 놓이면서 강원도 남부와 경북 북부에서 생산된 춘양목들은 춘양 역을 통해 다른 지역으로 실려나갔다.

234

서벽리 춘양목. 춘양목 군락지에는 붉은 빛을 띤 소나무 1,500여 그루가 빽빽하게 서 있다.

곧 국립 백두대간수목원이 들어설 이 숲에 붉은빛을 띤 굵은 소나무 1,500여 그루가 하늘을 향해 찌를 듯이 곧게 쭉쭉 뻗어 있다. 귀티 나는 소나무들이 한데 모여 장관이다.

춘향목 숲 사이로 자동차 한 대 지날 정도의 비포장 길이 나 있다. 삼림욕에 대해 많이들 말하지만 이곳만큼 몸으로 확실하게 느낄 만한 곳도 드물 것이다.

길을 걷다 보면 문수산 정상에서 내려오는 계곡이 두 군데 있다. 계곡을 향해 섰다. 놀랍게도 솔향기가 확 풍겨온다. 산 위에서 솔향기가 폭포처럼 쏟아진다. 갓 딴 싱싱한 송이버섯을 코에 가져다 댔을 때 맡을 수 있는 바로 그 향기다. 갑자기 머리가 맑아지고 온몸이 시원해지는 느낌이다. 시원함을 넘어 신비스럽다. 향을 맡으며 이런 느낌을 가지기는 처음이다. 이런 향을 피톤치드라 한다는데, 어떤 이들은 이를 '숲이 만드는 만병통치약'이라 부르기도 한다.

춘향목 사이로 난 길을 천천히 걸으며 풍경과 향기를 음미한다. 반백이(50년짜리)는 흔한 편이고, 100년이 넘는 것도 수두룩하다. 나무에 번호를 적어 관리하는 것이 눈에 띈다.

외씨버선길 아홉 번째 길은 오른쪽 춘향목 산림체험관 쪽으로 꺾여 두내약수탕까지 이어진다. 지붕을 버섯 모양으로 근사하게 꾸민 춘향목 산림체험관은 2015년 국립 백두대간수목원 개원에 맞춰 재개관할 모양이다. 내가 갔을 때는 수리 중인지 문이 닫혀 구경할 수가 없었다. 그 아래 있는 두내약수탕 물 또한 수목원 공사 때문에 마실 수가 없었다.

대구에서 오는 경호를 춘양면사무소에서 만나기로 했는데, 시간이 조금 남았다. 외씨버선길을 걷기 직전에 나는 고향의 초등학교 동창회 인터넷 카페에 '시간 되면 외씨버선길에서 얼굴 좀 보자'는 글을 올린 터였다. 몇 명은 문자로 안부를 물어왔다. 나와 한 동네에서 나고 자란 경호는 이리로 오겠다고 했다. 경호는 내 생애 최초의 동무다.

춘양면 거리를 구경하고 춘양 역에 가보기로 했다. 사무실 바깥까지 택배 물품으로 넘쳐난다. 그러고 보니 추석이 일주일도 채 남지 않았다. 대처에 나가 있는 자식이나 친지들에게 보내는 선물들인 모양이다. 대부분이 봉화산 사과다.

그 유명한 춘양 역은 면의 중심에서 동쪽 외곽으로 치우쳐 있어서 걷기에는 조금 멀다. 예전에 세워진 시골의 작은 역사를 기대했으나 춘양 역은 번듯한 최신식 건물이었다. 역 안에는 승객 서너 명이 앉아 있다. 한쪽 벽에는 옛 역사의 모습을 담은 사진이 걸려 있다. 역시 작고 소박한 모습이다.

영주에서 춘양까지 오는 기차가 실제 운행을 시작한 것은 1955년 7월 1일. 옛 역사를 허물고 새로 지은 것은 1997년이다. 춘양 역의 전성기는 춘양면의 성쇠와 맞물린다. 1960~70년대에 가장 많은 물동량을 소화했다. 영동선을 통해 주로 석탄을 실어 날랐으며, 1950년대 후반 이후 강원도와 경북에서 나오는 춘양목이 춘양 역을 통해 실려나갔다.

'억지춘양' 말을 지어낸 춘양 역. 지금 역사는 1997년에 새로 지은 건물이다.

당시에는 산에서 소나무를 베는 산판도 크게 활기를 띠었다. 춘양을 지나는 철도는 산업을 움직인 동력이자 핏줄이었다.

그 춘양 역에 예전의 활기는 보이지 않는다. 지금은 하루 이용 승객이 70명쯤 된다고 했다.

경호에게서 전화가 왔다. 지금 춘양면사무소에 도착했다고 했다. 대구에 사는 경호를 마지막으로 본 것은 1990년대 초반쯤이다. 이후 전화와 이메일로만 가끔씩 연락하다가 20여 년 만에 처음으로 얼굴을 본다.

얼굴과 몸은 거의 그대로다. 자기 관리를 잘 한다는 생각이 들었다. 어제 만산고택에서 짜장면을 시켜먹었던 용궁반점에 가고 싶었다. 용궁반점은 춘양면의 대로변에 자리하고 있다. 방에 들어가서 보니 내 형 성

238

춘양면 구 역사 전경. 소박한 모습이 춘양 역의 벽에 사진으로 걸려 있다.

석제가「경향신문」에 쓴 칼럼 '용궁과 펭귄'이 크게 확대되어 두 개나 벽에 붙어 있다. 2010년 5월 17일자에 실린 것인데 그동안 이곳을 두 번씩이나 다녀갔다고 되어 있다.

팔보채 하나와 짬뽕, 그리고 맥주 한 병을 시켰다. 나는 술을 거의 못하고, 경호 또한 당뇨 때문에 술을 못한다 하여 그저 받기만 했다. "못 본 사이에 우리가 이런 나이가 되었구나" 하는 말이 절로 나왔다. 나는 경호가 당연히 자고 갈 줄 알았다. 그런데 오늘밤에 가야 한다고 했다. 고향에 계신 아버지가 내일 아침 일찍 병원에서 투석을 받아야 한다는 것이다. 우리 나이가 나이인 만큼 부모님에 대한 소식은 대개가 반가운 내용이 아니다.

고향 근처에서 고향 친구를 20년 만에 만나 금방 보내게 되어 많이 아쉬웠다. 경호는 밤 10시쯤 상주를 향해 떠났다.

밤이 깊었으니 숙소는 선택의 여지가 없었다. 춘양면 여관 중에서 동아장이 깨끗하다고들 했다. "딱 하나 남았는데 인터넷이 안 되는 방"이라고 했다. 봉화 송이축제 기간이고, 추석 전에 벌초하러 온 사람들이 많아서 그렇다고 했다.

하나라도 남았으니 다행이다. 인터넷은 '내실'로 들어와서 하라고 했다. 내가 커피까지 얻어 마셔가며 이메일과 뉴스를 '체크'하는 동안, 여관 주인은 전화를 걸어 오늘의 송이 시세를 '체크'한다. 전화기를 통해 '오늘은 송이가 얼마, 능이가 얼마' 하는 시세가 흘러나온다. 이 지역 사람들은 송이철에 송이 시세를 알아야 하루를 마감할 수 있는 모양이다.

약수탕길

춘양면의 숙소 동아장 모텔에서 7시가 안 되어 나왔다. 전날 서벽리 춘양목 군락지를 걷다가 솔향기에 취해 흥분하는 바람에 사진을 충분히 찍지 못했다. 일단 그쪽으로 움직였다. 춘양목 군락지 아랫마을인 도심2리 골목을 지나가는데, 바삐 걸어가는 젊은 농군이 보인다. 차를 세우고 인사를 했다.

"외씨버선길에서 나왔능교?" 하며 반색한다. 내가 운전하는 차에 새겨진 외씨버선길 로고를 보고 하는 얘기다. 그러고 보니 그이가 입은 옷에도 똑같은 로고가 새겨져 있다. 내 '신분'과 이곳에 온 목적을 밝혔더니, "이리 오이소. 아무리 바빠도 차나 한잔 하고 가소"라며 앞장을 선다. 오늘은 운수가 아주 좋은 날이라는 것을 그 집에 가서 알았다.

도심2리에서 오랫동안 이장을 지낸 김영걸(46) 씨였다. 마당에 잔디가 깔려 있는 단층 기와집으로 들어갔다. 지은 지 오래된 듯하지만 주인이 정성스럽게 고치고 다듬었다는 느낌을 준다. 기품이 느껴지는 집이다. 집을 돋보이게 하는 것은 집 뒤 언덕에 서 있는 고고한 자태의 소나무들이다.

8남매 중 막내인 김 씨는 올해 미수(88세)를 맞은 어머니를 모시고 살고 있다. 이장을 오래 하면서 외씨버선길을 내는 데 많은 도움을 주었다. 외씨버선길의 특급 자원봉사자인 것이다.

어제 마을 어른들에게 조금 듣기는 했으나, 농촌 마을치고는 규모가 커서 김 씨에게 마을 이야기부터 들었다. 그이는 죽터라는 이름을 가진 자기 마을에 대해 큰 자부심을 가지고 있다. 오래 이장을 지낸 사람답게 마을 자랑을 잘 한다. 나중에 알았지만 그는 텔레비전에도 여러 번 출연한 유명인이다.

이 마을은 과거 한때 200가구가 넘었으나 지금은 64가구가 살고 있다. 이 마을에는 다른 곳과 구별되는 몇 가지가 있다. 첫째, 학생이 많다. 유치원생에서부터 대학생까지 20명이 넘어, 동네에서 공부방을 운영 중이다. 둘째, 벼농사가 많다. 수익성을 따진다면 고추나 과수 농사에 뒤지지만, 이 동네는 들에서 벼농사를 그대로 짓는다. 벼가 익어가는 마을 입구의 논에는 황금물결이 일렁인다. 또 죽터마을에는 귀농자들이 많다. 현재 서울 등 외부에서 온 여섯 가구가 이 마을에 터를 잡았다.

김 씨는 외씨버선길과 관련해 아이디어가 많다. 깨끗한 화장실을 제공하고, 비어 있는 마을회관을 펜션으로 만들어 이용하게 하고 싶다고 했다. "사람 사는 곳에는 사람 사는 소리가 나야죠. 사람 소리 왁자하게 나고, 시골 인심 제공하고, 만약 그분들이 농산물을 필요로 한다면 좋은 가격에 드리고……. 누이 좋고 매부 좋은 일 아잉교."

외씨버선길 개통식을 할 때는 마을 어른들이 지팡이까지 짚고 모두 나오셨다고 했다. 그만큼 동네에 사람들이 오는 것을 좋아한다는 얘기다.

김 씨와는 이야기가 술술 잘 풀렸다. 동년배이기도 하거니와, 그이는 이런저런 경험이 많았다. 아침 시간이어서 김 씨도 나도 바빴다. 아쉬워하며 돌아 나오는데 그이가 불러 세웠다.

"이거 가이가요." 더덕 무침이었다. 사양했지만 그는 기어이 차에 올려주었다. 그리고 큰 선물을 하나 더 얹어주었다.

"오늘 오후에 송이 따러 가는데, 산에 같이 갈래요?"

"그럼요" 하는 대답이 생각할 겨를도 없이 바로 나왔다. 송이가 실제로 어떤 곳에서 어떻게 자라는지, 어떻게 따는지, 갓 따낸 송이에서는 어떤 향이 나는지 경험하고 싶었다. 9월의 송이는 이 지역을 들썩이게 한다. 바로 그 송이를 따러 가자는데 만사 제쳐놓고 가야 했다. 운수 좋은 날은 바로 이런 날을 두고 하는 말이다.

가는 곳마다 색다른 길

차를 몰아 춘양목 군락지로 올라갔다. 전날과 달리 차가 들어가지 못하도록 쇠사슬로 차단을 해놓았다. 직원이 아직 출근하지 않은 모양이다. 입구에 차를 세우고 숲속으로 걸어 들어갔다. 어제와는 또 다른 서늘한 기운이 느껴진다. 나무 아랫단에 544·545 같은 번호가 노란색으로 적혀 있다. 나무의 나이와 특징을 기록하기 위해 붙인 번호일 터이다. 붉은빛을 띠는 소나무가 하늘로 쭉 뻗어 있는 모습은 다시 보아도 신기하다. 솔향기에 또 취했으나 사진 찍는 것은 잊지 않았다.

오늘 걷는 '약수탕길'은 두내약수탕과 춘양목 산림체험관에서 출발하여, 주목산장·용운사에 이르는 15.1킬로미터 구간. 솔향기와 호젓한 분위기를 만끽한다. 아무도 없는 산길이다. 새소리와 바람소리만 들릴 뿐이다. 주실령이 나올 때까지 한 시간 가까이 천천히 음미해가며 걸었다.

주실령. 해발 780미터의 고개로 옥돌봉과 문수산 사이에 위치해 있다. 이곳에서부터 박달령을 거쳐 오전약수탕으로 향하는 산길이다.

주실령에서 김순주 팀장과 류지웅 씨를 만나 함께 산길로 접어들었다. 백두대간의 뼈대를 이루는 산답게 깊고 울창하다. 울창한 숲 사이 능선을 따라 길이 나 있다. 능선은 가파르지 않게 이어져, 걷는 데 힘들지는 않다. 함께 가는 이들과 이야기를 나누며 약간 땀을 흘릴 정도이다.

숲이 이어진다. 참나무가 많고, 특히 낙엽송이 눈에 많이 띈다. 소나무는 띄엄띄엄 한두 그루만 보일 뿐이다. 예전에 소나무 숲이 울창했다는데, 그 많던 소나무의 행방이 궁금했다.

주실령에서 옥돌봉까지 한 시간, 옥돌봉에서 박달령까지 1시간 30분 동안 쉬지 않고 걸었다. 오르락내리락 하는 길이 아니라, 산 위 능선을

도심2리 너른 들판에서 벼가 익어가는 풍경이다.

따라가는 길이다. 외씨버선길에서 또 처음 접하는 길이어서 새롭다. 북쪽으로 갈수록 산으로 들어가는 길이 많아진다.

박달령에서 오전약수터까지는 내리막길이어서 걷기가 수월하다. 산길이 계속되지만 역시 새롭다. 외씨버선길의 특징 가운데 하나는 바로 이런 것이다. 어디를 가든 비슷한 길, 비슷한 풍경이 없다. 우리의 농촌과 산촌 풍경은 뚜렷한 자기 얼굴과 색깔을 지니고 있다. 동네마다 다르고, 숲마다 다르다. 이런 길은 아무리 걸어도 지루한 줄 모른다.

산에서 내려가자마자 오전약수터가 나온다. 땀을 흘리고 목이 마르던 차에 만난 약수라 더욱 반갑다. 오전약수는 이곳을 넘나들던 조선시대 보부상들이 조선 성종 때 발견했다는 물이다. 당시 '좋은 약수 초정椒井을 뽑는 대회에서 전국 최고의 약수로 뽑혔다'는 설명문이 붙어 있다. 피부병과 위장병에 좋고 탄산 성분이 많아 톡 쏘는 맛이 일품이라고 했다. 암반 150미터 지하에서 올라온다는 설명도 붙어 있다.

청송에서 맛본 달기약수와 비슷한 맛이다. 달기약수와 다른 점은 물의 양이 많다는 것이다. 달기약수가 졸졸 나온다면, 오전약수는 줄줄 나온다.

약수터에서 내려오다가, 마침 외출하려던 이상성(65) 씨를 만났다. 봉화군 물야면 오전2리 이장님이다. 김순주 팀장이 반갑게 인사를 한다. 외씨버선길을 내면서 이장님한테 도움을 많이 받았다고 했다. 이장님은 외출도 미룬 채 우리 일행을 집 안으로 들어오라고 한다. 부인 김수연(65) 씨가 반갑게 맞는다. 또 풍성한 시골 인심을 접한다.

"아직 점심 전이지요?" 하면서 부인은 밥을 준비하겠다고 한다. 졸지에 부담을 드리는 것 같아 "괜찮습니다. 물이나 한잔 주십시오"라고 했으나 "금방 됩니더. 쪼매만 기다리소" 하면서 부엌으로 간다. 입으로는 "아이고, 이거 죄송스러워서……" 하면서도 '이런 호사는 기회가 생겼을 때 누려야 한다'는 생각이 퍼뜩 떠올랐다. 집을 둘러보았다. 이름만 농가일 뿐 현대식으로 새로 지은 집이어서, 전형적인 아파트 구조를 하고 있다.

집주인 이상성 씨는 바로 이 집에서 3남매의 맏이로 태어나 지금까지 살아왔다. 농사는 고추와 옥수수, 과수(사과)를 한다. 논 1,500평에는 쌀 대신 옥수수 농사를 짓는다. 이 씨는 그 이유를 이렇게 설명했다.

"쌀 농사는 트렉터 같은 남의 기계를 빌려 써야 하니 돈이 많이 든다. 옥수수는 기계가 필요 없다. 1,500평이면 쌀은 30가마니 정도 나온다. 한 가마니에 15만 원씩이니 전부 합쳐봐야 500만 원이 안 된다. 반면 옥수수는 1,000만 원 이상의 수익이 나온다."

옥수수 농사는 부인 김수연 씨 담당이다. '오전옥수수'라는 이름을 붙이고 명함(010-9711-2285, 054-672-2285)을 만들었다. 오전옥수수에 매료된 팬들이 많아서 옥수수는 주로 택배로 판매한다.

우리 같은 외지인들이 오전약수에 대해 잘 모르는 것이 하나 있다. 이 동네에는 약수탕이 두 개 있다. 우리가 마셨던 것 말고, 그 아래에 또 하나가 있다. 위에서는 땅속에서 전기로 물을 퍼 올리고, 아래에서는 물이 자연적으로 솟는다. 동네 사람들은 주로 아래 약수를 먹는다. "술 먹고 다음날 아침 속이 안 좋을 때, 식전에 마시면 금세 속이 가라앉는다"고 이상성 씨가 말했다. "어렸을 적에는 쐬 해서 지금보다 훨씬 더 독했다. 사카린을 타 먹었다. 이곳 약물은 속병과 피부병에 좋다."

10분도 채 지나지 않아 점심상이 나왔다. 김치와 오이 무침, 야채 무침, 열무김치, 그리고 풋고추, 호박을 송송 썰어 넣은 된장찌개다. 부인 김수연 씨는 말했다.

"예전 어른들 말씀이 내 집에 오는 사람한테 찬물 한 그릇이라도 대접

해야 공덕을 쌓는다고 했다. 공덕이 자식, 손주들에게 돌아가면 좋겠다.”

마을이 깨끗하고 부유해 보인다. 예전부터 부자 마을이었냐고 물었다.

“예전에 30가구가 살았었는데 밥 못 먹는 사람이 많았다. 우리는 밭이 조금 있어서 서숙밥(조밥)이라도 먹었다. 식량 곤란은 안 겪으면서 2남 2녀를 공부시켰다. 부모 땅을 포기하거나 팔아먹는 사람도 많다.” 이상성 씨의 말에, 김수연 씨가 “이 집이 잘산다고 해서 시집 왔는데……”라고 했다.

김수연 씨는 말을 맛깔나게 잘했다. 이야기 듣느라고 시간 가는 줄 모를 정도다. 두 분의 결혼 이야기를 일사천리로 들려주었다.

봉화군 물야면 오전약수터. 조선 성종 대에 이곳으로 다니던 보부상들이 발견한 약수터다.

"스무 살 봄에, 친정어머니가 사진을 보라고 해서, 무슨 시집이냐며 사진을 집어던졌다. 어느 날 고모님이 약물 먹으러 가자고 해서 따라갔더니 누에 치는 방으로 데리고 들어갔다. 선을 보는 자리였다. 봄에 사진 보고, 8월에 선보고, 10월에 결혼했더니 이듬해 2월 동갑내기 남편은 입대를 해버렸다. 공수부대에 차출되어 군대 생활을 꼬박 36개월을 했는데, 18개월 만에 첫 휴가라고 나왔다. 병장 달고……. 너무 오래 있다 오니까 부끄러웠다. 신랑 온다는 소리 듣고 뒷산으로 도망을 갔다. 이렇게 우리 부부는 신혼이 두 번이었다."

김 씨는 갑자기 "마누라 말 잘 들으면 자다가도 떡이 생긴다고" 말했다. 무슨 말인가 했더니 남편에게 하는 얘기다. 능이를 따오라고 새벽 4시 좀 넘어서 남편을 깨워 산에 올려 보냈다. 8킬로그램을 따왔다. 킬로그램당 5만 원씩 해서, 오전에 7킬로그램을 팔았다. 이렇게 떡이 생기는데, 왜 자꾸 안 가려 하느냐는 것이다.

송이는 사람들이 아예 산을 사놓고(임대) 하니, 따지 않는다. 낮에 안 가고 왜 굳이 힘들게 새벽에 가느냐고 물었다. 다른 이유는 없다. 남보다 먼저 가야 좋은 버섯을 더 많이 딸 수 있기 때문이다. "예전에는 식전부터 송이를 따면 하루에 송아지 한 마리가 생긴다는 말이 있었다"고 김수연 씨는 말했다.

남편 이상성 씨는 그 많던 송이가 지금은 많이 보이지 않는 이유를 이야기했다. 산을 가득 채웠던 소나무를 1980년대에 경북○○라는 회사가 '싹 다 베껴 먹었기 때문'이라는 것이다.

"그전에는 소나무를 베도 부분적으로 봐가면서 벴는데, 1980년대 들어서는 소나무를 모두 베어버리고 그 자리에 잣나무와 잡목을 심었다. 소나무가 없는데 송이가 어떻게 있을 수 있나. 예전에는 송이가 그렇게 많았는데……."

이 씨는 대단히 아쉬워했다. 예전에 봉화에는 소나무가 많아 산판에서 소나무 벌목을 많이 했었다. 전쟁 후 불하받은 미군 군용차량 지에무씨GMC가 이 험한 곳까지 올라와 소나무를 실어나갔으나, 1950~60년대만 해도 앞뒤 가려가며 작업을 했다. 1980년대 들어 무차별로 베껴 먹는 바람에 이 지역에서 소나무 숲이 사라졌다.

자리에서 일어나기가 힘이 들었다. 배가 부르고, 이야기는 아무리 들어도 재미있었기 때문이다. 억지로 몸을 일으켜 동네 사람들이 주로 간다는 아래쪽 약수탕으로 향했다. 과식을 했으니 약물로 속을 좀 가라앉혀야 했다. 돌 거북이 입에서 물이 계속 흘러나온다. 주변은 온통 붉은색이다.

오전약수의 애틋한 사연

오전약수탕에서 보부상의 흔적을 많이 본다. 아래쪽 약수탕에는 보부상상像이 서 있다. 봉화군 물야면에서 보부상을 많이 배출했을 리는 없을 터이고, 약수를 발견했다 하여 상까지 세워 기리는 것도 조금 이상했다. 마을에서 물야저수지 쪽으로 가다 보면 보부상 위령비까지 나온다.

이 동네에는 왜 이렇게 보부상 흔적이 많을까.

보부상 위령비에 적힌 내용을 요약하면 이렇다.

조선시대 말 이곳을 지나다니던 보부상 열한 명이, 봉화군 물야면 오전리 애전(쑥밭)에서 전 재산을 털어 토지를 매입하고 정착했다. 보부상들은 사후 자기들이 경작하던 토지를 모두 이 지역 주민들에게 기부했다. 마을 사람들은 보부상들의 고마운 뜻을 기리기 위해 해마다 9월 마지막 날에 추모제를 올렸다. 1995년 오전댐이 건설되면서 보부상들의 묘지가 물에 잠겼다. 그러자 마을 주민들은 위령비와 제단을 새로 마련했다. 위령비와 표지석은 보부상들에게 고마움을 표하고 그들의 영령을 기리기 위해 세운 것이다.

위령비가 서 있는 이곳은 경북 울진에서 출발한 보부상이 십이령길을 넘어와 춘양장과 봉화 내성장을 거쳐 강원과 서울로 향할 때 지나게 되는 중간 기착지다.

이곳 농민들에게 땅을 모두 희사한 보부상들의 마음씨도 아름답지만, 100년이 훨씬 지난 지금까지도 위령제와 위령비 건립으로 고마움을 표시하는 동네 사람들의 태도가 참 놀랍다. 오전댐으로 생겨난 물야저수지는 세월이 흐를수록 빛나는 보부상과 봉화 사람들 사이의 애틋한 사연을 품고 있어서 그런지 더욱 근사해 보인다.

보부상 위령비를 지나 물야저수지를 끼고 생달마을로 가는 길 2.5킬로미터는 호젓하다. 봄이면 벚꽃이 흐드러지게 핀다고 한다.

생달마을로 오르는 길은 자동차 한 대가 겨우 다닐 정도로 좁다. 선달산에서 내려오는 계곡이 굽이쳐 흐른다. 길은 계곡을 따라 올라간다. 멋진 나무 정자가 하나 보인다. 김순주 팀장이 "여기서 빨래하던 할매가 계셨는데……" 하며 찾는다. 정자 바로 뒤 마당에 하얀 가루를 잔뜩 깔아놓고 일을 하는 '할매' 한 분이 보인다.

'할매'는 자그마한 체구에 얌전하고 고운, 전형적인 어머니의 모습이다. 박옥녀 씨. 올해 여든이다. 한 살 더 먹은 남편 최달온 씨는 버섯을 팔러 장에 나갔다. 할매는 이 집에서만 50년을 살았다. 원래는 강원도 직동(영월군 중동면 직동리)으로 열아홉 살에 시집을 갔다. 그곳에서 자식 네 명을 낳고 살다가 이리로 이사 와서 네 명을 더 낳았다. "하나도 잃지 않아서 고맙다"라고 했다. 자식들은 모두 울산, 포항, 동해 등지에 나가 살고 있다.

집안 사정 때문에 자식 넷을 데리고 이곳에 빈손으로 옮겨온 젊은 부부는 버려진 땅에 농사를 지었다. 농사가 안 된다고 남들이 내버린 땅도 두 사람의 손을 거치면 신기하게도 "옥수수가 휘어지게" 나왔다. 이를 두고 이웃들은 "버린 땅에서 곡식을 빼내니 저 집은 뭐가 도와도 돕는다"고들 했다. 그러나 젊은 내외는 '우리가 그만큼 부지런하게 일을 해

박옥녀 할머니.

서 그렇다'고 믿었다.

남편은 산판에서도 일하고, 길을 닦으면서도 돈을 벌었다. 부지런히 일하고 또 일했다. "아이들끼리 놀게 하고 나도 죽으나 사나 밭에서 일을 했다. 안 그러면 자식들이 굶으니까. 그때는 겁이 없었다. 둘이 해도 버거운 그 넓은 밭에 혼자서 콩을 다 심었다." 아이를 낳고도 산후조리라는 게 없었다. 사흘 후에는 혼자서 죽 끓여먹고 일을 하러 나갔다.

부부는 5년 전부터 '전신이 아파서' 농사일은 하지 못한다. 도시에 나가 사는 자식들에게 돈도 못 해주고 쌀도 안 해줘서 미안한 마음뿐이다. 미안한 마음에 어머니는 추석을 앞두고 감자를 삭혀서 거르고, 채로 곱

게 쳐서 녹말가루를 만든다. 자식들에게 떡을 해먹으라고 한 되씩 나눠
주고, 나머지는 한 되에 1만 원씩 내다 판다. 추석 때마다 박 씨의 감자
전분을 사려고 기다리는 사람들이 있다.

추석 때는 환갑이 넘은 아들 집에서 명절을 보내려고 부부가 포항으
로 간다. 지금도 어머니는 자식 걱정뿐이다. "막내가 장가를 가야 하는
데……."

초보 농사꾼들도 터득한 시골 인심

이 길의 최종 목적지인 주목산장을 향해 올라간다. 계곡에는 여전
히 물이 많다. 물 때문에 지루한 줄을 모른다. 선달산(1,236미터) 중턱
에 자리하고 있는 주목산장은 외관부터 예사롭지 않다. 입구에 '주목
산장', '백두대간'이라고 쓴 큰 글씨가 보인다. 나무를 심고 다듬어 쓴
글이다.

건물은 세 동. 마당과 뒤꼍을 구경하면서 감탄하지 않을 수 없었다. 집
건물은 말할 것도 없고 주변을 얼마나 잘 꾸며놓았는지 산장 전체가 작
품이다. 집이 깊은 선달산에 푹 잠겨든 모습이다.

장독대와 정자, 연못과 분수 등에서 주인의 감각적이고 알뜰한 손길을
느낄 수 있다. 계곡의 물을 끌어다 만든 연못과 분수가 일품이다. 벽의 페
인트 색 하나도 주변 자연과 잘 어울리도록 고심한 흔적이 보인다.

마을에 볼일이 있어 내려갔던 손상기(70) 씨가 환한 웃음을 띠고 집으

주목산장 주인 손상기 씨. 산장과 그 주변을 예술품처럼 정성 들여 꾸며놓았다.

주목산장 뒤꼍에 있는 장독대.

로 돌아왔다. 한 눈에 보기에도 도시 사람인 주인이 부인 김옥희 씨와 이곳에 터를 잡은 지도 10년이 넘었다. 그의 고향은 경북 성주다. 경기도 부천에서 식품대리점을 하다가 은퇴한 뒤 낙향을 결행했다. 부인이 당뇨로 고생을 한 것도 공기 좋고 조용한 곳으로 가서 새롭게 정착하는 중요한 이유가 되었다.

"조용히 살고자 하면 고향이 반드시 좋은 것만은 아니다"라고 손 씨는 말했다. 봉화는 적격이었다. 땅값이 싸고 자연이 좋고 물이 많다. 공기가 좋고 내 마음대로 모든 것을 꾸미고 가꿀 수 있다는 점이 가장 마음에 든다고 했다. 손 씨는 연못을 들여다보면서 말했다. "연못 속에 고기가 많았는데, 수달이라는 놈이 와서 다 잡아먹었다. 물고기를 지키려고 라디오를 크게 틀어놓아도 아무 소용이 없다."

다시 도심2리로 방향을 잡았다. 도심2리에 귀농한 농부들이 여럿 있다는 얘기를 들은 터라 송이를 따기 전에 잠깐이라도 만나보고 싶었다. 사과 농사를 짓고 있는 귀농 부부를 찾아갔다. 마침 사과밭 주인이 우리 쪽으로 걸어오고 있었다. 수확철이라 바빠 보였다. 언제 또 만나겠나 싶어 잠시 시간을 내달라고 했다.

부부는 내놓고 인터뷰하기는 쑥스러운 듯 이름과 사진은 쓰지 말아달라고 부탁했다. 3년 전에 이곳으로 이사를 왔다. 남편은 1959년생, 부인은 1960년생으로 대학 선후배 사이이다. 부부 모두 한국에서 가장 좋다는 대학을 졸업하고 각각 연구소에서 근무를 하다가 귀농했다. 3년 전 2월 남편이 박사학위를 받자마자 내린 결단이었다. 자기 분야에서 아직도 해야 할 일이 많을 엘리트 부부가 귀농한 이유가 궁금했다.

"예순 두셋 되면 어차피 정년퇴임을 해야 하는데, 꿈을 위해 그날을 몇 년 앞당겼을 뿐이다. 은퇴하면 과수원을 하는 것이 꿈이었다. 그래도 힘이 있을 때 시작해야 할 것 같았다."

2009년 3월 4,500평에 사과나무를 심었다. 3년 동안 돈과 시간과 노동력 등을 투자하기만 했다. 올해 들어 처음으로 소출을 보고 있다. 처음으로 적자를 면할 것 같은 역사적인 해인 것이다.

부부는 대도시가 고향이다. 땅값이 싸고, 환경이 깨끗하고, 오지지만 서울에서 세 시간 만에 닿는 거리여서 봉화를 택했다.

평소 꾸던 꿈을 실현하고자 할 때, 그 꿈이 이루어지는 공간과 현실이 결코 달콤하지 않다는 것을 경험해본 사람은 안다. 또한 육체노동이 얼마나 고단한 것인지 직접 해보지 않으면 알 수 없다. 나는 캐나다에서 몸으로 하는 일로 새로운 삶을 시작했는데, 육체노동은 입에서 단내가 날 정도로 어렵고 힘들었다.

사과밭의 귀농 남편도 "몸이 힘들다"고 말했다. 또 저절로 되는 일은 없으니, 경험도 기술도 없는 처지여서 봉화군에서 마련한 귀농자를 위한 교육기관에 나가 배우는 수밖에 없었다고 한다.

그래도 몸은 고달프지만 도시에 있을 때보다 스트레스는 덜 받는다고 했다. "서울에서 직장을 다닐 때는 건강이 별로 좋지 않았다. 맑은 공기 속에서 움직여서 몸이 많이 좋아졌다." 부부의 표정은 밝고 건강했다.

귀농에 실패하는 경우도 많다는 이야기를 듣던 터에, 조금씩 꿈을 실

현해나가는 초보 농사꾼들을 보니 반갑다. 초보 농사꾼들이 그 사이에
한 가지는 확실하게 터득한 모양이다. 농촌 인심이다. "우리 밭에서 난
사과"라며 몇 개를 들려주었다. 사과가 굵고 맛이 특별히 달았다.

생애 첫
송이 '메인 디시'

김영걸 씨를 따라 송이를 따러 나섰다. 차를 타고 산길로 접어든 지 10여 분 지나자 김 씨 소유의 산이 나왔다. 오후 4시경. 경사가 60~70도는 되어 보이는 가파른 곳을, 배낭을 멘 김 씨가 앞장서고 우리 일행이 따랐다.

"자, 여기서부터 찾아보소."

그냥 눈으로는 송이를 찾을 수 없었다. 숲은 60~70년 된 소나무로 가득 차 있다. 그 아래에는 솔잎이 쌓여 푹신푹신할 뿐, 송이는 보이지 않았다. 김 씨는 낙엽 속에 숨어 있는 송이를 척척 찾아냈다.

한 개, 혹은 두 개가 짝을 이루어 자라는 송이는 엄지발가락보다 훨씬 굵었다. 윗부분을 조심스레 잡고 아래쪽의 흙을 파내어 살살 뽑는다. 조심하지 않으면 뚝 끊어진다. 작은 것이 보이면 김 씨는 나뭇잎으로 덮어주었다.

　각자 흩어져서 따기 시작하는데, 여기저기서 탄성이 터진다. 혼자서는 하나도 따지 못한 나는 김 씨를 따라다니느라 바쁘다. "송이가 많아서 밟을까봐 겁이 난다"고 했더니 김 씨가 대답한다.

　"이 정도는 많은 게 아니다. 10년 전까지만 해도 송이가 진짜로 발에 밟힐 정도로 많았다. 산에 와서 소변도 조심해야 했다. 송이를 적시면 안 되니까."

　송이가 급감한 이유는 급격한 기후 변화와 10년 전 한반도를 휩쓴 솔잎흑파리 때문이다. 송이의 70퍼센트는 음지에서, 나머지는 양지에서 자란다. 낮엔 뜨겁고 밤엔 6~7도까지 떨어져야 한다. 밤에는 춥고 습하

어릴 적부터 송이를 따왔다는 김영걸 씨.

260

고 안개가 끼어야 좋고 낮에는 덥고 건조해야 송이가 잘 자란다. 그런 면에서 봉화의 기후는 송이 생장에 최적이다. "영양보다 온도가 낮은 봉화의 송이 향이 더 짙다"고 김 씨는 말했다.

그러나 지금은 기후 변화로 예전처럼 송이가 잘 자라지 않는다. 더불어 10년쯤 전에 소나무의 에이즈라 불리는 솔잎혹파리가 이 지역을 덮쳤다. 소나무에 드릴로 구멍을 뚫고 농약 주사를 놓아 치료했는데, 그 농약이 소나무 잎을 타고 나와 아래로 떨어졌다. 농약은 소나무 아래에서 자라는 송이의 생장에 치명적이었다.

'송이 도둑'에 대한 경계가 대단하던데, 실제로 도둑 피해가 많은지 궁금했다.

"몇 팀이 움직이는 걸로 알고 있다. 그들이 한 번 훑고 지나가면 남아나는 게 없다. 예전부터 하룻밤 따면 소 한 마리 생긴다는 말이 있었으니까."

김 씨는 고교 시절, 9월 10일부터 한 달 동안 송이가 나는 철에 밤새워 송이를 지켰다. 이 산, 저 산, 친구들이 각자 자기 집 산에 텐트를 치고 있었다.

"집에 있으면 농사일을 거들어야 하니까, 도둑 지킨다는 핑계로 산에서로 가려고 했다. 친구들끼리 텐트를 오가며 잘 놀았다. 그때는 송이가 너무 많아서, 1만 원짜리 돈을 텐트 아래에 깔고 잠을 잘 정도였다."

마을에서는 송이를 입찰해서 공동 기금을 빼놓는다. 예전에는 2,000만 원이 넘었으나 요즘 들어서는 100만 원도 채 안 된다. 송이가 그렇게 많이 줄어들었다는 얘기다.

김 씨가 짚어주는 송이를 직접 따서 냄새를 맡아보았다. 송진 냄새인지 뭔지 분간할 수 없는 맑고 신선한 향기가 솔솔 나온다. 30~40분을 땄는데 김 씨가 멘 배낭이 가득 찬다. 김 씨는 송이가 마르지 않도록 종이에 잘 싸서 배낭에 조심스럽게 넣었다.

그이는 말했다. "예전에는 이렇게 한 번 올라가면 비료 부대에 한 가득 따서 지게에 지고 내려왔었다. 봉화에서 소출이 가장 많았는데, 요즘은 울진과 영덕에서 많이 나온다."

김 씨가 자기 집에 가서 송이를 먹자고 제안했다. 류지웅 씨와 내가 봉화에 나가서 쇠고기를 사오기로 했다. 구판장에 가면 '봉화한약우'라는 새로운 특산물이 있다.

그날 저녁, 내 생애 처음으로 송이를 '메인 디시'로 하는 식사를 했다. 당연히 한우보다 송이의 인기가 더 좋았다. 나는 송이만 먹었다. 김 씨의 노모가 담근 김치와 산나물 무침도 나왔다. 그 어머니도 우리 어머니와 똑같았다. "천천히, 많이 잡숴요"라며 자꾸 권하신다.

김 씨는 이야기를 재미있게 잘했다. 패션 감각도 남달라서 늘 '몸빼 차림'으로 다닌다. 어쩌다 한번 입어보니 너무 편해서 다른 옷은 못 입겠다고 했다. 한 번 보면 절대 잊히지 않는 강렬한 패션이다. '비주얼'도 좋아서 〈6시 내 고향〉 같은 텔레비전 방송에도 여러 번 출연했다.

김영걸 씨는 퇴역 복서다. 고교 때 경북 대표로 전국체전까지 출전했고, 군 제대 후에는 서울 왕십리 김태식체육관에서 프로로 전향했다. 그

산에서 본 송이들. 60~70년 된 소나무 아래에서 솔잎에 덮여 자란다.

는 통산 전적 1전 1패로 프로 생활을 마감했다.

그이는 최근까지 춘양목 군락지를 방문한 사람들에게 일주일에 두 번씩 가이드 역할을 해주었다. 춘양목을 구경한 200~300명의 사람들을 마을로 인솔해와서 구판장을 열고 배추 부침개에 막걸리 파티를 열기도 했다. 8,000여 평의 땅에 사과, 무, 감자, 호박, 고추 등의 농사를 짓지만 "이장 노릇 하면서 제대로 일을 하지 못해" 이제는 일 좀 제대로 해보려고 이장 직은 다른 이에게 넘겨주었다.

일어설 때가 되었다. 친구 김훤주가 춘양면에 거의 도착했을 시간이다. 김 씨는 "아침에는 바빠서 이야기도 마이 몬했는데 지금 이야기 더

하고 가소"라며 붙든다. 오랜만에 또래의 외지인을 만나 좋았던 모양이다. 마음 같아서는 밤새 이야기하고 싶었으나, 나는 친구를 맞으러 가야했다. 자리에서 일어나기가 몹시 힘들었다.

용궁반점

경남 창원에서 대학 친구 김휜주가 춘양면으로 왔다.「경남도민일보」에 소속된 '갱상도 문화공동체 해딴에'에서 함께 일하는 동료 나현주 씨와 밤 10시가 다 되어 도착했다. 저녁을 먹어야 할 터인데 갈 곳이 마땅치 않았다. 전화번호라고는 용궁반점밖에 없어서 전화를 했다. 그 시각에도 열려 있다.

휜주와 나현주 씨는 춘양면 밤거리를 걸으며 놀라워했다.

"정말 크고 화려하다. 이게 면 맞아? 웬만한 읍보다 커 보이는데?"

용궁반점은 문 닫을 채비를 하고 있었다. 빨리 먹고 나가겠다고 말하고, 어제처럼 팔보채와 짬뽕을 시켰다. 두 사람이 먹는 사이 나는 사장님을 만나러 갔다.

"사장님, 저 벽에 붙은 신문 칼럼을 쓴 사람이 제 형인데요, 저도 책

쓰려고 하는데 인터뷰를 좀……." 부탁을 했더니 주방으로 들어오라고
했다.

마침 주방을 정리 중이었다. 밀가루를 손으로 치는 '수타' 장면을 찍고
싶다고 하자, 반죽을 다시 꺼내 새롭게 쳤다. 내 형은 주인도 몰래 두 번
이나 조용히 다녀갔지만, 동생인 나는 두 번 모두 시끄럽게 아는 척을 한
다. 형제라도 이렇게 다를 수 있는 법이다.

용궁반점 사장은 박동인 씨다. 1957년생. 부인 이문선 씨와 함께
1992년에 이곳에 터를 잡았다. 고향은 춘양면 의양2리다.

"10남매 중 둘째인데 예전에 부모님께서 멸치 장사를 하셨다. 집이 몹

용궁반점에서 먹은 짬뽕. 고추의 고장에서 만드는 짬뽕답게, 국물이 맛있게 맵다.

시 어려웠다. 일하기 가장 쉬운 곳이 중국집이어서, 중국 사람 밑에서 열네 살 때부터 일을 했다." 집에서 입 하나를 덜고, 월급 1,000원을 받아 부모님을 도왔다. 박 씨는 이후 중국 음식점을 떠난 적이 없다. 경력 40년이 넘는 '수타의 달인'이다.

춘양면의 복춘루가 1981년 서울로 이사를 가서, 그도 따라 올라갔다가 부인을 만났다. 태릉선수촌 등 여러 곳에서 일을 하다가 1992년 부인과 함께 고향으로 내려왔다. 부인은 춘양면이라고 해서 처음엔 전북 남원인 줄 알았다고 했다.

"고향에 와서 애를 많이 먹었다. 하루 여섯 그릇도 팔고……." 용궁반점 수타면이 입소문을 타고 전국으로 퍼지면서 맛 기행가들이 찾기 시작했다. 내 형도 그중 한 사람이었다.

수타면은 일반 면보다 1,000원 정도 비싸다. 손으로 직접 치는 수고 때문에 그럴 것이다. 주인은 "조금 더 쫄깃하다"고 말했다. 면이 쫄깃하다는 것과 더불어 지금도 입 안에 남는 기억이 있다. 짬뽕이 맵다. 매워도 아주 기분 좋게 맵다. 최고의 품질을 자랑하는 영양 고추가 바로 옆 동네에서 나기 때문일 것이다.

마루금 능선 따라 슬픔이 흐르고

오전 5시쯤 잠에서 깼다. 주목산장이다. 부스럭대는 소리에 훤주와 달그리메(나는 나현주 씨를 그이의 블로그 이름인 달그리메라고 부른다)도 일어난다.

"더 자지, 왜?"

"자다가 계속 깼거든. 자다가 눈을 뜨면 까만 벽에 밀가루를 뿌려놓은 것 같더라. 이게 뭐냐 싶어 보면 별 밭인 거야. 유리창으로 별이 쏟아져 들어오더라고."

두 사람은 별 구경을 하느라 잠을 제대로 이루지 못했다고 했다. 전날 방에 들어올 적에는 몰랐다. 방의 한쪽 벽 전체가 유리로 되어 있다는 것을. 산중턱에 자리 잡고 있어서 푸르게 밝아오는 아침 풍경도 창을 통해 쏟아질 듯 들어온다. 창문이 크다 보니, 쏟아져 들어오는 것이 많다. 별도 쏟아지고, 풍경도 쏟아지고…….

　　대학 친구 김훤주와 바깥에서 이렇게 시간을 함께 보내는 것이 얼마만인지 모르겠다. 대학 1학년 가을에 만난 이후 우리는 늘 붙어 다녔다. 당시 훤주는 완성된 시인이었고, 나는 재능 없어 우울해하는 지망생이었다. 훤주가 쓰는 시의 첫 번째 독자가 된다는 것이 당시 내가 학교에 가서 얻을 수 있는 거의 유일한 기쁨이었다.

　　훤주는 2년을 고민하다가 3학년에 접어들면서 학생운동에 본격적으

선달산 중턱 주목산장에서 본 아침 풍경. 백두대간의 산들이 물결치듯 밀려온다.

로 뛰어들었다. 나는 휜주를 따라가지 못했다. 그저 새가슴답게 가슴으로만 그를 지지하며 대학원 진학을 준비했다. 내가 대학원에 들어갔을 때, 휜주는 감옥에 들어갔다. 감옥에서 나온 휜주는 졸업을 하자마자 경남 마산의 '현장'으로 내려갔다. 그러고는 오랫동안 소식이 끊겼다.

어느 날, 고교 친구 안찬수가 캐나다에 있는 나에게 휜주 소식을 전해 주었다. 강건한 노동운동가 김휜주가 한국 최고의 지역신문 기자로 일

하고 있으며, 엄청난 파워블로거가 되었다는 것이다. 인터넷에 이름만
쳐도 훤주는 나타났다. 그렇게 다시 친구를 찾았다. 20년 만이다.

친구는 내가 기대하고 상상할 수 있는 가장 바람직한 일을 해왔다. 탁
월한 환경 전문기자가 되었고, 환경 관련 책을 냈으며, 시집을 몇 권 펴
냈다. 시인으로서 훤주가 지닌 남다른 상상력과 번득이는 아이디어는
『시내버스 타고 길과 사람 100배 즐기기-경상남도, 푸근한 풍경의 공
간』(산지니)이라는 책에 잘 나타나 있다. 걷는 것이 유행인 세상인데 시
내버스를 타고 자기 지역을 다니자는 발상이 참신하다. '길'뿐만 아니라
'사람'까지 즐긴다는 것도 재미있다. 그것도 100배씩이나.

바로 그 훤주가 나를 만나 외씨버선길을 걷겠다고 먼 길을 마다않고
찾아왔다. 훤주는 『시내버스……』에서 이렇게 썼다.

"좀 더 느리게 살기, 좀 더 불편하게 살기, 바로 이것이야말로 우리를
진정으로 자유롭고 복되게 만듭니다." 외씨버선길에도 잘 어울리는 말
이다. 복되다는 말이 참 좋다. 딱 김훤주다운 표현이다.

'조용하고 깊숙한 고을'의 시간

일정을 바꾸어 열한 번째 코스인 마루금길을 마지막 날로 미뤘다. 가
장 어려운 길이어서 맨 마지막에 걷는 게 좋을 것이라고들 했다.

우리는 자동차를 몰고 봉화에서 영월로 넘어갔다. 두 도시가 바로 옆
에 붙은 줄 알았는데, 그게 아니다. 88번 지방도로를 타고 30분 넘게 달

렸다. 봉화에서도 백두대간의 기운을 느꼈으나 강원도로 넘어오니 산세가 주는 느낌이 다르다. 영월의 산이 좀 더 가팔라 보인다. "칼 같은 산들이 얽히고 설켜 있다." 고려시대 무관 정공권이라는 이는, 시에 영월의 산을 '칼 같다'고 표현했다.

난고김삿갓문학관에 도착해 차를 세웠다. 아침 8시. 인적이 없다. 문학관도 아직 문을 열지 않았다. 외씨버선길 열둘째길 김삿갓문학길은 문학관에서 시작해 김삿갓묘로 이어진다. 우리는 그쪽을 향해 걷기 시작했다.

영월 하면 가장 먼저 떠오르는 인물은 역시 단종이다. 임금 자리를 빼앗기고 영월에 유배되어 열일곱 살의 나이로 사사당한 단종은 예로부터 영월에서 가장 유명한 역사 인물이었다.

'단종의 영월'에서 새롭게 '떠오른 스타'가 있으니 바로 방랑시인 김삿갓이다. 삿갓을 쓰고 방랑한 시인이라 하여 김삿갓으로 더 유명한 난고 김병연은 선천부사였던 할아버지 김익순이 난을 일으킨 홍경래에게 항복하는 바람에 연좌제에 걸려 숨어 살았다. 영월군 김삿갓면은 김삿갓이 어릴 적에 어머니를 따라와 몸을 숨긴 곳이다.

그는 영월부 백일장에 나가 장원에 올랐는데, 그가 비판하며 쓴 시가 조부에 대한 내용이었다. 자기가 비판한 대상이 조부라는 사실을 나중에 알고 절망하여, 김병연은 삿갓을 쓰고 방랑에 나섰다. 스무 살 때였다. 1863년 전라도 화순군 동복면에서 57세에 객사하는데, 3년 후 아들 익균이 영월군 김삿갓면 와석리 노루목으로 묘를 이장했다.

1998년 제1회 난고김삿갓문화큰잔치가 열리면서, 김삿갓은 영월의 새로운 지역 브랜드로 확고하게 자리를 잡았다. 어머니와 살던 집이 복원되고 묘가 단장되었다. 2003년 난고김삿갓문학관이 문을 열었으며, 2009년 10월 하동면이 김삿갓면으로 이름을 바꾸었다. 고려시대에는 '조용하고 깊숙한 고을'이라는 뜻의 밀주密州가 조선시대 숙종 24년(1698년) 하동下東면이 되었다. 그 하동면이 311년 만에 김삿갓면으로 이름을 바꾸었다.

잘 단장된 김삿갓묘를 구경하고 김삿갓계곡으로 들어서면서 우리는 김삿갓이 왜 그렇게 유명할까에 대해 이야기했다. 방랑자이자 기인이라는 사실이 독특하지만, 그것만으로 전 국민이 알아주는 시인의 반열

난고김삿갓문학관. 2003년에 문을 열었다.

에 오르기는 어려울 터이다.

우리가 내린 결론은 유명세의 많은 부분이 KBS 라디오 드라마 〈김삿갓북한방랑기〉에 연유한다는 것이다.

어릴 적 시골에는 라디오가 귀했다. 전기가 들어오기 전, 동네 사람들은 밤이면 라디오를 들으러 우리 집 사랑방에 모여들곤 했다. 당시 라디오는 시골과 바깥세상을 이어주는 유일한 문화 통로였다. 낮이면 마루에 있는 라디오를 집이 떠나가도록 크게 틀어놓았다. 〈눈물 젖은 두만강〉을 배경음악으로 시작되는 〈김삿갓북한방랑기〉가 점심 무렵이면 늘 들려왔다. 북한 사람들이 사는 모습을 5분짜리 드라마로 들려주고, 마지막에는 김삿갓이 풍자조의 4·4조 시를 읊어 마무리한다. "어허~" 하는 김삿갓의 탄식이 지금도 귀에 생생하다.

1964년 4월에 시작된 〈김삿갓북한방랑기〉는 〈김삿갓방랑기〉로 이름을 바꿔가며 2001년 4월까지 무려 1만 1,500회가 방송되었다. 김삿갓이라는 이름은 37년 동안이나 방송을 탔다. 국민 중에 모르는 사람이 없는 진짜 국민 드라마였다. 배경음악 〈눈물 젖은 두만강〉까지 모든 국민이 부를 줄 아는 '국민가요'가 되었다.

외씨버선길 속의 소리길

김삿갓계곡을 따라 내려가는 길은 지금까지 걸었던 길과는 전혀 다른 풍경이다. 넓은 계곡에는 맑디맑은 물이 소리를 내며 흐르고, 그 곁에 숲길이 계곡과 더불어 7킬로미터나 이어진다.

영월의 산을 두고 칼 같다고 했던 고려의 무관 정공권은 영월의 물을 보고 "비단결 같은 냇물은 맑고 잔잔하다"고 썼다. 영월에는 지금도 칼 같은 산들의 골짜기마다 비단 폭을 펼쳐놓은 듯한 맑은 물줄기가 곳곳에서 흐른다. 봉화에서 시작하는 김삿갓계곡의 물은, 남한강 상류인 동강·서강·옥동천 같은 큰 물줄기에 비하면 자잘하지만 수량이나 길이, 주변 풍경은 이루 말할 수 없이 풍부하고 길고 아름답다.

나뭇잎 사이로 맑은 아침 햇살이 비쳐드는 숲길을 맑은 물 구경하며, 물소리 들으며 걷는다. 휜주의 말마따나 이 길을 천천히 걷는 것은 우리를 무한히 자유롭고 복되게 한다. 달그리메가 탄성을 지른다.

"느낌이 너무 좋다."

부드러운 흙길과 딱딱한 돌길이 번갈아 나타나고, 경사가 나 있어 걷기에 지루하지도 않다.

30여 분을 걷자 땀이 나기 시작한다. 언제 준비했는지 휜주가 배낭에서 캔맥주를 끄집어낸다. 훌륭한 친구다!

합천 해인사 아래 소리길에 대한 이야기가 나왔다. 휜주와 달그리메는 지금 일하는 '해딴에'에서 파워블로거를 대상으로 팸투어를 진행하여 소리길을 전국에 널리 알렸다. 사람들이 너무 많이 와서 밟는 바람에, 푹신푹신하던 길이 단단해졌다며 볼멘소리를 하는 이들도 있다고 했다. 달그리메는 말했다.

"물소리를 들으며 걷는 길이라 느낌이 더없이 좋다. 합천의 소리길이

김삿갓계곡. 계곡에는 맑디맑은 물이 소리를 내며 흐르고, 그 곁으로 숲길이 7킬로미터 이어진다.

계곡물소리를 들으며 걷는 길인데, 이 길 이름도 외씨버선길 속의 소리길이라고 하면 좋겠다."

이곳에는 계곡과 물, 바람과 소리가 있다. 나무와 그늘이 있고, 길옆에는 며느리밥풀꽃, 달맞이꽃, 환산덩굴, 금낭화 같은 들꽃들이 줄을 잇는다. 달그리메는 야생화 책을 좀 봤다며 이름을 척척 말한다.

외씨버선길을 걸으며 길 자체에 감동하여 나 스스로 '백미'로 꼽은 지점들이 몇 군데 있다. 지금 걷는 외씨버선길 속의 '소리길'은 백미 중의 백미다. 김삿갓도 이 계곡을 무릉계라 칭했다고 한다.

오른쪽으로 조선민화박물관이 보인다. 이른 시간이라 박물관 문을 열었을 것 같지 않아 다음을 기약한다. 경북북부연구원에서 전화가 왔다.

오늘 오전에는 외씨버선길 영월객주 해설사의 도움을 받으라고 했다. 호의를 굳이 거절할 것까지는 없었다.

3도의 좋은 인심이 섞인 마을

계곡을 따라가다가 물레방아가 나오는 지점에서 해설사를 만났다. 임소영 씨. 학생 같아 보여서 나이를 물었더니 스물여섯 살이라고 했다. 외씨버선길 영월객주에서 일한 지 2개월째. 외씨버선길이 지나는 묵산미술박물관 임상빈 관장의 딸이다. 서울에서 살다가 초등학교 때 이곳에 미술관을 설립하고 작업을 하고 있는 화가 아버지를 따라 가족이 모두 내려왔다.

영월 처자 소영 씨는 씩씩하게 잘 걷는다. 소영 씨가 앞장을 서자 아침부터 '캔맥주 까며' 걷던 중년들의 숨이 가빠지기 시작한다. 길이 잠시 계곡을 벗어나 언덕으로 접어들었다. 넓은 옥수수밭이 보인다.『한국의 발견』강원도 영월군 편은 '영월군에 들어서면 사람이 꼿꼿이 서 있기조차 힘겹게 여겨질 만큼 경사가 급한 산비탈을 일구어서 만든 밭이 눈에 많이 뜨이며, 반반한 들은 찾아보기가 어렵다'고 썼다. 그러나 지금 눈앞에 보이는 옥수수밭은 산비탈에 있는 것치고는 들이라 부를 만큼 넓어 보인다.

임야가 전체 면적의 85퍼센트를 차지하는 영월은 예로부터 옥수수의 생산량이 많기로 유명했다. 품질도 뛰어나서 이듬해에 다른 지역에 심

주민들이 어릴 적에 학교에 다니던 길을 찾아, 나무다리를 새로 놓았다.

을 씨앗으로 쓰이기도 했다.

옥수수밭 곁에 농가가 몇 채 있다. 농가라고는 하지만 예전처럼 오래된 집에 빛바랜 슬레이트 지붕이 아니다. 새로 지은 깨끗한 집이다. 마당에는 트럭과 승용차가 서 있다.

그 집에서 아기 울음소리가 들려온다. 생각해보니, 외씨버선길을 걸은 지 열흘째 되는 지금까지 아기 울음소리를 들은 적이 없었다. 옥수수밭 외딴 집에서 들리는 아기 울음소리가 신선하다. 혹시나 집에서 사람이 나오나 싶어 10여 분을 기다렸으나 내다보는 사람이 없다. 울음소리가 그치자 다시 바람 소리, 물소리가 들린다.

다시 계곡이 나오고 계곡을 가로지르는 예쁜 다리가 보인다. 다리 건너 미술관이 있다. 묵산미술박물관. 산속에 자리 잡은 아담하고 아름다운 개인 미술관이다. 상설 전시장에는 독특한 그림들이 걸려 있다. 두툼한 질감이 느껴지는 한국화다. 미술관을 지어 운영하는 한국화가 임상빈 씨의 작품들로 동강·청령포 등 영월의 풍경을 담았다.

전시장에서 만난 임 관장은 한국화에서 두툼한 질감을 느낄 수 있는 이유를 설명했다. 호분과 돌가루, 한지를 섞어 캔버스를 만들었기 때문이다. 화선지의 한계를 넘어서기 위해 임 관장이 개발한 독창적인 방식이라고 했다.

서울에서 활동하던 그이가 영월로 내려온 것은 1998년께다. 영월군에서 폐교를 활용해 운영하던 예술인촌에서 작업하다가 2001년 김삿갓면 와석리 산 605번지에 미술관을 만들었다. 박물관이라는 이름이 함께 들어간 이유는 그이가 수집한 18세기 진경시대의 산수화와 이중섭, 변관식, 이상범 등 근현대 화가들의 작품을 보유·전시하고 있기 때문이다.

"계곡물이 불어나서 건너기가 어려울 텐데……"

차 한 잔 마시고 일어서는 우리 일행을 보고 임 관장이 걱정을 한다. 그이는 널뛰기용 널빤지 같은 것을 들고 따라오라고 한다. 물이 불어서 징검다리용 바윗돌 하나가 아래로 굴러가버렸다. 널빤지로 이어보려 했으나 감당해낼 것 같지 않다. 물살이 얕은 곳을 찾아 계곡물에 발을 담갔다. 일부러라도 했어야 할 일이었다. 발과 몸은 물론 마음까지 시원해진다.

국도변에 휴게소가 나오고, 천막 안에서 포도를 팔고 있다. '포도 농사는 따뜻한 곳에서 짓는 게 아닌가?' 하는 의문이 생겼다. 포도를 다듬던 이에게 물었다. 영월에서 포도 농사를 시작한 지 10년이 넘었다고 했다. 포도를 다듬어 상자에 넣던 장영수(51) 씨는 말했다.

"예전에는 이곳 날씨가 추워서 포도 농사를 지을 수 없었는데, 요즘은 날이 따뜻해져서 가능하다. 여름 온도는 35도쯤 된다. 어떨 때는 대구보다 더 덥다."

국도 휴게소에서 포도를 손질하는 장영수 씨. 석회암 지대에서 자라는 영월 포도는 당도가 특히 높은 것으로 알려져 있다.

포도 농사가 특히 잘 되는 곳은 김삿갓면 예밀리 지역이다. 석회암 토양에 적당한 일교차로 포도 재배에 가장 알맞은 환경을 갖추고 있다. 석회암 지대에서 자라는 포도는 당도가 특히 높은 것으로 알려져 있다.

장 씨에게 요즘 영월에서 살기가 어떠냐고 물었다. 1985년에 이 동네로 왔다는 그이는 "예전과 달라서 모두가 잘사는 편"이라고 말했다. 포도 외에도 콩, 옥수수, 고추 농사를 하는 사람, 벼농사를 하는 농부도 있고, 김삿갓계곡 쪽으로는 외지 사람들이 많이 들어와 펜션 사업들을 한다. "요즘 우리 동네는 70가구쯤 된다. 나가기도 들어오기도 하는데, 요즘은 많이 들어오는 추세인 것 같다."

인사를 마치고 일어서려는데, 장 씨도 일손을 멈추고 따라 일어난다. 그러고는 우리 일행에게 포도 한 송이씩 안겨준다. 사양했지만 "영월은 3도(강원·경북·충북)의 좋은 인심이 섞인 곳"이라며 굳이 손에 들려주었다. 포도를 따 먹으며, 씨를 푸푸 뱉으며 걷는다. 포도가 달고 인심이 달다.

국도변에 지금은 다른 용도로 쓰이는 옛 초등학교가 하나 보인다. 그곳에 어린이 동상이 하나 서 있다. 놀랍게도 이승복 동상이 아니다. 과거 이승복 외에 동상을 세워 기린 어린이는 없었다.

동상의 이름은 뭉개져서 잘 보이지 않는다. 효행 어린이다. '주석분교 체육회원 일동'이 '1982년 3월 1일'에 '증'했다. 오른팔을 높이 치켜들고 왼손에는 책을 낀 작은 동상이 예쁘다.

동상을 없애지 않고 그대로 둔 것이 신통해 보인다. 계속 이 자리를 지키며, 이곳을 지나는 사람들에게 동상이 지닌 아름다운 뜻을 전하면 좋겠다. 학교는 사라져도 동상을 세워 기린 뜻은 사라지지 않을 것이다. 외씨버선길을 지나는 이들에게 재미있는 볼거리, 얘깃거리도 될 터이다.

마을에서 나물을 한 움큼 캐서 오는 어른 한 분을 만났다. 이분옥(68) 씨. "촌간난이 이름"이라며 웃는다. 목에는 휴대폰을 걸고 있다. 잠깐 인사를 나누는 중에도 전화를 받느라 바쁘시다.

와석1리인 이 동네로 이 씨가 시집을 온 것은 스물한 살 때다. 남편 박수남 씨와는 동갑내기로 벼와 옥수수, 담배 농사를 지어 7남매를 키웠다.

이 씨는 "대학을 셋밖에 못 보내서 마음이 아프다"고 말했다. "시방 같으면 어떻게 해서라도 보낼 텐데, 예전엔 가진 게 없으니까. 추워도 새까만 고무신이나 신기고 오바 하나 못 사주고……. 하나 졸업하면 하나 입학하고, 줄줄이 이어지니……. 옛날 사진만 보면 눈물이 난다."

어딜 가든 어머니의 마음은 한결 같다. 자식들에게 늘 미안해하는 마음이다. 억척같이 농사지어 굶기지 않고 교육까지 잘 시켰는데도, 좀 더 잘 해주지 못한 것에 대해 어머니들은 늘 마음 아파한다.

옥동으로 넘어가는 산길 초입에 섰다. 8킬로미터를 걸어왔는데도 계곡은 계속 이어진다. 길은 산을 타고 오른다. 칼 같은 산에 2미터쯤 되는 폭으로 길이 나 있고, 그 아래로 계곡이 내려다보인다. 절벽이어서 시원하기도 하거니와 약간의 스릴도 있다.

갑자기 산길이 가팔라진다. 앞에서 껑충껑충 사슴처럼 잘 걷던 임소영 해설사가 "저는 오르막에는 약해요"라며 갑자기 뒤로 처진다. 거친 숨소리와 함께 "오 마이 갓!"이라는 소리가 뒤에서 연달아 들려온다. 힘들어서 저절로 나오는 소리에서도 세대 차이를 느낀다. 나는 "아이고, 죽겠다!"인데…….

들길을 걸을 것이라 생각하고 온 달그리메가 고생이다. 얇은 운동화에 옷차림도 단단하지 않다. 그래도 '갱상도 문화학교 해띠에'의 현장 전문가다운 관록을 보이며 잘 걷는다.

옥동리로 넘어가는 고개에 섰다. 서쪽 아래로, 김삿갓계곡의 물을 받은 옥동천이 남한강으로 흘러들어가는 풍경이 나타난다. 물이 합쳐지는 곳이 마치 몸이 하나가 되는 모양이다. 옥동중학교가 보인다. 체육시간인 듯 학생들이 운동장에서 수업을 받는 중이다. 학생 수는 다섯 명. 수업이 아니라 선생님과 도란도란 대화를 나누는 것 같다.

삿갓 모양을 한 건물이 나타난다. 종점인 김삿갓 면사무소다. 마당에서 김순주 팀장과 류지웅 씨가 우리 일행을 기다리고 있다. 오후에는 우리와 함께 걸을 수 있다고 했다. 영월 농부가 지웅 씨에게 차를 옮겨달라고 부탁하더니 면사무소 주차장에 벼를 펴서 말린다.

외씨버선길의 열세 번째 길이자 마지막 코스인 관풍헌 가는 길. 23.6킬로미터 구간으로 아주 먼 길이다. 출발점은 옥동의 김삿갓 면사무소다. 동네를 가로질러 나오는데, 벼 말리는 광경이 또 보인다. 고추처럼 짜릿한 청명한 가을 햇살을 받으며 벼는 도로 위에서 잘 마르고 있다. 이 동네에서는 벼농사를 많이 짓는 모양이다.

도로 옆 담벼락에 밝은 색깔로 벽화가 그려져 있다. 푸른색 바탕에 상인들이 물건을 내놓고 장사를 하는 모습이다. 예전엔 옥동에 장이 섰다고 한다. 규모는 크지 않았으나 우시장도 함께 서는, 인근에서 사람들이 꽤 모여드는 장이었다. 장이 서던 길을 옥동장터길이라 이름 짓고, 벽화를 그려 그 역사를 기록했다.

옥동장터길의 담벼락 그림에서 읽을 수 있듯이 영월의 분위기는 경북의 세 도시와 많이 다르다. 영월군은 마을을 잘 꾸미고 홍보하여, 외부 손님을 유치하는 데 어느 도시보다 적극적이다. 수백 년 이어온 면의 이름을 누구나 쉽게 기억할 만한 김삿갓면·한반도면으로 바꾼 것만 봐도 그렇다. 흥미로운 사실은 주민들의 요청으로 면 이름을 변경했다는 것이다. 청송·영양·봉화가 지역 브랜드에 눈을 뜨기 시작했다면, 영월 사람들은 지역 브랜드를 만들어 세상에 알리는 일에 관한 한 멀찌감치 앞서 나가 있다.

대야산성으로 향했다. 삼국시대에 남한강 뱃길을 둘러싸고 삼국이 뺏고 빼앗기던 작지만 중요한 성이었다. 남한강을 확보하면 마포를 거쳐 서해안까지 나아갈 수 있으니 이곳이 전략적 요충지일 수밖에 없다. 400미터 높이에 축조되어 굳이 성을 쌓지 않아도 공략하기가 여간 어렵지 않았겠다 싶다. 위에서 아래가 훤히 내려다보인다.

예전에야 천혜의 성이었겠으나 지금은 앞이 탁 트인 더없이 좋은 전망대다. 자연은 그 자체로도 아름답지만, 사람과 자연이 서로 젖어들 때 더 눈부신 풍경이 된다는 사실을 다시금 확인한다. 같은 자연이라도 캐나다와 한국의 풍경은 그 느낌이 많이 다르다. 캐나다의 자연이 아름답고 장엄하게 눈에 들어오는 데 비해 한국의 자연은 마음속으로 들어온다.

대야산성에서는 강이 합쳐지는 모습을 볼 수 있다. 동강과 서강의 물을 모은 남한강이, 동쪽 상동읍에서 내려와 우리가 지나온 김삿갓계곡의 물을 합친 옥동천을 받아들인다. 옥동천과 한 몸을 이룬 남한강이 충북 단양 쪽으로 빠져나가는 광경이 바로 발아래에서 펼쳐진다.

옥동장터 길. 지금은 서지 않는 예전의 옥동장터 모습을 벽화로 재현해놓았다.

옥동천은 과거 동쪽의 태백과 영월군 상동읍 등 거대한 탄광지대를 거쳐 내려오면서 물고기마저도 새까맣게 될 만큼 검었으나, 탄광이 수명을 다한 다음에는 맑은 물을 되찾았다. 탄광촌 어린이들이 그림을 그릴 때 냇물을 잿빛으로 칠했다는 옛 이야기만 전해질 뿐이다.

화전민의 흔적을 찾아서

남한강을 타고 올라가다가 김삿갓면 각동리 길론마을이라는 곳으로 향했다. 김순주 팀장에 따르면, 길론마을에는 과거 산에서 화전^{火田}을 경험한 농부가 살고 있고, 그 위쪽에는 화전민 집터도 남아 있다고 했다.

태화산(1,027미터) 중턱에 있는 길론마을까지는 꽤 먼 길이다. 산중턱쯤 오르니 집이 몇 채 나온다. 길론吉論. 좋은 일이 많이 생겼으면 하는 염원에서 만들어졌다는 이름. 어쩐지 우리에게도 좋은 일이 생길 것 같다.

우리가 찾아가는 집은 길옆 너른 터에 편안하게 자리 잡고 있다. 밝은 주황색 지붕 위에 접시 안테나가 세 개 설치되어 있다. 집주인 박태익 씨와 부인 정교난 씨는 마침 집에 있었다. 예고 없이 갔는데도 환하게 웃으며 맞아준다. 부부는 86세 되신 노모를 모시고, 영월읍에서 직장생활을 하는 딸과 함께 산다.

실제 나이(60)보다 훨씬 젊어 보이는 박 씨는 화전민의 아들이다. 충

'화전민의 후예' 박태익 씨. 지금은 길논마을에서 고사리·더덕·두릅 등 산나물 농사를 짓고 있다. 박 씨가 가리키는 곳은 고사리 밭이다.

290

북 제천이 고향인데, 어릴 적에 영월군 상동으로 이사 왔다. 가난했기 때문이다. 상동은 중석과 석탄 산지로도 유명했지만, 백운산과 두위봉 등 높고 깊은 산이 많아서 화전민도 많았다.

박 씨는 가족이 화전을 정리하고 내려온 1975년까지 그곳에서 살았다. 가족은 부모와 6남매였다. "국유림에 불을 내고, 괭이로 깎아내어 밭을 만들었다. 먹고사느라 어른들이 아주 고생이 많았다"고 박 씨는 말했다.

당시 그 동네의 화전민은 모두 열 가구. 한 가족당 식구가 예닐곱 명이었다. 화전민'촌'이라고 하지만 산속에 집이 드문드문 있었다. 산에 불을 놓은 뒤 2년을 방치한다. 나무뿌리가 질겨서 2년은 지나야 캐낼 수 있기 때문이다. 뿌리를 캐낸 자리에 콩, 팥, 옥수수, 감자를 심었다. "키우는 작물들이 주식이었다. 다른 것은 먹을 게 하나도 없었다."

잡목 숲을 태워 일군 화전에서 농사를 지을 수 있는 기간은 2~3년이었다. 그 후 다른 곳으로 옮겨가야 했다. 박 씨가 살던 곳에서 아랫동네까지 가려면 10리길이었다. 굶지만 않아도 다행인 터에, 험하디 험한 산길을 걸어 학교에 가는 것은 거의 불가능했다. "늘 배가 고팠다. 나는 6남매 중 둘째였는데, 부모님을 도와 일을 해야 했다"고 박 씨는 말했다.

정부에서는 1965년 '화전 정리 10개년 계획'을 세웠고, 1973년에 다시 '화전민 완전 정리 4개년 기본 계획'을 세워 화전을 못하게 막았다. 산림을 보호하려고 경사가 30도가 넘는 경작지에서 농사를 짓지 못하게 한 것이다. 화전민 '완전 정리'가 되기 한 해 전, 박 씨의 가족이 산에서 내려올 때 받은 보상금은 50만 원. 상동에서 동지모둑을 거쳐 사모개라는 동네로 옮겨갔다. 그곳에서 박 씨는 열한 살 연하 아내를 만나 결혼했다.

"그때 신랑은 몇 살이었는데요?"

"스물일곱."

이야기를 함께 듣던 일행이 "와, 대박"이라며 웃음을 터뜨렸다. 박 씨도 따라 웃었다.

"옛날이라지만 열여섯 살 소녀와? 너무 일렀던 것 아니에요?"하고 물었더니 박 씨는 "나는 그래도 양반"이라고 대답했다. 주변에 열다섯 살 소녀와 결혼했던 이가 있는데, 새댁이 열다섯 살에 첫아이를 낳았고 쉰 살에 막내를 봤다는 것이다.

사모개라는 동네는 지금도 등짐을 지고 올라가야 하는 험한 곳이다. 그곳에서 살 수가 없어서 1989년 길논으로 이사를 왔다.

박 씨는 산채 농사를 짓는다. 6,000평 땅 가운데 3,000평에는 고사리를 심고, 나머지는 더덕과 두릅 농사다. 고사리는 농약과 비료가 필요 없고, 힘도 들지 않아 아주 편하다고 했다. 수확도 4월 중순에 시작하여 6월 중순이면 끝난다.

"이런 거 다 알려주면 너도 나도 하려 할 텐데, 괜찮아요?"라고 물었다. 박 씨는 알려준다고 아무나 할 수 있는 게 아니라고 했다.

처음 시작할 때 산에서 좋은 고사리를 캐다가 심어야 하고, 3년을 기다려야 한다. 고사리가 번식을 하면 수확한다. 고사리 식별과 번식 및 수

확에 따르는 노하우는 말로 설명하기가 어렵다고 했다. 수확할 때 고사리 순이 계속 나오게 하려면 고사리를 스물여덟 번이나 꺾어줘야 한다.

수확한 고사리는 삶아서 말린 뒤, 한 근(600그램)에 5만 원씩에 '낸다.' 화전민 1.5세로서 독보적인 경쟁력을 갖추고 있으니 인기가 좋은 것은 당연하다. "지금은 먹고사는 데 아무런 지장이 없다"고 박 씨는 말했다. 산속이지만 마당이 넓다. 최근에는 마당 건너편으로 황토 건물을 하나 올렸다.

황토집을 구경하는데 부인 정교난 씨가 "방에 들어가도 된다"고 했다. 문을 열고 들여다보니 도시의 여느 집 안방과 별 차이가 없다. 방에 통기타와 『포크송 대백과』 책이 놓여 있다. "누구 기타냐"고 물었더니 남편이 가끔씩 친다고 했다. 그 옆방에는 노래방 시설이 갖춰져 있다.

마당 한 켠에 화장실이 있다. 화장실에 가본 우리 일행이 이구동성으로 '작품'이라며 꼭 구경하라고 한다. 집주인이 직접 통나무로 만들었다는데, 솜씨가 이만저만 좋은 게 아니다. 화장실은 정갈하다. 재를 뿌려 거름을 만드는 완전한 옛날 방식이다. 수세식보다 더 깨끗한 느낌이다.

이제는 남부럽지 않게 살게 된 화전민의 후예는 어른들 생각이 많이 나는지 자꾸만 이야기한다. "1989년 사모개에서 길논으로 이사 올 때도 모든 것을 지게로 옮겼다. 어른들은 고생이 더 많았다. 골병이 들어 모두 일찍 돌아가셨다."

외씨버선길은 고씨동굴 등산로를 따라 사모개로 넘어가게 되어 있다. 화전민 마을의 흔적을 보고 싶었으나, 박 씨가 말린다. 산에서는 해가 빨리 지니, 지금 가는 건 무리라고 했다. 아쉽지만 아랫길로 돌아가기로 했다.

단종의 슬픔이 뿌려진 곳

강가에 이르는 길로 접어들기까지 산길을 지났다. 영월의 산은 청송·영양·봉화의 산과 분위기가 많이 다르다. 영월에는 산이 많기는 하나 아름드리 나무로 빽빽하게 들어찬 산은 드물다. 땅거죽을 20~30센티미터만 파내려 가면 거의 전부가 바위로 덮여 있기 때문이다. 영월의 산들은 나무로 빽빽하지 않은 대신에 대부분이 석회암으로 이루어져 있어서, 석회석을 파내다 산이 통째로 없어져버린 경우도 있었다고 한다.

지금 우리가 지나는 바로 이곳에만 해도 총 길이 6킬로미터에 이르는 '석회암 동굴' 고씨굴을 비롯해 용담굴·대야굴이 있다. 나무가 많지만 가늘다. 잎이 다 떨어지는 겨울이면 민둥산 분위기가 날 것 같다. 산길을 지나자 강이 나온다. 암캉·수캉이라 불리는 서강과 동강이 합쳐진 남한강이다. 이 물줄기를 통해 1930년대까지만 해도 서울의 마포나루에서 영월군까지 소금 배가 드나들었다고 한다.

남한강을 따라가는 강변로가 일품이다. 왼편으로는 산에서 내려온 절벽이 있고, 절벽 아래를 타고 가는 길이다. 외씨버선길 중에서, 영월에서만 맛볼 수 있는 환상적인 코스다. 길을 내기 위해 튼튼한 다리를 놓는 등 꼼꼼하게 작업한 흔적이 보인다. 다리 위에서 바람을 맞으며 바라보

관풍헌. 비운의 왕 단종은 보위에 오른 지 3년 만에 바로 이곳에서 사사되었다.

는 남한강의 풍경이 근사하다. 이 길 역시 이곳 팔괴리 주민들이 직접 다듬었다고 한다.

산길과 강길을 번갈아 걷다 보니 어느새 영월읍이다. 날은 금세 어두워진다. 외씨버선길의 최종 기착지인 관풍헌 앞에 섰다. 관풍헌은 조선시대 초기에 세워져 과거 영월 지방 수령들이 업무를 보던 동헌 건물이었고, 지금은 조계종 보덕사에서 포교당으로 사용하고 있다. 비운의 왕

단종은 바로 이 자리에서 사사되었다.

보위에 오른 지 3년 만에 임금 자리에서 쫓겨난 단종은 유배된 그해 여름 청령포가 홍수로 범람하자 관풍헌으로 옮겨왔었다. 단종은 관풍헌에서 지내던 짧은 기간에 동쪽 누각 자규루에 자주 올라 그의 불행한 처지를 시로 읊었다. 〈자규시〉 등을 읊는 동안 두견새가 찾아와 울었다고 한다.

담 너머로 관풍헌을 들여다보며 사진을 찍었다. 카메라를 통해 강한 불빛이 하나 들어온다. 관풍헌 기와지붕 위로 보이는 모텔의 붉은색 네온사인이다. 죽음을 예감한 단종이 울고, 두견새도 따라 울던 피눈물 나는 분위기는 더 이상 느껴지지 않는다.

외씨버선길의 최종 기착지까지 왔으나, 다음날 마루금길을 남겨두고 있어 '끝까지 왔구나' 하는 감회는 아직 생기지 않는다.

　김삿갓문학관 앞에 민박을 정했다. 새벽에 잠이 깨어, 안개 속에서 산책을 했다. 어제 자세히 보지 못한 김삿갓문학관 주변을 둘러보았다. 300년 넘은 면의 이름까지 바꿔가며 자기 지역을 외부에 널리 알리려는 영월 사람들의 노력이 눈물겹다. 경작지도 별로 없고 수십 년 지역 경제의 버팀목이었던 탄광들도 1980년대 말에 모두 문을 닫은 터에, 지역에서 내다 팔 수 있는 것은 자연과 문화자원밖에 없다.

　박물관 도시로 거듭나고 단종문화제, 영월동강축제, 김삿갓문학제 같은 지역 축전을 성공적으로 개최하는 등 영월은 자연과 문화를 앞세운 '굴뚝 없는 산업'을 가장 모범적으로 발전시키고 있다는 느낌을 준다.

　오전 7시. 친구들과 아침을 먹었다. 훤주는 말이 없었다. 헤어짐의 서운함을 표시하는 데 많은 말은 필요 없다. 훤주는 한 마디만 했다. "몸조

심해라.” 그리고 떠났다.

나는 봉화 쪽으로 되돌아갔다. 맨 마지막 날로 미뤄둔 열한 번째 길 마루금길의 출발 지점은 봉화군 물야면 생달마을 용운사 앞이다. 경북북부연구원의 김순주 팀장과 류지웅 씨를 8시 30분께 만났다. “지금까지 걸었던 곳과는 많이 다른, 새로운 경험을 하며 기분 좋게 걸을 수 있는 길”이라고 김 팀장은 자신 있게 말했다.

길이 시작되었다. 마루금길의 가장 큰 매력은 15.4킬로미터에 이르는 산길을 평균 고도 1,000미터 능선을 타고 간다는 것이다. 외씨버선길에서 걷기에 가장 어려운 길이라고 하니, 기대가 컸다. 산이 없는 캐나다 동쪽에 살면서 가장 그리워했던 우리나라의 산, 그중에서도 백두대간

마루금길 입구에 있는 옹달샘. 이곳에서 흘러나온 물이 내성천을 거쳐 낙동강으로 흘러간다.

의 능선을 탄다는 것은 생각만으로도 마음이 설렌다.

마루금이란 '산등성이의 가장 높은 곳을 이어놓은 선'이라는 뜻이다. 마루금길은 백두대간의 선달산을 거쳐, 어래산을 지나 곰봉으로 향하다가 김삿갓문학관으로 내려간다. 마음을 단단히 다져먹었기 때문인지, 산을 오르는 데 그다지 힘들지 않았다. 앞서 가던 김 팀장이 "예상보다 잘 걷는다"며 칭찬을 해주었다.

전형적인 등산로다. 천천히 올라간다. 두 시간 남짓 걸은 것 같은데 어느새 선달산 정상이다. 1,236미터. 산중턱에서 시작하여 빨리 도착한 듯하다. 잠시 쉬어가자고 했다. 지웅 씨가 배낭을 연다. 물을 꺼내나 싶었는데 보온병의 뜨거운 물로 커피를 탄다.

백두대간 블루마운틴

지웅 씨가 타준 커피믹스를 마시면서 좋은 커피란 무엇인가 생각한다. 좋은 커피란 신선한 고급 원두로 내린 커피만을 뜻하지는 않는다. 비록 인스턴트 봉지 커피지만 산 정상에서 좋은 자연, 좋은 사람과 함께 마시는 커피는 세계 커피의 최고봉 '자메이카 블루마운틴'이 부럽지 않다. 지웅 씨가 내놓은 커피는 '백두대간 블루마운틴'인 것이다.

점심을 먹기에는 아직 일러 좀 더 걷기로 했다. 오르락내리락 하기는 했으나 특별히 힘든 것은 없다. 산마루이다 보니 가느다란 나무가 많았다. 언뜻언뜻 내려다보이는 산 아래의 풍경이 멋지다. 발을 옮길 때마다 새로운 풍경이 등장하니 지루하거나 힘들 새가 없다.

길을 걸으며 김 팀장과 이 길을 어떻게 찾게 됐는지 이야기를 나눴다. 봉화와 영월을 가르는 산은 높고 깊었다. 그 산을 어떻게 '돌파'하여 잇느냐 하는 것이 외씨버선길을 내면서 부닥친 최대 난제였다. 전문 산악인으로서 에베레스트 등정에도 여러 번 참가한 김 팀장은 백두대간 종주를 셀 수 없이 했던 만큼 이 지역의 산에 대해 훤히 꿰고 있었다.

영월의 곰봉(930미터)에서부터 어래산(1,064미터)까지는 백두대간 종주자들이 걷는 코스로 등산객이 많다. 그들은 김삿갓면의 곰봉에서 어래산으로 왔다가 영주로 빠져나간다. 등산로는 아니지만 어래산에서 봉화 쪽 선달산으로 연결되는 길도 있을 것 같았다. 약초가 많은 것에 착안하여 약초를 캐러 다닌 흔적을 찾아보았다. 희미하게 길이 보였다. 약초꾼들이 다니던 길이다. 그 길을 제대로 찾아 다듬고 안내판을 세우니 멋진 길이 되었다. 마루금길이다.

곰봉-어래산 등산로와 어래산-선달산 약초꾼 길을 이어놓고 보니, 속된 말로 기막힌 트레일 코스 하나가 탄생했다. 우리나라 트레일 코스 중에서 1,000미터 고지를 계속해서 걷는 길은 없다. 산의 능선을 타고 가는 길은 공기가 다르고, 풍경이 다르다. '클래스'가 다르니 분위기도 다르다. 사람을 만나고 사람 사는 모습을 접하는 길이 아니라, 자연과 내가 정면으로 맞닥뜨리는 길이다. 만나는 것이라고는 하늘과 바람과 자연뿐이다.

산마루로 나 있는 길이어서 마루금길은 밝고 환하다. 울창한 숲은 없

백두대간 걷는 길. 마루금길은 평균 고도 1,000미터 능선을 타고 가는 매력적인 코스다. 외씨버선길에서 가장 어려운 길로 꼽히지만 풍경이 좋아 7~8시간을 지루한 줄 모르고 걸을 수 있다.

으나 산마루에 있는 나무들은 걷기에 적당한 그늘을 제공한다. 바닥은 나뭇잎이 쌓여 푹신푹신하다.

평일이어서 이 길을 걷는 사람을 한 명도 만나지 못했다. 한적함의 절정이다. 어래산 표지석을 지나 점심 식사할 자리를 찾아 자리를 깔았다. 아침을 먹은 해선식당에 밥과 빈대떡을 싸달라고 부탁했는데 김과 김치, 마른 반찬까지 따로 챙겨주었다. 지고 올라온 보람이 있었다.

길을 걸으며 동행하는 이들과 이야기를 많이 나눈다. 김 팀장에게는 히말라야 등반 이야기와 그곳에 함께 간 동료를 묻고 돌아올 때의 참담한 이야기들을 듣는다. 나는 캐나다의 자연과 교육에 관한 이야기를 들려준다. 지웅 씨는 20대 중반 젊은이답게 장래를 걱정하고, 자기 세대가 좋아하는 문화에 관한 이야기를 들려준다.

김 팀장이 나무를 보라며 가리킨다. 뿌리와 아래 몸통은 하나인데 가지가 네 개, 다섯 개로 갈라져서 위로 올라간 나무들이 여럿 보인다. 바위틈에 뿌리를 박은 뒤 오랜 세월을 버티면서 뿌리로 바위를 가르는 소나무도 있다.

내려가는 길. 0.9킬로미터에 이르는 매우 가파른 길이다. 이 길을 다듬은 동네 사람들의 기지가 돋보인다. 직선의 가파른 길을, 큰 바위를 끼고 옆으로 돌아가는 길로 새롭게 다듬었다. 완만해지니 걷기에 훨씬 편했다.

편안하게 쉼

김삿갓문학관 앞에 도착한 시각은 오후 4시. 8시 30분에 걷기 시작했으니 7시간 30분쯤 걸린 셈이다. 산마루가 제공하는 모든 것을 즐겨가며, 밥도 먹고 커피도 마시며 걸었다. 동행한 이들과 평지에서는 바빠서 나누기 어려운 긴 이야기를 주고받았고, 오랜 침묵 중에 걷는 시간도 가졌다. 빠르지도, 그렇다고 느리지도 않게 적당히 잘 걸었다.

몸은 땀에 젖고 마르고 했으나 시원하고 상쾌하다. 언제 샀는지 김순주 팀장이 시원한 캔맥주를 불쑥 내민다. 외씨버선길의 종주를 축하한다는 의미다. 주차장에 서서 지웅 씨와 더불어 축하 건배를 했다. 외씨버선길도 그렇고, 김순주 팀장과 류지웅 씨도 그렇고, 영월과도 마찬가지였다. 그냥 이대로 헤어지기에는 너무 서운했다.

외씨버선길 코스에는 들어 있지 않으나, 고속버스터미널로 가기 전에 장릉으로 차를 몰았다. 영월을 대표하는 '랜드마크' 장릉을 그냥 지나치기에는 많이 아쉬웠다. 시간이 늦어 둘러보지는 못하겠지만 그 앞에라도 가보고 싶었다.

예상대로 관람시간이 지나 들어가지는 못했다. 담 너머로 안을 들여다보았다. 단종은 비운의 왕이었으나 지금은 가장 행복한 왕이 아닐까 싶었다. 영월 사람들의 수백 년에 걸친 충성과 의리 덕분에 조선 왕조에서 가장 유명한 왕의 한 사람으로 남았을 뿐만 아니라, 한식제와 단종문화제를 통해 영원히 추모되고 있기 때문이다.

장릉 앞 식당에서 마지막 식사를 했다. 그동안 먹지 않던 한우 고기와 술을 먹고 마셨다. 최선을 다해 도와준 관계자들과 넉넉한 인심을 베풀어준, 길 위에서 만난 사람들이 고마웠다.

서울로 가는 고속버스에 올랐다. 좌석에 몸을 깊이 밀어 넣고 길 위에서 보낸 꿈결 같은 시간을 음미한다. 몸은 피곤하지만 마음은 이루 말할 수 없이 편안하다. 길의 느낌이 떠오른다. 편안하게 쉼, 안식이다. 어머니 품속 같은 안식처에서, 말 그대로 편히 잘 쉬었다.

외씨버선길 걷기 전 보고 가면 좋을 책과 영상

『객주』(전9권) 김주영, 문이당

『그대 다시는 고향에 가지 못하리』 이문열, 맑은소리

『단 한 번의 연애』 성석제, Human&Books

『선택』 이문열, 민음사

『시간의 여울』 이우환 지음, 서인태 옮김, 디자인하우스

『시내버스 타고 길과 사람 100배 즐기기』 김훤주, 산지니

『식객』(전27권) 허영만, 김영사

『영웅시대』(전2권) 이문열, 민음사

『워낭소리』 다큐멘터리 영화, 감독 이충렬

『천천히 걸어, 희망으로』 쿠르트 파이페 지음, 송소민 옮김, 서해문집

『꼬닥꼬닥 걸어가는 이 길처럼』 서명숙, 북하우스

『한국의 발견(강원도)』 뿌리깊은나무

『한국의 발견(경상북도)』 뿌리깊은나무

부록

외씨버선길 구간별 안내지도

• **문의처 및 안내센터**

(사)경북북부연구원 : 경북 영양군 영양읍 서부리 108-2 3F, 054)683-0031

청송객주: 경북 청송군 청송읍 월막리 381-4 운봉관, 054)872-0116

영양객주: 경북 영양군 영양읍 서부리 292-1 외씨버선길 영양객주, 054)683-0032

봉화객주: 경북 봉화군 물야면 오전리 95-31, 054)672-0803

영월객주: 강원 영월군 김삿갓면 와석리 917번지 영월객주, 033)374-6830

• 다음 지도는 (사)경북북부연구원이 제공하였습니다.

 # 주왕산·달기약수탕길

청송군청
종점_운봉관 18.5km
주왕산온천관광호텔
달기약수터 15.3km
월막리
월외마을 13.1km
월외매표소 12.2km
금곡리
달기폭포 10.3km
교리
월외리
너구마을 8.8km
주왕산 시외버스터미널
금은광이삼거리 5.2km
시점_주왕산국립공원 안내센터
주왕산1폭포 2.2km
주왕산3폭포 3.4km
km(거리)
18.5
15
12
9
6
3
m(고도) 200 350 500 650 800
외씨버선길
용전천
31 31번 국도
914 914 지방도로
P 주차장
화장실
6~7시간 거리, 18.5km
주왕산국립공원~달기약수탕~운봉관

슬로시티길

4~5시간 거리, 11.5km

운봉관~송소고택~신기리 느티나무~청송한지체험장

김주영객주길

5~6시간 거리, 15.6km

신기동 느티나무~수정사~월전삼거리~고현지

6~7시간 거리, 18.3km
고현지~석보두들마을~입암면~선바위관광지

 오일도시인의길

4~5시간 거리, 11.5km

선바위관광지~오일도감천마을~영양전통시장

5~6시간 거리, 13.7km

영양전통시장~일월삼거리~조지훈문학관

 영양연결구간

5~6시간 거리, 18km

조지훈문학관~용화1리~일월산자생화공원

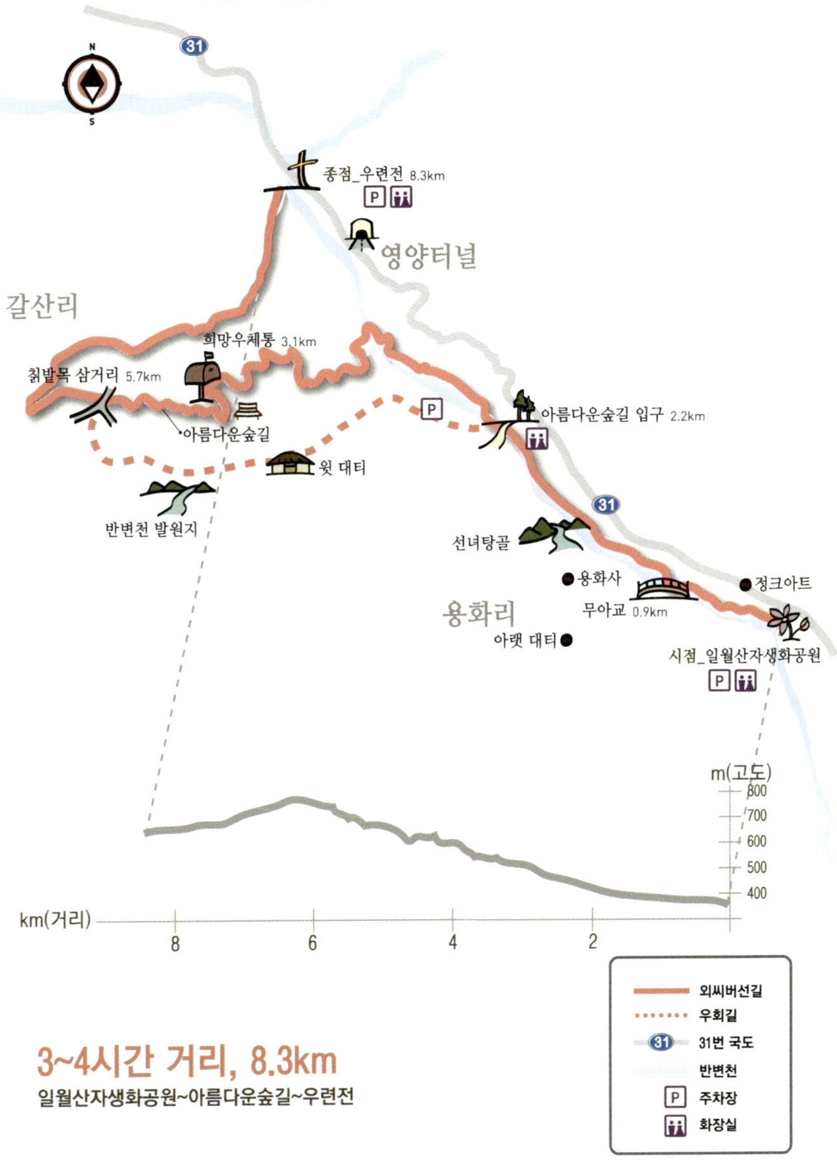

3~4시간 거리, 8.3km
일월산자생화공원~아름다운숲길~우련전

 봉화연결구간

7~8시간 거리, 22km

우련전~마당목이~연회골마을~분천풍애마을

여덟째길 Route 08 **보부상길**

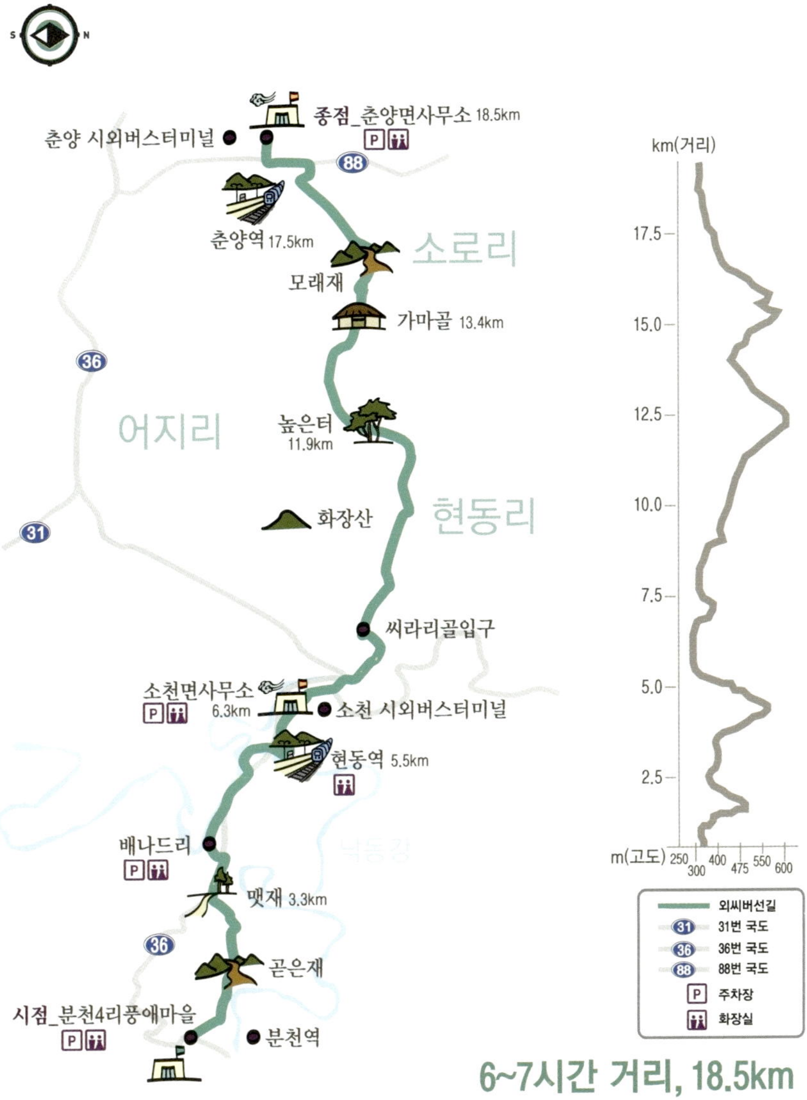

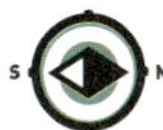

6~7시간 거리, 18.5km

분천풍애마을~현동역~씨라리골~춘양면사무소

춘양목솔향기길

6~7시간 거리, 17.6km

춘양면사무소~도심리~서벽리춘양목군락지~두내약수탕

316

열째길 Route 10 **약수탕길**

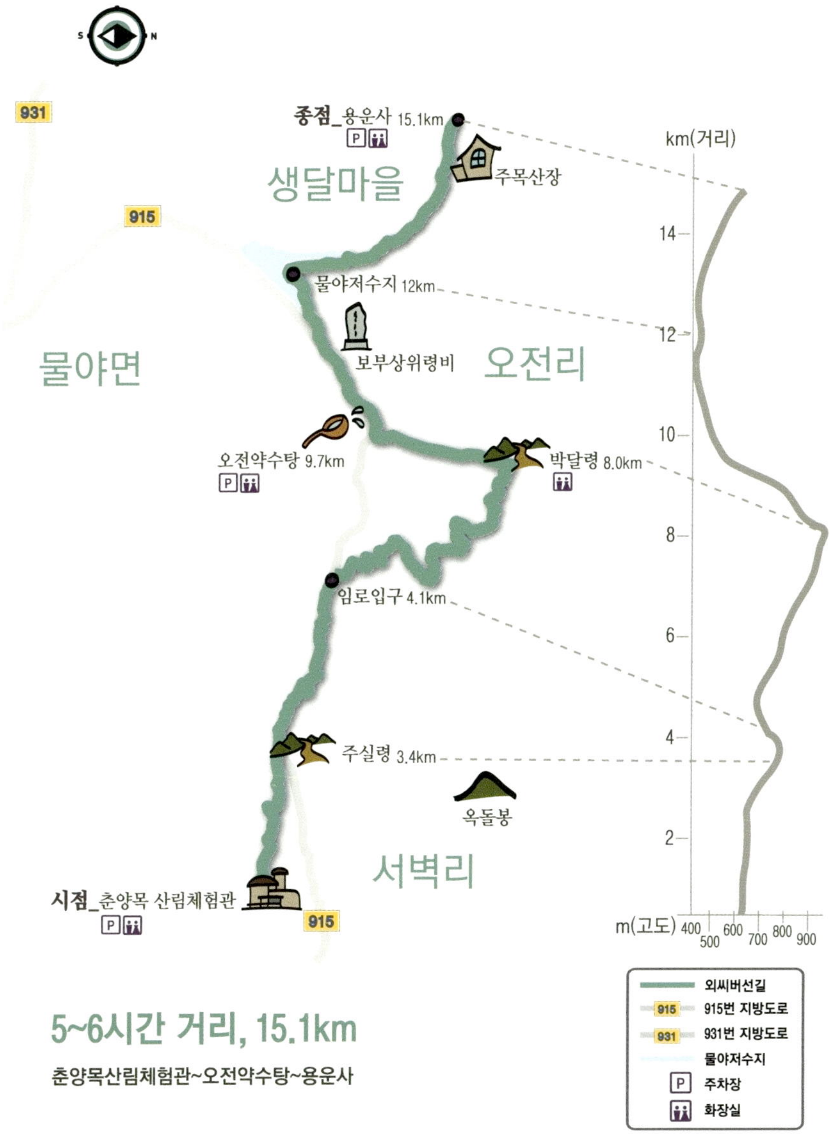

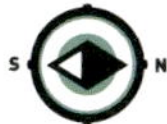

5~6시간 거리, 15.1km

춘양목산림체험관~오전약수탕~용운사

열하나째길 Route 11 마루금길

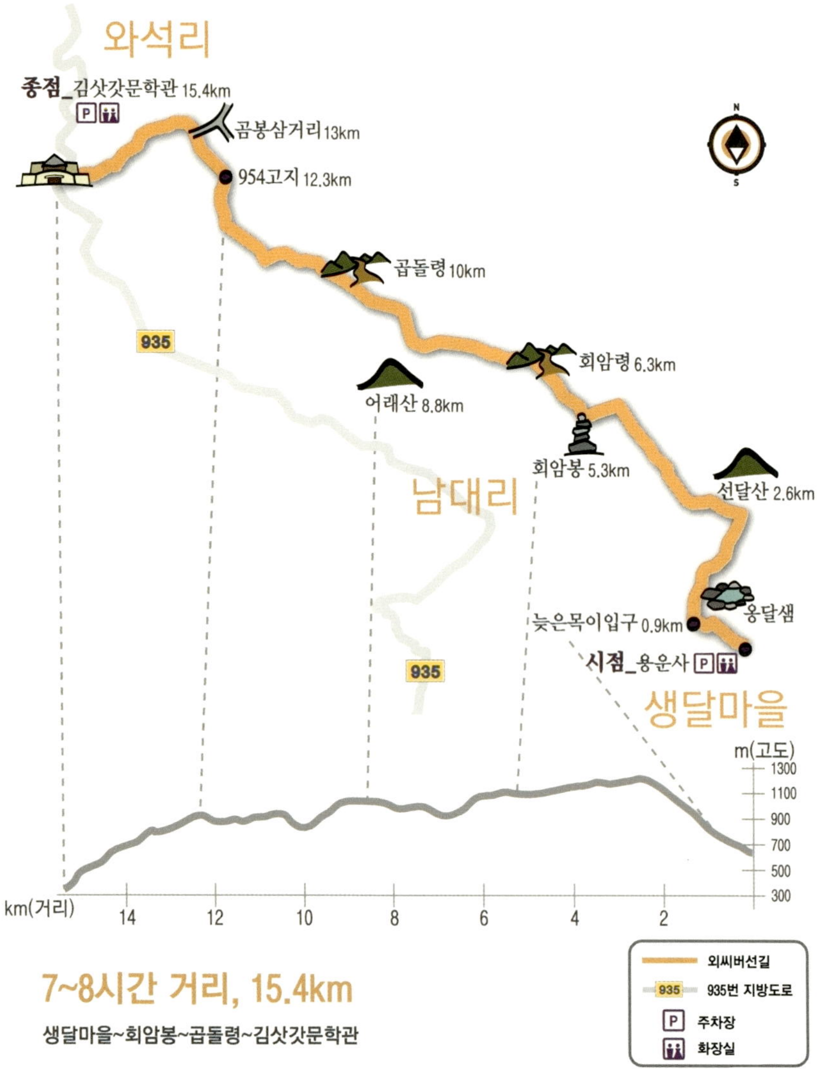

7~8시간 거리, 15.4km

생달마을~회암봉~곱돌령~김삿갓문학관

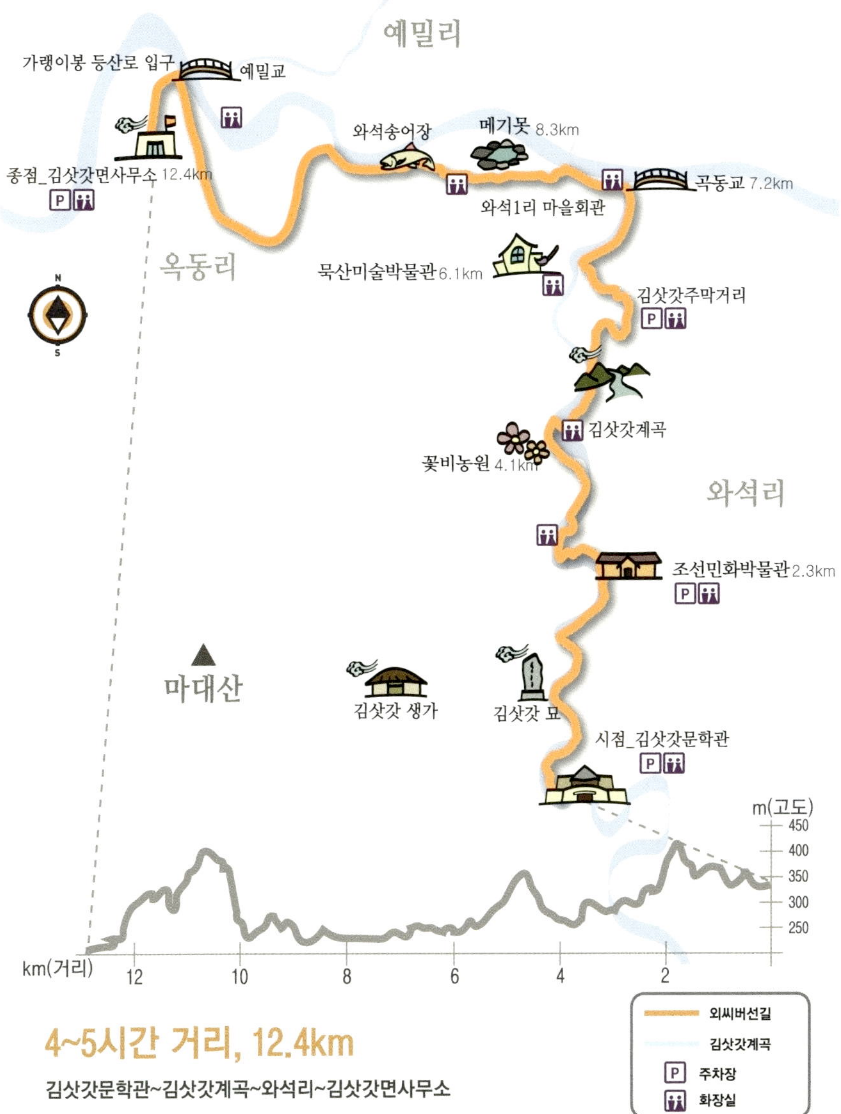

4~5시간 거리, 12.4km

김삿갓문학관~김삿갓계곡~와석리~김삿갓면사무소

관풍헌가는길

동강
종점_관풍헌 23.6km
영월 시외버스 터미널
88
덕포리
N
S
팔괴교입구 21.2km
남한강
팔괴1리마을
응봉산
팔괴2리마을회관 16.3km
정양리
km(거리)
팔괴리
동지모둑
진별리
21
고씨동굴 등산로
12.2km
18
고씨동굴
옥동천
시점_김삿갓면사무소
길론마을 10.7km
P
88
15
각동교 9.0km
옥동교앞
0.9km
12
대야리마을 4.7km
태화산
대야산성
9
가재골 6.4km
6
3
외씨버선길
88 88번 국도
P 주차장
화장실
m(고도) 100 300 500 600
200 400
8~9시간 거리, 23.6km
김삿갓면사무소~길론~팔괴2리마을~관풍헌